——論「盛唐之音」的美學議題

詩情與戰火

王美玥／著

自序

　　能順利出版此書，該感謝的人太多，除了生我、育我的父母以外，舉凡所有幫助過我的人，都是我要感恩的對象。

　　當然最感謝的，還是我的指導教授李建崑老師，以及口試委員之一的林淑貞教授，一開始李老師不僅鼓勵我做美學方面的研究，論文完成後，還推薦我出版，林老師亦然。由於兩位老師精闢而專業的評析，以及對我臨門一腳的拉拔，不但使我碩士順利畢業，並使拙作更臻完善，且得以問世。

　　此一研究主題，不僅是我的理想，更是畢生職志──文學與美術同時為我的兩項最愛，個人創作水墨畫多年，有感於海峽兩岸，有關藝術創作的美學研究者，寥可指數；果能自成一家之言，且影響深遠者，更如鳳毛麟角般，難可稽尋。然而美學的重要，在於心靈境界乃一切藝術表現之靈魂，靈魂不具而徒有型式，則無異於商品，既難感動人心，更遑論流傳千古。

　　余不敏，拙作費時兩年半才完成，套用李白「蜀道難，難於上青天」的詩句來形容寫作歷程，誠不為過。回首每一個挑燈夜戰的日子，正是寒天飲冰水，點滴在心頭。它將永遠存檔在我的記憶晶片中，永難磨滅！

目次

第一章　緒論

第一節　研究動機

　　「美」是一種直覺，一種感動、一種境界。它是生命情境的體現，也是各類文學與藝術創作的重要指標。而研究審美意識、美的表現型態，與美的範疇之理論學科就叫「美學」。

　　盛唐是中國古典文學發展中，量多而質精的一個時代（據《全唐詩》所載，盛唐時期八〇年間作品約 12000 首），尤其是盛唐，諸多美麗的詩篇，在其表現形式與境界內涵上，都達到十分圓融純熟的地步，只是歷來的美學研究中，學者比較著重的皆是審美意識（審美理想與審美趣味等）的探討，對於美學的範疇與命題，比較缺乏具體而有系統的研究資料。而這也是筆著想探討的問題之一。誠然「美感經驗」的表達，具有很大的主觀意識存在，而且它是抽象化、概念化的，再者個人的審美藝術也會和時代意識相互轉化融合，而形成一種思潮，造成一種風氣，正所謂「時勢造英雄，英雄造時勢」，「江山代有人才出，各領風騷一百年」，之謂也。

　　基於上述理由，本文寫作的動機可統整如下：

一、所謂「盛唐之音」是指一種崇高、昂揚、博大的審美意識，它具有向上提振的文化張力，然而形成這種文化意識的催促力量到底在哪裡？

二、盛唐詩作如果從形式與境界上剖析其美感趣味，則抽象的思維模式，是否也能統整出一套具體的審美標準，進而創造出

一種共同價值觀，而這種共同價值觀是否也能造成一種共相，普及於世，假如答案是肯定的，那麼它的動力機制何在？

三、所謂「曲高」一定「和寡」嗎？通俗和雅正之間是否永遠難以平衡，金字塔架構，真的是永遠打不破的鐵律嗎，或者這當中可以找到一個平衡點？

四、殷鑑歷史，省思現在，前瞻未來，做為一個現代台灣文人，眼見時代風氣」的沉淪，與文化版塊的萎縮，我們將如何自處？

當前我們所處的年代，一如狄更斯《雙城記》書中所言：「這是一個最壞的時代，也是一個最好的時代」。壞的是，混淆的文化認同與複雜的政治危機，讓我們感到不安與惶惑，做為一個現代台灣文人，不像盛唐詩人一般，可以在政治領袖與文化策略的庇蔭、支持下爭取版圖；更可以從太平盛世的優勢中開創格局。我們僅能從複雜、善變與模糊的界域裡，盡力去守護自己的文化莊園。

這是現代文人的無奈，也是我們必須挑戰的課題。只是這種劣勢卻也是一種優勢，它是危機同時也是轉機，因為歷史印證了「盛唐之音」優雅的詩情，正是建構在魏晉以來無情的戰火之中；「盛唐之音」的昂揚壯大，就是為了反制齊、梁以來傾頹的「靡靡之音」，而吟唱出來的雄渾凱歌。所謂「一亂必有一治」，「物極必反」，「否極泰來」，它是自然律則，也是歷史帶給我們的借鏡與信心。

台灣這塊土地，經歷過無數歷史的悲情與第二次世界大戰無情的烽火，一如盛唐文化形成之初，大時代的衝擊，卻常是詩人心靈向上提昇的動力與思潮培育的沃土。

唯有站在歷史的高點，才有可能和時代對話。盛唐美學思潮的壯碩，來自於收攝多元文化元素，復建構堅穩的時代意識；相對的，現

代美學思潮的萌發，也應根植於古典壟畝，復澆灌現代養份，一旦有適度的陽光和雨露滋潤，自然能開出奇葩。

此誠如大陸學者葉朗先生所言：

> 在一些人的心目中，現代美學就等同於現代西方美學。其實這是不對的。「現代」是一個全球概念。現代美學應當是站在二十世紀九十年代的高度，吞吐東西方文化的全部精華建設起來的、具有多種文化視野的真正國際性的學科。如果輕視、忽略、拋棄中國美學（以及整個東方美學），就不能實現東西方美學的融合，從而也就不能真正建設現代美學。[1]

本文所研究的雖是復古題材，切入手法卻是現代的，這種感覺就像翻修百年老屋，以現代化的鋼骨結構，搭配古典的建材與裝潢，新舊鎔裁間，只要繫聯得當依然能創造另一種品味，展現另一番面相，提出另一種見解。

由於本文的處理方法，必須顧及時代思潮的成因，以及美學範疇的分類，所以採取縱、橫兩個剖面的比較與分析，縱剖面具有時間意義，橫剖面則審思類比與互比之間的關聯。

至於美學範疇的分類，「壯美」分八種，「秀美」分十種，是以《文心雕龍》、《二十四詩品》中的分類原則為依據，復參考歷代詩話、詩評及美學辭典之論據為理論基礎，並按照作品性質為分類原則，因此打破作者或體派之單一研究藩籬，直接剖析作品的美學情境，旁論及同質性或異質性的差異比較，及其美學聯繫或轉化之議題。

---

[1] 葉朗《中國美學史》，（台北：文津出版社，1996年1月1刷，1999年7月2刷），頁1。

在申論層次上，由歷史探源至唐詩變革，推衍至範疇分析，復至形式探討，乃至境界評述，及其影響與評價，除了縱橫兩個剖面以外，也有層遞相因的關係在。

第二節　研究方法

決定研究方向以後，即開始蒐尋材料，結果筆者發現，當年連橫寫《台灣通史》時遇到「三難」，同樣的，這篇論文在寫作過程中也遇到「三難」（當然筆者不敢將拙作比擬《台灣通史》，唯寫作心境卻有互通處，以此為喻而已）

一、搜尋之難

（一）資料整合難

資料不是缺乏，而是繁多而散雜，整理起來，要花較多的時間與心力，偏偏在職進修生，常是一根蠟燭多頭燒，時間被零散切割，心力被四分五裂，這是一大難處。再者歷代詩選或詩話，大多著重詩人生平的撰述，作品雖有選錄，但評論常流於空泛，和自己想探尋的方向大有出入，這也是資料蒐整時的難度之一。

（二）肇始創發難

歷代詩論或美學評論的專書為數不少，但可以歸納出幾項通病：
1、批評理論天馬行空，甚至人品與作品混為一談。
2、批評術語缺乏統整性，抽象化、概念化語詞太多。
3、只有觀念提出，實例舉證不足，致缺乏說服力。

4、一詞多義，概念模糊。即使是同一作者，在同一作品中，運用同一語詞，結果在同一地方，卻具有不同含義，致使後世研究者難以捉摸。

5、批評用語多依據常用術語，但意義卻未加闡釋，有時運用者再增己意，致使意義混淆，界域不清。

6、批評用語的使用，有時運用者為求文學形式的優美，反致衍生他義，而曲解原意。

基於上述理由，本文在寫作的過程中，有關「壯美」與「秀美」的分類，在例證上，常是筆者根據歷朝美學評論中所提的理論，再加上自己的心得驗證出來的，研究過程較長，難度也較高，但有些部份卻是前人所未發。

（三）中西合璧難

一開始筆者曾試圖採用西方美學評論方法的優點，來彌補中國傳統文學評論之缺漏，最後發現中國古典詩歌之美，非西方理論所能評析，因為那是中國文化獨到的特色，也只有用中國古典美學評論方法，才能論入神髓，而真正適用於古典詩歌。探究其因，是西方美學家常由哲學或心理學分枝而來，他們的評論法最大的優點是有系統、邏輯整合的概念強，但是他們研究的範疇一直停留在人類行為模式的意識表相層面，有關中國美學境界中的「神韻」說或「有我之境」、「無我之境」的探討，西方人其實無法深入了解，故無可評述，即使想中學西用，東西合璧，在某些層面上，也只是理想，實際上有困難。

由於上述難處，筆者遂在資料整理的過程中，重新切入原點，從材料所顯示的訊息中，比較異同，分類整合，這當中便運用了綜合分

析法與歸納法，而且同質性與異質性的材料分類之後，又用類比與對比方式，採取縱、橫座標研究法，來研究本文議題。

　　材料選取的原則，不以體派或作者為評選標準，純就作品本身所表現出來的美學境界做評析。少數作品同時兼其多樣優點與特質時，也可能重覆出現在不同章節，全文在敘寫時，也因評論角度不同，所選範例皆儘量避免重覆出現的情形。

二、研究進程

（一）縱深式探討（歷時性）

　　凡縱向延展，必有其時間因素存在，而小我個體在大我群體中所發生的事件就叫「歷史」，既然美學思潮的形成，不是一朝一夕所致，那麼「歷史」在縱向承軸中所扮演的角色就相當重要。因此，本文一開始即探討形成「盛唐之音」的歷史文化背景，由此推演，拓衍其義，逐層深入，增強論點。

　　這當中又關係到盛唐的社會現象與文化條件，因此在歷時性的探討中，又分為幾個角度切入：

1、從文學史和美學史的記載中，探尋盛唐氣象的成因及其社會背景與文化條件。

2、以盛唐詩人作品風格，探尋其演繹過程（如盛唐邊塞詩中，諸多以「行」為詩題者，多半承襲自樂府詩），並比較其間異同。

3、盛唐之音的詩歌表現範式稱之為「盛唐體」，針對此一體式，探討其獨特風格及審美範式。

（二）橫剖式研究（共時性）

縱的延伸有時間性，橫的擴展則有空間性，空間研究的意義在於：

1、同一時期中，到底有多少作家寫出類似或互異的作品，以此互相參證比較，將可歸納此一時期屬於「壯美」與「秀美」類別的作品，並研究評析之，此其一也。

2、同一題材，由不同作者詮釋，必然產生不同效果，將此類作品互相比較，也可作為橫向研究的另一種思維角度，此其二也。

3、同一作品，在不同時空下，評論方法必有所更迭，本文以傳統美學評論法為主，西洋美學評論法為輔，希望從復古的路線中，走出現代美感。此其三也。

第三節　研究目的

本文選定「盛唐」為研究標的，原因是唐詩的格律發展，是中國古典詩歌類型中，最為嚴謹，並且最具有邏輯系統的創作典型，在這種嚴謹的條件中，盛唐詩人竟然能夠提供驚人的作品量，並且體派繁多，風格明顯，這便有助於後世研究者的分析與探討。

再者，筆者發現，歷來學者對盛唐詩風的探討，比較著重於體派或作家研究，對於美學的研究，則審美意識的探討多於範疇分析。至於個人與時代的連結，或是同一時期作家中，彼此間思維意識的感染與模仿；或是性質相同的作品，卻因不同表現手法，所產生的差異性比較，及其境界高低，卻是學者們疏於研究的議題。

有鑑於此，筆者選定本書探討的目的如下：

一、「美的追求」與「自我實現」，為人生五大需求中，不可或
　　缺的兩大要素。但是該如何鑑賞優劣？又要如何實踐理想；
　　同時還得平衡現實？並且在主觀的思維中，又要統整出一套
　　客觀的評析標準才行，正是本書研究目的之一。

二、「美學範疇」之探討是本書主要議題，如此將抽象思維做具
　　體化與系統化的分類整理，以便後人在鑑賞或創作時的參考
　　佐證，乃研究目的之二。

三、選定盛唐，是因為唐朝詩人已經用作品證明了：「雅正文化」
　　其實是可以引領時代風潮，並影響後世的。雖然它是本文的
　　研究副題，卻也是重要的引申意義，因為觀古知今，殷鑑歷
　　史，才能指引未來。長久以來，台灣的文化版塊一直被政治
　　因素不當切割，這種「反文化」的滲透危機，應該被文人重
　　視，被適當導正，而不是被附和。

　　至於研究此一議題的另一項企圖心，則是希望藉此對抗「靡靡之
音」，當然，單靠少數文人的力量就想改變時代潮流，這是螳臂擋車
的想法，筆者絕對不敢奢望，但是如果多數人都有類似想法，人心思
變時，就會造「共相」，這時，情況又要改觀。

　　台灣社會功利主義盛行已久，速食文化披靡甚廣，相信許多有理
想、有抱負的文化份子，早已不能再坐視苟合，若拙作也能引起些許
迴響與共鳴，將是本文研究的最大潛在意義。

第二章 「盛唐之音」歷史探源

第一節 詩情與戰火——「盛唐之音」歷史探源

任何一個時代的文化發展，皆有其多元繁複的社會、歷史、人文等背景，與主、客觀因素，這些因素交織互映，遂形成當代獨特的文化風格。

五胡亂華以後，中原一帶胡漢雜處的情況就十分普遍，而唐代立國之初，為了拓展疆土，征戰頻仍，和邊疆少數民族的互動，除了和親與貿易之外，也常靠戰爭來解決問題或展現國威，伴隨戰爭所帶來的影響，除了國家政策變革以外，文化發展自然受薰習。

盛唐是一個精彩的年代，若從歷史的角度論，大致從玄宗開元初年，至代宗永太元年，約半個多世紀（西元 710～780 年）[1]。這段期間政治上由於戰爭結束，盛世宏開，太宗立位時，八方諸小國皆歸順於「天可汗」聖威，唐朝之國家聲望日隆，直至玄宗，大唐雄風乃披靡四海。此尤以開元、天寶年間為最，此期不論文治武功皆臻至鼎盛。文化方面一則因太宗以來，雅正文學被提倡，二則科舉制度的影響，詩歌創作成為廣泛流傳且被普遍重視的文學特色，積極進取的文化導向配合著強盛國勢，整個社會乃形成一股盛壯、昂揚、崇高、博大的泱泱大國氛圍。

---

[1] 葉慶炳《中國文學史》（臺北：學生書局，1965 年 11 月初版），頁 263。
柳存仁、陳中凡等著《中國大文學史》（上海書店出版社，2001 年 4 月 1 版 1 刷），上冊，頁 229。

　　此期的文化風格，在審美意識上，崇尚豐腴富貴，磅礴激昂的壯美風格，審美主流價值為陽剛之美，這一點可以從許多盛唐出土的文物上得到印證，這種觀點表現在詩歌創作上，自然展現「盛唐之音」的風華。

　　當然，形成這樣的文化特質，絕非一朝一夕之故，時代風尚的流行披靡，皆是循序漸進，自然衍化而來。盛唐詩風的定型，可以從縱、橫兩方面來思考，縱向因素為歷史的展衍，唐初承襲南朝華麗綺風，以及陳、隋以來宮體餘緒，故表現精雕巧飾的創作形式，這一點可以從唐詩體派演化和近體詩的格律發展得到驗證；再者唐代詩歌受南北朝民歌發展影響，兼具雄偉勁健與優雅柔媚的氣韻，甚且太宗以降，不斷提倡雅正文風，高宗、代宗、武后、玄宗賡續遺風，上行下效的結果，社會上形成一股普遍風氣，而這股精神猶如長江黃河般，波瀾相助，滔滔不絕，發展到開元，遂吟唱出渾博雅健的「盛唐之音」。

　　至若橫向因素則須考量到時代風氣與社會環境，唐初立國，政治清明，國家承平富裕，加上科舉取代了九品中正制，庶人得以藉此建功立業，許多出身貧寒的才子文士，因科舉得仕，遂改變其社會階層與地位，於是勃發政治熱情與人生意氣。再者國家為了拓展領域，邊塞烽火連天，士子若肯投筆從戎，為國立功，更網開科舉窄門之際，許多自認科考無望，或名落孫山的文人，轉而投身邊陲，他們目睹戰爭的慘烈與塞外風光的壯偉，竟而產生雄渾凜然之詩作，「盛唐之音」便是在這種多元而複雜的因素下，被融合得完美無瑕，而傳誦千古的美麗詩篇，於焉被吟哦頌讚[2]。

---

[2]　許總《唐詩體派論》(台北：文津出版社，1994 年 10 月初版)，頁 208-210。

　　開天以後，長安士子投牒、干謁、唱和的風氣甚盛，甚至以詩干祿，這種求取功名的流風所致，乃有一群具理想與抱負之時代詩人，漸漸拋棄奉和應制詩中，徒具工巧形式而缺乏真性情的作詩態度，他們甚至鄙視藉作品以為晉身手段的宮廷詩歌，故轉而追求以表現內在靈性，並達到反觀內省的自我哲思之創作目標，這正是文人自主意識的覺醒，更是「盛唐之音」作品風格的一大特點，而這種文人意識的風骨情操，也將唐詩境界推向更高更大的一層界域，並開啟另一嶄新里程碑。

　　實則唐代詩歌在演進的過程中，表現形式包含了語言、風格、時代風尚、藝術境界等多重面向，其由初唐宮廷詩與上官體之纖細雕刻，推演至四傑體的創新改革，以至於開天詩壇之蘊積衍發，直至盛唐，呈現出空前的高峰狀態。此期名家輩出，體派繁多，根據宋·嚴羽《滄浪詩話》所言，唐詩體派有：

> ……唐初體、盛唐體、大曆體、元和體、晚唐體、本朝體、元祐體、江西宗派體，以人而論則有蘇李體、曹劉體、陶體、徐庾體、沈宋體、陳拾遺體、王楊盧駱體、張曲江體、少陵體、太白體、高達夫體、孟浩然體、岑嘉州體、王右丞體、韋蘇州體、韓昌黎體、柳子厚體、韋柳體、李長吉體、李商隱體、盧仝體、白樂天體、元白體、杜牧之體、張籍王建體、賈浪仙體、孟東野體、杜荀鶴體」[3]。

　　而這些體派繁多的盛唐名家，雖然在創作形式上，各自堅持自己的風格，精神上卻有共同的審美理念與藝術品味，這種文化共相造成

---

[3] 宋·嚴羽撰，清·胡鑑注，任世熙校《校正滄浪詩話注》，（台北：廣文書局，1972 年 1 月初版），頁 33-36。

了一種特有的社會氛圍與時代精神，並且成為盛唐文化特色。廣義而言「盛唐之音」不僅出現在盛唐，自初唐以至中、晚唐，舉凡具有向上提振的文化意識與激越昂揚的審美模式，皆可稱為「盛唐之音」，不過本文所討論的範圍仍以歷史分期的盛唐為主。

一、南北朝詩歌衍化對盛唐詩風的影響

根據中國歷史的演進定律，一亂必有一治，魏晉南北朝是個大亂世，結果卻提供文學一片發展的沃土，五胡亂華以後，邊塞多種民族入關與漢人共處一地，遊牧民族的質樸熱情與華夏民族的優雅細緻，漸漸融合成富饒多元的社會風尚，此期文學觀也呈現多種樣貌，詩歌發展上更展現豐碩成果，今欲探究「盛唐之音」必須從南北朝詩歌發展推衍起。

（一）北朝民歌的豪宕風骨

西晉末年，因八王之亂導致五胡亂華，黃河流域落入胡人之手，東晉政權南遷之後，形成南北朝對峙局面，此後三百年間，文人詩歌沒落，造成文學史上的空窗期，但相對的民間樂府卻大放異彩，不僅詳實紀錄了北朝社會現象，更代表北方各民族心聲，成為中國文學史上不可多得的瑰寶。

今傳北朝民歌，主要保存在宋‧郭茂倩《樂府詩集》之〈梁鼓角橫吹曲〉裡，其本為胡人牧歌，初用胡語、鮮卑語來唱，經漢人翻譯而收錄，它唱出北朝新民族的心曲。後世學者研究認定〈梁鼓角橫吹曲〉乃北朝樂章，而郭氏誤錄於梁代，其實在「鼓角橫吹曲」上冠以

「梁」字，是因為這類樂曲實為北歌，而保存它的卻是南朝的梁，故稱為〈梁鼓角橫吹曲〉。

蕭滌非在《漢魏六朝樂府文學史》上說：

> 所謂〈梁鼓角橫吹曲〉者，實皆北歌，非梁歌也。今歌辭中有「我是虜家兒，不解漢兒歌」，及長安，渭水，廣平，鉅鹿，隴頭，東平，孟津諸北方地名，皆可為證。按梁武帝有〈雍台〉一首，為胡吹舊曲十一亡曲之一，又《隋志》云：陳後主遣宮女習北方簫鼓，謂之代北，酒酣則奏之。是此種北歌，固嘗先後輸入於梁陳，故智匠作樂錄時，因題曰〈梁鼓角橫吹曲〉耳。歌是北歌，而保存之者則南人也。[4]

按「虜」字是當時漢人對北方少數民族的輕侮稱呼，由此可見這是南朝樂官將胡人詩歌譯成漢語時所改寫的。郭茂倩根據智匠的《古今樂錄》，以北歌編入〈梁鼓角橫吹曲〉中，其實內容、風格與南朝的〈吳歌〉、〈西曲〉迥異。〈鼓角橫吹曲〉之稱，最早見於《南齊書・東昏侯紀》，為漢以來軍中馬上所奏的樂歌，本來是採自北狄胡人騎在馬上所唱的牧歌，為北方興起的一種軍樂形式，故又名「北方鐃歌」，簡稱「橫吹」。漢代設有「鼓吹署」以收北狄胡人民歌，此曲由於吸收了「北狄樂」（鮮卑樂）而形成一種特殊軍樂，故又稱為「鮮卑鼓吹」。

漢魏以降干戈不息，有些善於利用陰陽調和之理來凝聚軍心的將領，常利用音樂來鼓舞軍心，因為「詩言志，歌永言，聲依永，律和聲」（《尚書・舜典》）這是人類心理的自然發展，也是遠古以來，先民溝通情感，凝聚力量的最佳方式。遂使軍樂得以發展，更是日後促

---

[4] 譚潤生《北朝民歌》（東大圖書，1997 年 2 月出版），頁 43。

成邊塞詩發達的原因之一。三國時代的班壹、魏武、曹操等都是重視軍樂、提倡軍樂的將官，據說「鼓角橫吹」就是魏武所創。它所描寫的內容悉以邊塞征戰為主題，音韻悽愴，蒼涼高古，唐人邊塞詩多受其沾概。

郭茂倩《樂府詩集》中言及：

> 漢武帝時，南越七郡，皆給鼓吹是也。有鼓角者為橫吹，用之軍中，馬上所奏者是也。……其後魏武北征烏丸，越沙漠而軍士思歸，於是減為中鳴，尤更悲矣。

除了〈鼓角橫吹曲〉以外，〈企喻歌辭〉也是北歌代表，根據《樂府詩集》所錄，此曲可能源出氐族，明胡應麟認為〈企喻歌〉四首乃元魏先世風謠。

> 其辭剛猛激烈，如云『男兒欲作健，結伴不須多』等語，真秦風小戎之遺，其後雄據中華，幾一寓內，即數歌辭可徵。舉六代江左之音，率子夜、前溪之類，了無一語有丈夫風骨，惡能衡抗北人。[5]

蓋〈企喻歌辭〉以描繪北方民族尚武精神為基調，全組四首，最後一首甚至寫出了這種尚武精神所招致的悲慘結果。前後對照，不難看出這是一組反戰的民歌，作者運用詩歌表達了北方各族對「永嘉之亂」以來，統治階層連年發動戰爭，導致民不聊生的血淚控訴。盛唐諸多邊塞詩家（例如王昌齡），也常在作品中透露其反戰思想，這或多或少也是受北朝民歌影響，而唐開天以降，不少詩人以描寫現實，關心民瘼為主題，這一類社會寫實詩派，莫不究源於此。〈琅琊王歌

5　譚潤生《北朝民歌》（東大圖書，1997 年 2 月出版），頁 53。

辭〉八首，或寫北方民族之尚武精神，或寫孤兒與戰爭，或敘遊子思鄉之情，或狀主客相依心緒，質樸淳厚，及至唐人詩作中，有關懷鄉、詠史、送別諸作，常具北歌風骨。

北歌在形式上以五言四句一首之短詩居多，部份為四、七言雜體詩。七言四句的小詩，可算是北歌特色，其源自七言古詩，後來更為七言絕句的濫觴。雜言詩則為歌行體的發展創造了條件，特別是產生了像〈木蘭詩〉這樣長篇的雜言敘事詩，五言、七言、九言交錯成文，散駢穿插運用，使句法兼具整飭之美與參差之妙，而且聲調和諧優美，氣勢順暢通達，影響後世長篇歌行體發展甚鉅。

北朝民歌大抵為胡漢民族文化融合之產物，它代表了北方勇武、陽剛的男性社會特性，當時鮮卑為漢所同化，而漢文化亦受其浸染，頗具鮮卑氣息，這種文化融合互滲的結果，遂產生另一種新文學，並且形成南風北調之差異。茲以鮮卑族的〈敕勒歌〉為例：

> 敕勒川，陰山下，天似穹廬，籠蓋四野。
> 天蒼蒼，野茫茫，風吹草低見牛羊。

此詩根據《樂府詩集》云，產生於「北齊」，其引《樂府廣題》曰：

> 「北齊神武攻周玉壁，士卒死者十四五。神武恚憤，疾發。周王下令曰：『高歡鼠子，親犯玉壁，劍弩一發，元兇自斃。』神武聞之，勉坐以安士眾。悉引諸貴，使斛律金唱〈敕勒〉，神武自和之。」其歌本鮮卑語，易為齊言，故其句長短不齊。[6]

這段文字是研究〈敕勒歌〉的寶貴資料，只是高歡使斛律金唱〈敕勒歌〉以鼓舞軍心之事，應在高歡進攻西魏玉壁城失敗後，其時為東

6　宋・郭茂倩《樂府詩集》，（里仁書局，1980 年 12 月出版），頁 1212。

魏武定四年十一月已卯日（西元 546 年 12 月 24 日）之後不久。以此推論，〈敕勒歌〉的產生年代約於西元 530-560 年左右，即北魏王朝中期。以年代推斷，最早不會超過西魏初年，因為在那以前，漠南「陰山下」尚不屬敕勒族的駐牧地，還不能把它叫作「敕勒川」，至於下限，不會晚於北魏孝昌元年，因為在那以後敕勒族斛律部的首領斛律金已離開了漠南大草原，生活在晉西北的敕勒族（另一部族），文化水平低落，不可能再產生如此質樸豪放的詩歌了。[7]

後世學者考證此詩，作者問題更是眾說紛紜，如王灼《碧雞漫志》認為此詩為斛律金所作，清王夫之、沈德潛皆採此說，至若袁枚則認為應該是斛律金與斛律光父子合作。姑且不論作者為誰，此歌自魏晉南北朝流傳迄今，歷代評價甚高。例如晚唐名詩人溫庭筠即受其影響，他曾以〈敕勒歌〉為題，寫下：「敕勒金幘壁，陰山無歲華。帳外風飄雪，營前月照沙。羌兒吹玉管，胡姬踏錦花。卻笑江南客，梅落不歸家。」[8]的詩句，為晚唐具邊塞風韻之詩歌。金代最有名的詩人元好問評此詩時曾放聲高歌道：

> 慷慨歌謠絕不傳，穹廬一曲本天然。
> 中州萬古英雄義，也到陰山敕勒川。

而王灼在《碧雞漫志》裡即對〈敕勒歌〉作了甚高評價，他說：「斛律金不知書，能發揮自然之妙如此，當徐、庾輩不能也。吾謂西漢後獨〈敕勒歌〉暨韓退之〈十琴操〉近古。」至於清代沈德潛更是

7　宋‧嚴羽撰，清‧胡鑑注，任世熙校《校正滄浪詩話注》，（台北：廣文書局，1972 年 1 月初版），頁 186。

8　譚潤生《北朝民歌》（東大圖書，1997 年 2 月出版），頁 182。

一再讚美它。他在《古詩源》一書中提到：「莽莽而來，自然高古，漢人遺響也」。[9]

　　茲就美學觀點而言，如此蒼茫遼闊，氣勢磅礴的作品，當然是在一望無際的蒙古草原中才有可能產生，它的陽剛樸拙，形成一種渾厚真醇的自然美學，而那種以天地為穹廬，以山川為牧場的豪放氣魄，正好引領出北國牧兒頂天立地的男子氣概，也使讀者產生絕美的視覺聯想與空間張力。此截然不同於南方歌謠所吟詠的「枝中水上春併歸，長楊掃地桃花飛」[10]之悠柔情味。北方民歌所描寫的自然韻境與南方詩人所吟詠的情感世界，就這樣構成了南北朝詩歌文學的兩大主軸。

　　另外〈木蘭辭〉更是北朝民歌一大典型，它是北方民間敘事詩的精彩傑作，與東漢時期的〈孔雀東南飛〉成為文學史上，南北民間文學之雙璧[11]。

　　〈木蘭詩〉

　　唧唧復唧唧，木蘭當戶織。不聞機杼聲，唯聞女嘆息。
　　問女何所思，問女何所憶，女亦無所思，女亦無所憶。
　　昨夜見軍帖，可汗大點兵。軍書十二卷，卷卷有爺名。
　　阿爺無大兒，木蘭無長兄。願為市鞍馬，從此替爺征。
　　東市買駿馬，西市買鞍韉，南市買轡頭，北市買長鞭。
　　朝辭爺孃去，暮宿黃河邊。不聞爺孃喚女聲，但聞黃河流水鳴濺濺。

9　譚潤生《北朝民歌》（東大圖書，1997年2月出版），頁183。
10　宋‧郭茂倩編撰《樂府詩集》卷第四十八清商曲辭，原詩為梁昭明太子（簡文帝）作江南曲：「枝中水上春併歸，長楊掃地桃花飛，清風吹人光照衣，光照衣，景將夕，擲黃金，留上客」，（台北：里仁書局，1980年12月出版），頁728。
11　劉大杰《中國文學發達史》（台北：台灣中華，1980年10月出版），頁303-306。

旦辭黃河去，暮至黑山頭。不聞爺孃喚女聲，但聞燕山胡騎聲啾啾。
萬里赴戎機，關山渡若飛。朔氣傳金柝，寒光照鐵衣，將軍百戰死，
壯士十年歸。歸來見天子，天子坐明堂。策勳十二轉，賞賜百千強。
可汗問所欲，「木蘭不用尚書郎，願馳千里足，送兒還故鄉。」
爺孃聞女來，出郭相扶將。阿姐聞妹來，當戶理紅妝。
小弟聞姐來，磨刀霍霍向豬羊。
開我東閣門，坐我西閣床。脫我戰時袍，著我舊時裳。
當窗理雲鬢，掛（對）鏡帖花黃。出門看伙伴，伙伴皆驚惶。
「同行十二年，不知木蘭是女郎」。
雄兔腳撲朔，雌兔眼迷離。雙兔傍地走，安能辨我是雄雌。

　　此詩寫來質樸順暢，氣勢雄渾，一連串的排比句，摹寫木蘭女扮男裝，代父從軍的情懷與心境，整首詩未見雕琢巧飾，卻自然突顯出一個勤勞、善良、英勇、智慧的巾幗英雄形象，它是我國詩史上的奇葩，也是現實主義與浪漫主義成功結合的典型。[12]無怪乎大陸學者范文瀾曾說：「北朝有〈木蘭詩〉一篇，足夠壓倒南北兩朝的全部士族詩人。」

　　現存於《樂府詩集》中的北歌以〈鼓吹曲辭〉和〈橫吹曲辭〉兩部份為主軸，而漢橫吹曲中的〈出關〉、〈入關〉、〈出塞〉、〈入塞〉、〈折楊柳〉、〈望行人〉、〈關山月〉、〈洛陽道〉、〈長安道〉、〈梅花落〉、〈紫騮馬〉、〈劉生〉等曲名，更常被唐人引用作為邊塞詩題，至於唐人樂府古辭也常脫胎換骨於此，足見其影響層面。

12　譚潤生《北朝民歌》，（東大圖書，1997年2月出版），頁179。

（二）南朝詩歌的柔情細韻

　　至於南方，由於時代因素與地理環境影響，產生優雅柔媚的南朝詩歌。三國時期，由於吳大帝的積極開發，加上北方殘破，中原人士因戰亂而南徙，遂使關中與江南產生政治上的消長之勢。永嘉亂後，淮河以北淪入胡人手中，東晉政權南遷，中原士庶大舉渡江，此時政治、文化、經濟重心遂由北方移轉到南方，其最初偏安於杭州（臨安），後以南京為都城，慢慢形成一個新的都會中心，新的人文取向也在此醞釀演發。《樂府詩集》卷四十四論〈吳聲歌曲〉說：「蓋自永嘉渡江之後，下及梁、陳，咸都建業，吳聲歌曲起於此也。」

　　現存南朝民歌，大都保存在《樂府詩集》（清商曲辭）類中，分為〈吳歌〉、〈西曲〉兩部分。「清商」本是漢魏的舊樂（即相和歌。「清商」以音樂性質而言，「相和」以演唱方式而言，至南朝已衰落）。郭茂倩編《樂府詩集》，就把漢魏的清商歸為〈相和歌詞〉，而把南方新興的歌曲合為〈清商曲辭〉。但根據《宋書・樂志》載王僧虔於宋順帝昇明二年所上奏章說：

> 今之清商，實由銅雀。魏氏三祖，風流可懷。京洛相高，江左彌重。而情變聽改，稍復零落，十數年間，亡者將半。自頃家竟新哇，人尚淫俗，務在嘽危，不顧律紀，流宕無涯，未知所極，排斥典正，崇長煩淫。

又《南齊書，蕭惠基傳》說：

> 自宋大明以來，聲伎所尚多鄭衛，而雅樂正聲鮮有好者。惠基解音律，尤好魏三祖曲及相和歌，每奏輒賞悅不能已。

以上資料說明舊清商樂的衰微，同時也表示南朝宋、齊時猶未將〈吳歌〉、〈西曲〉歸入清商。而最早將其詩歸入清商樂的則是《魏書・樂志》：

> 初，高祖（孝文帝）定淮、漢，世宗（宣武帝）定壽春，放其聲伎，江左所傳中原舊曲……，及江南吳歌、荊楚西聲，總謂清商。[13]

清商曲辭的興起源自江南流行的民間歌謠，最初純然為民間文學，後來得到文人、士大夫喜愛，遂為樂官所採集，被以管絃，列入清商曲中，流傳迄今。至於名稱由來，則依產生的地域而得名，〈吳歌〉發生在今日的江蘇、浙江一帶，悉以南京為中心。金陵因為是六朝古都，商業繁榮勢屬必然，加以秦淮河畔歌樓舞榭，宮廷笙簫與鶯柳艷瀆遂成為描寫題材，加上歷代文物昌盛，衣冠宮柳相屬，秦淮河畔的商女，聲歌不輟，文人見此，豈能不引發詩情？

《宋書》更詳細說到，吳歌的發生地在江東，也就是長江中下游以及太湖流域一帶，乃古時三國吳所在之地。亦即建業（今南京）附近，金陵（今南京）自吳乃至東晉、宋、齊、梁、陳，歷六朝古都，此處相襲為吳地，故其民間歌曲稱為〈吳歌〉。此稱最早見於《宋書・樂志》：

> 吳雜曲，並出江東，晉室以來，稍有增廣。……又有西傖羌胡雜舞，隨王誕在襄陽造襄樂，南平穆王為豫王豫州，造壽陽樂，荊州史沈攸之又造西烏飛歌曲。並列於樂官，歌詞多淫哇不典正。[14]

13　譚潤生《北朝民歌》（東大圖書，1997 年 2 月出版），頁 281。
14　譚潤生《北朝民歌》（東大圖書，1997 年 2 月出版），頁 276。

　　從〈樂志〉這段文字可以瞭解，〈吳歌〉算是六朝時期，江南風行的通俗樂曲。蓋江南倉廩之地，氣候溫潤，物產豐饒，經貿繁榮，百姓富庶，政商仕紳往來絡繹，此地自古以來人文薈萃，正所謂「上有天堂，下有蘇杭」是也。每日生活面對著青山翠嶺，明湖秀色，自然容易陶冶居民熾熱而浪漫的情感，再者物質生活富裕，南方人對生活品味的追求，比較趨向精緻優美，而且在長江水澤之濱，襯著明媚山河與江南風煙，多少濃情蜜意乃被詩歌轉化，而這一份情思，藉著優美的詩韻傳誦，篇篇佳作就此生發。因此見到壟頭採桑，便有〈採桑歌〉；湖畔採蓮，便有〈採蓮曲〉、清江泛舟，遂有〈江南弄〉；溪頭流連，接歡送子，便有〈桃葉歌〉、〈前溪歌〉的誕生，只是它的曲調與歌詞為了迎合大眾口味，不像宮廷詩歌那麼典正富麗！倒頗為類似現代的流行歌曲。

　　至於南方歌謠的產生年代，根據史料記載，〈吳歌〉在東晉時期已普遍流行，其描述題材多以男女戀情為主，且音韻清婉疏柔，多用漢語創作，其聲律有送有和[15]，風格纏綿婉轉。

　　《樂府詩集》卷四七云：

> 按西曲歌出於荊、郢、樊、鄧之間，而其聲節送和與吳歌亦異，
> 故依其方俗謂之西曲云。[16]

茲以〈子夜歌〉為例：〈子夜歌〉之聲調淒婉動人。據《唐書‧樂志》記載，說它「聲過哀苦」。今錄六首以證：

---

[15] 譚潤生《北朝民歌》（東大圖書，1997 年 2 月出版），頁 329。
[16] 宋‧郭茂倩編撰《樂府詩集》卷第四十七〈西曲歌上〉，（台北：里仁書局，1980年 12 月出版），頁 689。

(一)宿昔不梳頭，絲髮被兩肩。婉伸郎膝上，何處不可憐。

(二)始欲識郎時，兩心望如一。理絲入殘機，何悟不成匹。

(三)高山種芙蓉，復經黃蘗塢。果得一蓮時，流離嬰辛苦。

(四)年少當及時，蹉跎日就老。若不信儂語，但看霜下草。

(五)夜長不得眠，明月何灼灼。想聞散喚聲，虛應空中諾。

(六)儂作已辰星，千年無轉移。歡行白日心，朝東暮還西。

　　就今存之歌辭觀之，〈子夜歌〉實為描述男女相思歡愛的情歌，其修辭特色如下：

第一、多用雙關語，諧聲義。如「婉」與「腕」諧音；「理絲」之「絲」諧意為「情思」之「思」；「蓮」諧音為「憐」。

第二、善用比興。如用「理絲入殘機」以比喻愛情的殘破。「芙蓉」用以象徵美好，「黃蘗」代表相戀不得終老的辛苦，「蓮」、「憐」諧音，雙關為憐憫。「霜下草」借代為衰老。「北辰星」比喻永遠不變的貞心，「白日」象徵朝東暮西的善變。多種修辭技巧運用得當，生動貼切。

第三、使用特殊的稱代詞，如女子喜用「儂」以稱代「我」，用「歡」以稱代「情郎」，如此輕柔而多情的韻緻，正是吳儂軟語之本色。[17]

　　而這些修辭技巧，影響盛唐詩歌在創作上的文字精煉度，及形式與聲韻之美，更是後來「盛唐之音」的一大特質之一。類此悲情小調，東晉時期在南方流傳甚廣，入唐以後，唐代諸多詩人也常以〈子夜歌〉為題而另創新聲，像膾炙人口的李白〈靜夜思〉，就是脫胎於〈子夜秋歌〉的「仰頭看明月，情寄千里光」，北宋‧蘇軾〈和子由澠池懷

---

[17] 譚潤生《北朝民歌》（東大圖書），1997 年 2 月出版，頁 293。

舊〉詩中「人生到處知何似？恰似飛鴻踏雪泥」句，與〈子夜冬歌〉中的「若不信儂時，但看雪上跡」，有異曲同工之妙。

　　至若〈西曲〉之稱，《宋書》曾記載「西傖羌胡雜舞」，因為〈西曲〉中舞曲居多，故「西傖」一詞，在南北朝時期概指稱南渡的人士叫「傖人」，稱楚地的人則為「傖楚」、「西傖」。所謂「西傖雜舞」，當指吳地荊楚之人所編製的歌舞，也就是〈西曲歌〉。可知〈西曲〉創發所在地為西方荊楚一帶，亦即長江中流和漢水交會之間的地方，如果從〈西曲〉中所提到的地點來看，應包括今日的四川、兩湖、河南、安徽、江南等地方。

　　關於〈西曲〉產生的時代，略晚於〈吳歌〉，多數是宋、齊兩代的樂曲。今《樂府詩集》收錄的〈西曲〉歌辭共三十三種，其中舞曲十四種，倚歌十四種；〈孟珠〉、〈翳樂〉為舞曲兼作倚歌；〈楊叛兒〉、〈西烏夜飛〉、〈月節折楊柳歌〉三種性質不明。《古今樂錄》特別說明西曲有一部份屬舞曲，能歌能舞正是〈西曲〉特性。換言之，〈西曲〉能吟唱、也能歌舞，可謂兼具文學、音樂與舞蹈多重表演性質，這一點是其他詩歌創作比較少見的特質。

　　而南北朝民歌中屬〈相和歌辭〉的平調曲如〈銅雀妓〉、〈猛虎行〉、〈燕歌行〉、〈從軍行〉等，常是唐人歌行樂府的創作題材；而同屬於〈相和歌辭〉瑟調曲中的〈飲馬長城窟行〉、〈孤兒行〉、〈蜀道難〉、〈病婦吟〉、〈折楊柳行〉等，唐人詩作亦吟詠不絕。其他如〈長信怨〉、〈玉階怨〉、〈子夜歌〉等更是唐代詩人描寫宮閨怨婦常用的母題，如王昌齡的〈長信宮詞〉、李白〈玉階怨〉皆是。

　　除了民歌以外，士族詩人中，顏延之與謝靈運乃文學史上一致公認的齊梁時期「元嘉詩體」代表。顏延之風格源出陸機，鍾嶸認為他的作品「體裁綺密，情喻淵深，動無虛散，一字一句，皆致意焉」，

他和謝靈運二人皆喜雕琢、好用典，字裡行間充滿濃厚的貴族氣息。湯惠休曰：「謝詩如芙蓉出水，顏如錯彩鏤金」[18]。至於文學史對謝靈運的評價則是「佳篇不足而妙句多」，例如：「池塘生春草」、「明月照積雪」等，便是膾炙人口的千古名句，但通篇閱讀下來，氣勢卻又稍嫌鬆散，鍾嶸《詩品》言其詩：「貴尚巧似，而逸蕩過之，頗以繁蕪為累，然其氣韻高潔，宛若青松白玉」可謂褒貶互依。

顏、謝以外，南朝代表詩人中，絕不可忽略「俊逸豐神」[19]、「才秀人微」的鮑照，齊書文學傳說他：「雕藻淫艷，傾炫心魄」，這是指他的五言詩或辭賦作品而言，實則鮑照的代表作應為雜體樂府歌辭，茲舉〈行路難〉十八首之一為例：

> 君不見河邊草，冬時枯死春滿道。
>
> 君不見城上日，今暝沒盡去，明朝復更出。
>
> 今我何時當得然，一去永滅入黃泉。
>
> 人生苦多歡樂少，意氣敷腴在盛年。
>
> 且願得志數相就，床頭恆有沽酒錢。
>
> 功名竹帛非我事，存亡貴賤付皇天。

此詩將鮑照生活上艱苦困頓的心境全盤托出，詩句中全然表現懷才不遇，落拓放蕩的情懷，十分真切感人。至於這種以「君不見」為起始的寫作手法，唐代詩人引用甚多，如李白、高適、李頎的樂府詩作多所吟誦創作。

除此而外，我們絕不可遺漏開啟中國山水田園詩勝境的偉大詩人的準則——陶淵明，淵明淹沒於當代，它的作品質樸與清雅，完全違

---

[18] 鍾嶸《詩品》，(台北：全楓出版社，1986 年 10 月出版)，頁 119。

[19] 杜甫〈春日憶李白〉詩：「清新庾開府，俊逸鮑參軍」。

背了元嘉綺靡風尚，鍾嶸《詩品》甚至評其為「品中」，而且說他「傷清雅近淺俗」，再者由於位低職卑，生活貧困，顏延之頗看不起他，實則淵明並非凡塵俗夫，故其清氣雅音非庸人所能欣賞，終於在陶潛死後近五百年，盛唐王維以其慧眼，端視文學瑰寶，而對他備極推崇，從此也改寫了文學史對他的評價。

　　齊、梁兩代詩風，對於形式的追求，十分考究，此時聲律說也已興起，於是近似律體句的新體詩應運而生，唯當時詩人常以宮廷歡宴為素材，結果形成了香艷浮誇的宮體文學。齊·永明時代，文學界最負盛名的莫過於「竟陵八友」[20]，八友之中又以沈約、謝朓聲譽最隆。

　　謝朓（小謝）與謝靈運（大謝）有大、小二謝之稱，李白曾寫詩讚賞他：「當中小謝又清發」，其作品繼承大謝山水詩遺風，寫景清綺俊秀，自然和諧，而且在聲律與辭藻的運用上，善於鎔裁，不致流於浮靡，可謂南北朝時期詩壇一大清流。

　　茲以下列二詩為例：

〈銅雀悲〉

落日高城上，餘光入總帷。寂寂深松曉，宵知琴瑟悲

〈王孫遊〉

綠草蔓如絲，雜樹紅英發。無論君不歸，君歸芳已歇

以上兩首詩造景如畫，語句清新細緻，而且格調高雅，史家評其上承樂府古韻，下啟唐人絕句。惜詩情雖好，詩才稍弱，故後世評小謝作品為卓見佳句，但佳篇不多，此又落入大謝藩籬，故《詩品》評其：

20　根據劉大杰《中國文學發達史》所載，竟陵八友為：王融、謝朓、任昉、沈約、陸倕、範雲、蕭琛、蕭衍。

「一章之中,自有玉石。然奇章秀句,往往警遒。善自發詩端,而末篇多踬,此意銳而才弱也。」[21]

　　沈、謝之外尚有梁武帝(蕭衍,字叔達)及昭明太子(蕭統,字德施,武帝長子)、簡文帝(蕭綱,字世纘,武帝三子)、元帝(蕭繹,字世誠,武帝七子),此父子四人頗類三曹父子。四人俱好佛,喜樸雅之江南民歌小詩,而後加以潤飾妝點,使民歌充滿了富貴華麗的宮廷色彩,唯昭明風格偏向清雅,大異父兄。

　　〈子夜歌〉梁武帝

　　　　恃愛如欲進,含羞未肯前。朱口發艷歌,玉指弄嬌絃。

　　〈秋閨照鏡〉簡文帝

　　　　別來顲翠久,他人怪容色。只有匣中鏡,還持自相識

　　以上兩詩皆以閨情為生活主旨,用辭典麗,惜少風骨,算是一種靡靡之音[22]。但這種韻調卻普遍在南朝上流社會發展,形成文學史上的宮體流風,自南朝以迄唐初,仍然影響貴族詩壇。

　　而宮體文學發展到陳代,經陳後主、江總、陳瑄、孔範等人推波助瀾,到達淫艷至極之地。至於律體方面,則徐陵、陰鏗二人成就較高,這些詩風餘緒經隋入唐,慢慢演變浸潤,終於在盛唐時期,繁榮成一片璀璨的詩歌園地,美麗的詩情交織著壯烈的戰火,逐舖敘成一篇篇詠誦千古的動人詩章,而這些美麗的詩章,更成為敦促盛唐文化風教最大的動力。

---

[21] 譚潤生《北朝民歌》(東大圖書,1997年2月出版),頁129-130。

[22] 劉大杰《中國文學發達史》(台北:台灣中華,1980年10月),頁316。

二、初唐「宮廷詩風」

中國四大韻文中，唐詩算是史上最光輝燦爛的一項，其興盛的原因固然很多，但帝王的大力提倡，該是極重要的關鍵，再者導正六朝綺靡淫風，使唐詩走向健康發展之路的最大功臣，非唐太宗莫屬。但向來論唐代詩歌發展者，往往容易忽略這一點，本文於此將作論述。

（一）唐太宗的雅正文學觀

所謂「雅正」，是指形式上的典雅，與內容思想上的正向提振。《詩經》有大、小二雅，皆屬宮廷祭祀、宴饗之樂，後世遂以「雅音正聲」代表典雅的樂曲，漸次引申為崇高優雅的風尚。「雅正」本指對人的敬稱，後來引申為一種典正高雅，並可引為常則的風範。《論語・述而》篇：「子所雅言」，《荀子・王制》：「不敢亂雅」，《後漢書・竇后》：「雅以為美」，足見雅正者，同時兼具內容及形式上的要求。它象徵一種主流價值觀，也代表一種崇高正向的境界。

唐朝為歷史上難得的盛世，唐太宗為開國英主，其平素雖雅好文學，卻不沈迷，這一點與梁簡文帝、陳後主、隋煬帝等帝王的作風不同，太宗並不將文學作為表現自己人生價值的主要方式，他總是在遊憩與政治之間，適度的將君主身份與職責藉由文學來表達，所以他能夠在愛好文學的同時，把握一定尺度，以便將文學納入符合自己政治理想與政治利益的軌道中。茲以〈帝京篇序〉為例，來剖析太宗的詩歌創作理論：

> 予以萬幾之暇，遊息藝文，觀列代之皇王，考當時之行事，軒昊舜禹之上，信無間然矣！至於秦皇周穆，漢武魏明，峻宇雕牆，窮侈極麗，征稅殫於宇宙，轍跡遍於天下，九州無以稱其

求，江海不能贍其欲，覆亡顛沛，不亦宜乎？予追蹤百王之末，馳心千載之下，慷慨懷古，想彼哲人，庶以堯舜之風，蕩秦漢之弊；用咸英之曲，變爛熳之音；求之人情，不為難矣！故觀文教於六經，閱武功於七德，台榭取其避燥濕，金石尚其諧神人，皆節之乎中和，不系於淫放。故溝洫可稅，何必江海之濱乎？麟閣可玩，何必兩（一作山）陵之間乎？忠良可接，何必海上神仙乎？豐鎬可遊，何必瑤池之上乎？釋實求華，以人從欲亂于大道，君子恥之。故述帝京篇，以明雅志云爾。[23]

　　序中所云，可謂推心中肯之論。他首先從歷代帝王的傾亡顛沛覆轍中，發現「峻宇雕牆，窮侈極麗」之不可為；同時對「軒昊舜禹之上」作了充分的肯定和讚許。他清楚的看到距唐不遠的梁、陳及隋之覆亡教訓。因此要改變「秦皇周穆，漢武魏明」之惡習，便必須復古，必須「以堯舜之風，蕩秦漢之弊」。而所謂「堯舜之風」，其實質就是追求樸實，崇尚積極務實的政教風範，其精神可謂全面復古。

　　而復古的標竿正是儒家禮教中「哀而不傷，樂而不淫」的中和之聲，為了達到這個目標，必須「用咸英之曲，變爛熳之音」，並且要「觀文教於六經，閱武功於七德」，這「六經七德」就是指追求雅正的文學觀。

　　由於強調雅正中和的文學思想，對於淫放華靡、綺艷無實的文風必然嚴加抨擊，因此太宗在許多場合中都表現了他對「正樂雅音」的推崇之意，並且對鄭衛之聲多所批判揚棄。《貞觀政要·文史第二十八》記載：

---

[23]　吳功正《唐代美學史》（陝西師範大學出版社，1999 年 7 月 1 刷），頁 70。

貞觀十一年，著作郎鄧隆表請編次太宗文章為集，太宗謂曰：
「朕若制事出令，有益於人者，史則書之，足為不朽。若事不
師古，亂政害物，雖有詞藻，終貽笑後代，非所觀頌也。只如
梁武父子及陳後主、隋煬帝亦大有文集，而所為多不法，宗社
皆須臾傾覆。……凡人主惟在德行，何必要事文章耶？」[24]

　　太宗此番議論固然是對君主而言，但未嘗不是對大臣與文人之要
求？在唐太宗的觀念裡面，君主首先應「立德」，其次再求「立功」
再其次為「立言」，以是之故，遂不急著在文學上求名號。而貞觀初
年，唐太宗曾對監修國史的房玄齡說：

比見前、後〈漢史〉載錄揚雄〈甘泉〉、〈羽獵〉，司馬相如〈子
虛〉、〈上林〉，班固〈兩都〉等賦，此既文體浮華，無益勸誡，
何假書之史策？其有上書論事，詞理切直，可裨於政理者，朕
從與不從，皆須備載。(《貞觀政要・文史第二十八》)[25]

　　唐太宗直批揚雄、司馬相如、班固等人的漢賦「文體浮華，無益
勸誡」，足見其提倡雅正文學的觀點，這種觀念甚至影響後世文家，
如中唐韓愈提倡「文以載道」之說，宋明以後理學家多倡導經世致用
之學，都可算是這種觀念的延伸。南朝以來，文風淫靡浮蕩、內容聲
色犬馬，有害於風教。太宗對此尤為重視警惕，武德四年（西元 621
年）他便以秦王府為中心，廣開文學館以待四方之士，以杜如晦、虞
世南、孔穎達、薛收等人為十八學士，復廣延天下文士，並與之研討
典籍經義，藉茲矯正南朝浮蕩文風，甚且正本清源，推廣正樂雅音，
從而建立良好文化規範，為唐代文化舖展康莊坦途。

---

[24] 吳競《貞觀政要》（台北：北大書局，1956 年 11 月，台灣初版），頁 11。
[25] 吳競《貞觀政要》（台北：北大書局，1956 年 11 月，台灣初版），頁 10。

　　臺靜農先生曾在〈唐代詩歌的發展〉一文中提到，唐代文學之所以蓬勃發展，唐太宗是一大護法，《全唐詩》卷一曰：「有唐三百年風雅之盛，帝實有以啟之焉，《舊唐書·上官儀傳》載錄：「太宗雅好屬文，每遣儀視草，多令繼和，凡有宴集，儀嘗預焉。」以上記載說明了唐太宗對雅正文學的支持推展之功。

　　至於唐太宗個人的詩風特色，可歸納出雄渾豪邁與細膩典雅兩項特質，前者以五古居多，題材多為詠史之思或良君風範，後者五、七言皆有，乃群臣與之奉和應制時的對答之作。

　　奉和應制之作，雖然在文學史的評價上，比不上其他類型的詩歌創作，但是在「盛唐之音」的形成過程中，也有其過渡及轉接價值，尤其在太宗時期，大臣們奉和的選材不是頌揚政績、推崇志節，就是彪炳勳蹟、詠史鑑今，再者承先啟後、肩負重任，有時讚頌承平治績、有時宣揚教化之功，總之內容大體不脫離教忠教孝的道德典範，而這些也都是雅正思想建立的重要機制。

　　據大陸學者陳順智的研究，唐太宗的雅正文學思想應可總括為下列數點：

　　1、師崇古風：主張以古變今，太宗對始皇、陳後主、隋煬帝等
　　　　大加批判，對堯舜、孔孟則極力推崇，目的在於矯正當時頹
　　　　靡的文風。

　　2、崇尚德行：他主張以德實文。在德行與詞藻之間，唐太宗其
　　　　實更傾向于德行，但他並不反對詞藻，只是要求創作者在道
　　　　德修養與技巧之間，應以道德修養為前提。

　　3、提倡「雅志」，主張以雅志矯正俗情。文學創作必須有崇高
　　　　的理想，要抒發政治抱負、要有道德追求，不應濫發靡靡之
　　　　音或隱遁之志，或者蔓生玄幻虛渺的瑤池神仙之想。換言

之，文學創作必須具有益勸誡、可裨政理，並藉以催人奮進、勸人向上的教化功能，才是主流。

4、提倡「詞理切直」的質樸文風，反對南朝以來釋實求華的文章弊病。對於齊梁流弊，太宗雖然沒有時時處處批判，但所作所為莫不具有鮮明而強烈的主導性，這種呼籲導正，也為唐朝後來的典正文風舖下坦途。[26]

由於唐太宗極力提倡中和、雅正的詩歌觀念，結果對當代詩風起了決定性的影響，也致使唐代詩歌比南朝詩風更具顯著之進步。以唐太宗的代表作：《帝京篇》詩組為例，其氣魄之雄渾豪邁，筆墨之縱肆酣暢，字裡行間所描寫的壯麗京城樓閣苑與宮廷苑囿，在反映了豪華富貴的宮廷宴饗生活中；一代英主從容優雅的從事禁苑遊憩之樂。這種富貴氣象，非但不淫頹，反而在詩中綻放出奮發進取、勵精圖治的精神，那種恢宏偉廓、雄偉豪壯的氣概，唯有大唐天子足可稱當其勢，這又豈是六朝亡國之音所能望其項背者哉！

再者太宗十分摒棄宮體詩。「宮體詩」與「宮廷詩」雖僅一字之差，但兩者在本質上卻大相逕庭。宮體詩創于梁代，此類作品代表作家為梁簡文帝、徐離與庾肩吾父子，宮體文學的特點就是淫辭放藻，華而無實。此類作品常以後宮女性為主要描寫對象，創作風格也以聲色感官刺激為旨歸。這種作品在唐太宗集中，多被摒除，太宗詩集裏最具爭議性的一首詩〈秋日學庾信體〉常被視為宮體之作，其實若僅從題目觀之，則太宗斷難逃離「宮體」之嫌，但實際上他不過是學習庾信的寫景技巧而已，全詩舖寫宮中秋夕景緻，清疏典麗，幽靜無華，何艷之有？茲錄全詩以觀之：

---

[26] 陳順智〈論唐太宗的雅正文學觀及其對貞觀詩壇的影響〉，《武漢大學學報，哲學社會科學版》，1999 年第 4 期，總第 248 期。。

〈秋日學庾信體〉

嶺衛宵月桂，珠穿曉露叢。蟬啼覺樹冷，燭火不溫風。

花生圓菊蕊，荷盡戲魚通。晨浦鳴飛雁，夕渚集棲鴻。

颯颯高天吹，氛澄下熾空。

　　況且客觀分析，以描寫艷情為中心的宮體詩，在初唐詩人作品中，數量已遠遜於南朝，盛唐以後宮廷詩人不但在人數、作品及境界上，皆優於初唐，這不得不歸功於太宗的提倡雅音正聲。

　　艷情詩被擯棄，對於風行逾百年的宮體詩歌而言，無疑是一大打擊；但對於唐代詩歌發展而言，卻是一大幸運；對於中國詩歌的整體發展來說，更是一大福音！再如〈首春〉詩：

寒隨窮律變，春逐鳥聲開。初風飄帶柳，晚雪間花梅。

碧林青舊竹，綠沼翠新凸。芝田初雁去，綺樹未鶯來。

　　此詩描寫初春景致，展現出一片欣欣向榮的蓬勃生機，全詩形象生動自然，唯聲色氣味稍具齊梁、陳隋餘風，創意不大。不過，全詩在用詞上另創新詞，表現出一定特色，如「初風」詞新，妙于「初日」、「初月」；而「春逐鳥聲開」句，將春與鳥之間，巧妙的以擬人化手法，主客對應，敘寫春林妙趣，而雁去鶯未來的景致，象徵初春時節料峭春寒的情境，全詩客觀敘寫自然景物，並表現出對帝王大自然的精心賞玩態度，更讓人感到古人對天地的孺慕真心。

　　中國文人對于大自然的「賞心」成熟於六朝，自陶淵明、謝靈運等代表山水田園詩派之詩家出，有唐一代，由山水景致所創發的詩情，更成為詩人創作中密切難分的生命共同體。唐太宗對此領悟甚深，故「賞心」之作，在其詩中佔有極大份量。除此而外，唐初受道家思想與魏晉玄學影響，太宗不僅於詩歌中吟詠自然以寄情，甚且還

表現出閑淡疏散、追求物外的道家精神風貌。作為一個文人士子，功名不遂時，表現超然物外的態度與淡泊疏散的思維，仍不失為名士風流；但作為一國之君，卻時時抒發避世思想，則容易給人一種不負責任的印象，而這正好是六朝君主的特點之一。唐太宗對此也偶有流露，如「對此掛千慮，無勞訪九仙」、「寄言博通者，知予物外志」、「抽思茲泉側，飛想傅岩中」、「攄懷俗塵外，高眺白雲中」此類尋仙隱逸之句，無疑承續六朝餘風。綜觀太宗得作其明雅志、擯宮體乃針對六朝積風的反制，此一提倡對唐代後來的詩歌發展產生極為積極與深遠的影響。

（二）貞觀詩壇與唐詩發展

　　長期以來，貞觀詩歌總不免被看成為「宮體詩」餘緒。究其淵源實出於聞一多先生〈宮體詩的自贖〉一文，聞一多先生說：「宮體詩就是宮廷詩，或以宮廷為中心的艷情詩，……嚴格的講，宮體詩又指以梁簡文帝為中心的東宮及陳後主、隋煬帝、唐太宗等幾個宮廷為中心的艷情詩。」[27]此論一出，論者即奉為圭臬，影響甚鉅。

　　前文已論述「宮廷詩」並非「宮體詩」，茲不贅敘。貞觀詩壇最熱門的創作應是奉和酬唱之作，而非宮廷艷詩。奉和酬唱的對象主要是唐太宗及宮中大臣。其中奉和唐太宗詩作最多的人是許敬宗，共達十九首；楊師道僅四首；褚亮、虞世南共三首；其他如岑文本、顏師古、魏徵、李百藥等也均有和詩，為數也不多。概大臣奉和君主，自六朝以來已成風習，太宗君臣自不能免俗。至於唐太宗吟詠自然的詩篇當然是大臣們奉和的主要對象，就連那些巡幸、言志的什篇，大臣

---

[27] 許總《唐詩體派論》，（台北：文津出版社，1994 年 10 月初版），頁 29。

們也來應和一番。這些正是不同於六朝（尤其梁、陳君臣）奉和吟詠
的地方。此類詩雖然無法免除浮華頌揚的宮廷習氣，但也都表現了雅
正觀念，如許敬宗〈奉和行經破薛舉戰地應制〉、〈奉和入潼關〉、〈奉
和秋暮言志應制〉等詩即是。茲以楊師道〈奉合正日臨朝應詔〉詩為例：

> 皇猷被寰宇，端扆屬元辰。九重麗天邑，千門臨上春。

此詩乃順應太宗原作，運用典麗辭藻對太宗功德作一番空泛讚
頌。又如太宗有〈過舊宅〉詩兩首，大體掉發了如同漢高祖成就帝業
之後的還鄉情懷。
許敬宗〈奉和過舊宅應制〉詩云：

> 飛雲臨紫極，出震表青光。自爾家寰海，今茲返帝鄉。
> 情深感待國，樂甚宴譙芳。白水浮佳氣，黃星聚太常。
> 歧鳳鳴層閣，酆雀賀雕梁。桂山猶總草，蘅薄尚流芳。
> 攀麟有遺皓，沐得圤成觴。

上官儀〈奉和過舊宅應制〉：

> 石關清晚夏，璿輿禦早秋。神髦颭珠雨，遷吹響飛流。
> 沛水祥雲泛，宛郊瑞氣浮。大風迎漢築，聚煙入舜求。
> 翠梧臨鳳邸，滋蘭帶鶴舟。堰柏歌玄化，扈蹕頌王遊。
> 遺簪謬昭獎，珥筆荷恩休。[28]

兩詩皆將太宗比作漢高祖而加以頌揚，思路如出一轍，至於用典
與雕琢藻飾方面，也大致無異，很公式化，談不上創意，更難具藝術
價值。

---

[28] 許總《唐詩體派論》，（台北：文津出版社，1994年10月初版），頁31。

　　史載太宗時期有三次較大規模的酬唱活動。一是在于志寧宅舉行的集宴，詩題為〈冬日宴於庶子宅各賦一字得某〉，作者有于志寧、令狐德棻、杜正倫、許敬宗、岑文本、劉孝孫等人；二是在楊師道山宅舉行的集宴，詩題均為〈安德山池宴集〉，參加的詩人有岑文本、劉洎、褚遂良、楊續、許敬宗、李百藥、上官儀等；三是遊清都觀，詩題均為〈遊清都觀尋沈道士得某字〉，參加的詩人計有劉孝孫、陸敬、趙中虛、許敬宗等。

　　前二次基本上是欣賞歌舞歡宴、自然美景，還有清言高論、雅琴妙文，如果用令狐德棻的詩來加以概括，就是「放曠山水情，留連文酒趣」。後一題訪道尋隱，乃魏晉隱逸觀念與自然審美意識的融合，所謂「寓目雖靈宇，遊神乃帝鄉。道存真理得，心灰俗累忘。煙霞凝抗殿，松桂肅長廊。早蟬清暮響，崇欄散晚芳」。綜觀這些詩作，內容完全是高層文人間的文字應酬，其精神內涵承襲魏晉名士追求清虛雅逸的生活情調，與梁陳以後文人追求物欲，縱情聲色享樂的綺靡情調叛然相反。

　　除奉和詩以外，初唐言志詩作品頗多，也算此期特色之一。唐太宗的大臣來源廣泛，構成複雜，但有一點卻非常一致，即他們有志向、有企求、有才華。唯其如此，他們才能受到太宗的賞識，也終能躋身於唐朝初期的最高統治階層中。而這些人的志向追求，委婉曲折地表現在懷古、詠史詩中，如王珪〈詠漢高祖〉、〈詠淮陰侯〉，魏徵〈賦西漢〉，褚亮〈賦得蜀都〉，虞世南〈賦得吳都〉，李百藥〈郢城懷古〉等作品皆鑒古知今，假詠史之嘆、而總結歷史興亡，但最終目的仍是直指現實，抒遣懷抱。

　　此外，初唐宮廷詩人的志向追求，有時還直接地表現在對於邊功主動的嚮往，是以其筆下吟詠邊塞題材的詩作頗多；梁陳君臣多將邊

塞詩作表現在思婦怨情的主題上，初唐詩人則表現在對功名的熱衷渴求。他們的作品或者表達重節義、酬君恩之思；或者極陳戰場苦寒與戰鬥慘烈之狀。最為典型的代表是魏徵與虞世南。魏徵之〈述懷〉表現的正是身為一代國士所應肩負的國家責任，與投筆從戎的慷慨志向，其重然諾、守節義的高尚品格與「人生感意氣，功名誰復論」的英雄豪氣，正是後來「盛唐之音」吟誦的主調，全詩情、理、氣、志俱佳，堪稱初唐第一首言志詩。其〈暮秋言懷〉則更深沈婉轉地表達了對帝京的懷念，而虞世南的〈結客少年場行〉也塑造出一個「共矜然諾心、各負縱橫志」、「輕生殉知己，非是為身謀」的豪俠形象，其〈賦得慎罰〉則類似一封奏疏，從獨特的司法行政視角，表達了作者的經世致用思想，對初唐詩壇可謂一大啟示。李百藥則乾脆直抒「丈夫自有志，寧傷官不公」、「秋風轉搖落，此志安可平」的心聲！

奉和與言志詩以外，抒情詩數量增多，與雅志相應。這類作品抒發庶民生活和人生感慨，雖然志向不是那麼的高遠宏大、莊重嚴肅，卻是最能貼近現實，最能反映下層文士的人生情味與思想感受。如陳叔達〈州城西園入齋祠社〉反映風俗民情，理至真切；褚亮〈在隴頭上哭潘學士〉、〈傷始平李少府正己〉追懷亡友，情志真切令人一唱三嘆；劉孝孫〈早發成皋望河〉讀之令人發思古幽情湧現；楊師道〈春朝閑步〉與〈還山宅〉兩詩，顯現詩人幽居閑靜，恬淡之情自然；來濟〈出玉關〉：「斂轡遵龍漢，銜淒渡玉關。今日流沙外，垂涕念生還」表達強烈的身世之慨和生命之憂，顯現另一種獨特風貌。類此，絕非養尊處優的宮廷詩人所能體會和表現的。另外如李百藥的〈渡漢江〉表現仕宦羈旅的勞苦與辛勤、而〈途中述懷〉：「途遙已日暮，時泰道斯通。攪心悲岸草，半死落巖桐。目送衡陽雁，情傷江上楓。福兮良所伏，今也信難通」詩中感嘆仕途窮蹇，離情傷秋之慨，更加反應當

時基層文人士子的困鬱心聲。這比起酬唱奉和、矯情應景的作品，更多加了一層血肉與骨架，也因此更能感動人心。此類作品在唐初雖然少了一點，卻是唐詩新生的起點。

　　綜上所述，唐初詩壇由於太宗及其大臣的共同提倡與實踐，形成了一個以雅志為軸心的詩歌審美範式。述志之作是雅正範式的核心，奉和應制之作，與抒志遣懷之詩，則是雅志的衍伸，更是後來詩風變革的動力。而且隨著唐代庶人仕宦的數量擴充，這股聲勢越發壯大，最後在唐代詩壇中，反而成為主流。稍後的上官儀、沈佺期、宋之問諸人，將會把宮廷詩推向極致，而走入終結。待四傑出，則高歌低吟，任情傾瀉，詩人情志完全從宮廷禮儀和貴族標幟中解放出來，開天以後，乃醞釀出另一種新的詩歌審美範式，那就是「盛唐之音」。

第二節　唐詩變革

　　經過「貞觀之治」洗禮的大唐，已呈現出強盛國力與炫赫國容，而且太宗的治國理念在於「去奢省費，輕徭薄賦，選用廉吏」，貞觀重臣中如虞世南、李百藥、岑文本、許敬宗、來濟、褚遂良等人，咸能起自布衣，蔚為卿相。如此清明的政治局面與選賢任能的政治措施，自然使得士人產生一種凝聚力與進取心。唐代士人讀書的目的除了修身養性以外，科舉對他們也有著致命的吸引力，尤其在武后執政後，力行科舉取士制度，朝廷用人唯才，而無士庶之隔。此舉遂使盛行三百餘年的「九品中正」制度徹底崩解。此時，寒門士子可以藉自己的努力來實踐理想，這股動能，是盛唐時期君主與臣子之間，百姓與國家之間，共存共榮的最高動力。約莫七世紀中葉，唐代詩壇一方面以「爭構纖微，競為雕刻」的宮廷詩領銜，另一方面則又「思革其

弊，用光志業」，這種傳統與創新之間，彼此二元對立卻又互補相生的矛盾現象，正是迎接文學革命降臨的自豪宣告。引發這一次革新的第一代領導人物是薛元超與盧照鄰，他們明確的針對以倡言「六對」、「八對」之名為標的之「上官體」為攻擊目標。但因為薛元超是當時的臺閣重臣，因此龍朔年間的文學革命只能以盧照鄰為代表。

唐高宗永徽、龍朔年間，唐代詩壇呈現複雜的交疊與過渡狀態，活躍於下層社會的少年四傑，相繼以他們旺盛的創造力登上詩壇，他們痛加針砭「爭構纖微」、「骨氣都盡」的上官體，力圖廓清宮廷詩模式及齊梁餘風，雖然他們的作品仍然「時帶六朝錦色」，但隨著創作生涯的變革與思想的觀念成熟，四傑之興起，捲起唐初文學革新的波瀾。四傑代表新思潮、新風格的蓬勃起飛，上官體則顯示舊思維、舊模式的迴光返照。四傑一開始出現在「上官體」極盛時期，雖然出身寒微，但終能以其真才實學，奠定自己在唐初詩壇的地位，（西元664年）以後，上官儀伏誅，上官體也就壽終正寢而正式走入歷史了，此尤其顯示出文學思想的革新價值。八年之後（西元669年）盧、駱、王等人離開長安，他們或入蜀，或邊戍，詩壇中心乃開始脫離宮廷，而正式回歸自然與邊塞，這種由宮廷轉入民間的變革，雖然是宮廷詩風的尾聲，卻正是「盛唐之音」的和鳴與勃興。

一、四傑體與初唐詩風變革

文學史上，初唐四傑是指王勃、楊炯、盧照鄰、駱賓王，然四傑中以盧照鄰年齡最年長，駱賓王次之，王勃、楊炯同年出生。四人並稱，始見於宋之問〈祭杜學士審言文〉，其云「復有王、楊、盧、駱，繼之以子躍雲衢」，《新唐書·王勃傳》根據此說亦云「勃與楊炯、盧

照鄰、駱賓王皆以文章齊名，天下稱『王、楊、盧、駱』，號四傑」，《滄浪詩話‧詩體》在「以人而論」中，亦標舉唐詩體派有「王楊盧駱體」。其實排在王、楊後面的盧、駱，不僅年逾王、楊十餘歲，盧照鄰更與宋之問之父——宋令文同師孫思邈，宋之問本人則與楊炯為同僚好友，足見盧照鄰在輩份上比楊炯高，無怪乎楊炯自云「吾愧在盧前，恥居王後」。直至明代王世貞《藝苑巵言》出，則明確提出「盧、駱、王、楊，號稱四傑」的說法。蓋詩體本身並無貴賤尊卑之分，因此，對於四傑的排序問題，應當摒除人為的意識形態，而以尊重史實的態度，恢復其本然面貌，重建幾乎被遺忘的確實排序——盧、駱、王、楊，這才是求真的態度。[29]

四人之中，除駱賓王出身寒微以外，盧、王、楊皆出身名門望族，但他們的官職卻同樣卑微，而且仕途坎坷，迭遭頓挫。在《唐詩紀事》卷七中有記載：「李敬玄盛稱王勃、楊炯、盧照鄰、駱賓王。行儉曰：勃等雖有才，然浮躁衒露，豈享爵祿者，炯頗沈默，可至令長，餘皆不得其死」。由上述史料可知，四傑當中，除了楊炯死於任內以外，其他三人均遭不測，這是因為武后以來，政治迫害的原因所致。由於特定的時代境遇和心理感受，四傑作品乃普遍具備了強烈的時間意識與人生主題，這一點大大突破了宮廷詩範疇，換言之，唐初詩人作品真正能擺脫政治附庸地位，而表現詩人自覺意識者，迨自四傑始，並且由其「露才揚己」的共同性格特徵觀之，則又顯示在新的政治環境中，初唐第一個胸懷強烈建功立業，並藉詩文伸展政治理想的文人集團就此出現。

---

[29] 許總，《唐詩體派論》，（台北：文津出版社，1994 年 10 月初版），頁 316。

四傑皆為駢文（賦）高手，其創作自然融合了南北朝詩歌特色與駢文的典麗風貌，因而開拓了宮廷詩另一個新視野。許總先生認為四傑「在其鋪陳排比、華艷流婉的外在表現形式的深層，卻流動著一種鬱勃鼓蕩的氣勢，與六朝時期歌行相較，在形制開拓的同時，更見氣格改造之功」。[30]如盧照鄰的〈長安古意〉、〈行路難〉，駱賓王的〈帝京篇〉、〈疇昔篇〉等，皆是佳作。

茲以盧照鄰的〈長安古意〉為例：

> 長安大道連狹斜，青牛白馬七香車。
> 玉輦縱橫過主第，金鞭絡繹向侯家。
> 龍銜寶蓋承朝日，鳳吐流蘇帶晚霞。
> 百丈遊絲爭繞樹，一群嬌鳥共啼花。
> 啼花戲蝶千門側，碧樹銀臺萬種色。
> 複道交窗作合歡，雙闕連甍垂鳳翼。
> 梁家畫閣天中起，漢帝金莖雲外直。
> 樓前相望不相知，陌上相逢詎相識。
> 借問吹簫向紫煙，曾經學舞度芳年。
> 得成比目何辭死，願作鴛鴦不羨僊。
> 比目鴛鴦真可羨，雙去雙來君不見。
> 生憎帳額繡孤鸞，好取門簾帖雙燕。
> 雙燕雙飛繞畫梁，羅幃翠被鬱金香。
> 片片行雲著蟬鬢，纖纖初月上鴉黃。
> 鴉黃粉白車中出，含嬌含態情非一。
> 妖童寶馬鐵連錢，娼婦盤龍金屈膝。

30　許總《唐詩體派論》，（台北：文津出版社，1994 年 10 月初版），頁 96。

禦史府中鳥夜啼，廷尉門前雀欲棲。
隱隱朱城臨玉道，遙遙翠憶沒金堤。
挾彈飛鷹杜陵北，控丸借客渭橋西。
俱邀俠客芙蓉劍，共宿娼家桃李蹊。
娼家日暮紫羅裙，清打一轉口氛氳。
北堂夜夜人如月，南陌朝朝騎似雲。
南陌北堂連北裏，五劇三條控三市。
弱柳青槐拂地垂，佳氣紅塵暗天起。
漢代金吾千騎來，翡翠屠蘇鸚鵡杯。
羅襦寶帶為君解，燕歌趙舞為君開。
別有豪華稱將相，轉日回天不相讓。
意氣由來排灌夫，專權判不容蕭相。
專權意氣本豪雄，青紫燕坐春風。
自言歌舞長千載，自謂驕奢凌五公。
節物風光不相待，桑田碧海須史改。
昔時金階白玉堂，即今唯見青松在。
寂寂寥寥揚子居，年年歲歲一床書。
獨有南山桂花發，飛來飛去襲人裾。

　　這首詩以繁華的長安大道景象拉開序幕，細膩的描繪貴族生活之淫蕩豪侈，以及都城的喧鬧繁忙，這是一個貴族社會，詩人由此處集中焦點，客觀探照了當時唐朝社會普遍存在的階級差異性，並且由此引發人生之慨。此詩取材自都城大邑。此類題材源自東漢〈都城賦〉，例如杜篤的〈論都賦〉，藉著讚美舊都的宏偉壯麗及其悠久歷史，引發思古幽情；又如班固〈兩都賦〉，以長安、洛陽為描寫主題，洛陽

代表質樸儉約，長安則作為縱慾與奢華墮落的代表，藉著兩都的對比映襯，以達勸諫之功。這一類題材到了六朝鮑照的〈蕪城賦〉開始出現重要轉變，全文著重於對都城盛衰以及時代興替的慨歎，濃厚的懷古意識遂使「都城題材」轉化為「懷古題材」。唐代以後，都城題材被宮廷詩淹沒，太宗、虞世南、楊師道等人都雖有類似作品，惜政治目的較重，缺乏個人風格。

又如盧照鄰的〈詠史四首〉之一：「百金孰云重，一諾良匪輕。廷議斬樊噲，群公寂無聲。處身孤且直，遭時坦而忤。丈夫當如此，唯唯何足榮」，雖然歌詠的是歷史人物，實則寓托襟懷，表達自己的政治理想。又如駱賓王的〈從軍行〉：「平生一顧重，意氣溢三軍。野日分戈影，天星合劍文。弓弦抱漢月，馬足踐胡塵。不求生入塞，唯當死報君」，充分表現出從戎報國的心志。又〈從軍中行路難二首〉之一「絳節朱旗分白羽，丹心白刃酬明主，但令一被君王知，誰憚三邊征戰苦」，二詩皆以從軍邊塞的親身經歷，表達「重義輕生」的人生觀和強烈的建功立業之慾望。這種人本主義思維與急功進取的精神，比起那精外虛內，華而不實，並且略無個性的宮廷詩或貞觀時期君臣的頌美、說教詩而言，可說大為突破。

若站在詩歌發展的宏觀角度上，構唐詩輝煌璀璨的閎宇，細緻成熟的近體與氣勢豪宕的古體，恰是撐樑架屋的兩根支柱，缺一不可。四傑作品中，絕不可忽略文學史上久負盛名的〈滕王閣序〉（王勃），故因篇幅較長，又屬駢文作品，故以其詩為例作析論：

> 滕王高閣臨江渚，珮玉鳴鸞罷歌舞。
> 畫棟朝飛南浦雲，朱簾暮捲西山雨。

閑雲潭影日悠悠，物換星移幾度秋。

閣中弟子今何在？檻外長江空自流。

此詩高吟朗闊，同樣是描寫亭臺樓閣，但字裏行間卻表現出豪壯雄偉的氣魄，與六朝文人筆下那些曲院迴廊、竹徑幽館，迥然不同，此詩甚至具有類似〈木蘭詩〉、〈敕勒歌〉那種開闊豪放的氣勢。而全詩在格律上，是一首相當工整的五言律詩，尾聯以時序更迭，物換星移，表現人生慨歎，此更跳脫宮廷樊籠，詩格境界全出。當然詩前序文，更是文學史上膾炙人口的佳作，文中「落霞與孤鶩齊飛，秋水共長天一色」之句，不論在技巧或境界上，可謂美學經典。

至於楊炯，現存搜錄《全唐詩》其作品僅三十三首，全為五言，其中近體竟達二十九首之多，且大多完全合律，僅有少量失黏。如〈折楊柳〉：

邊地遙無極，征人去不還。秋容凋翠羽，別淚損紅顏。

望斷流星驛，心馳明月關。橋砧何處在，楊柳自堪攀。

〈折楊柳〉本為樂府舊題，楊炯在這裡卻已將其做成一首格律完全諧合的五律，且通過細膩的心理描繪，刻劃出一個生動的思婦形象，顯然已不同於一般敷衍舊事的樂府詩，自有其個人風格存在。

而〈途中〉詩：

悠悠辭鼎邑，去去指金墉。途路盈千里，山川恆百重。

風行常有地，雲出本多峰。鬱鬱園中柳，亭亭山上松。

客心殊不樂，鄉淚獨無從。

全詩描寫羈旅的艱辛與思鄉愁緒，淳樸而自然，直似漢魏風致，但詩的形式則已是格律精嚴的五言近體。

　　實則四傑在詩歌創作的成就與貢獻並不完全一致，大體而言，盧、駱擅長歌行，貢獻在打破宮廷詩拘狹形制的開拓；王、楊則擅長五律，主要貢獻在於對近體詩成熟形制的建構。抑且從王、楊對五言近體的建設性作用看，其主要成就與價值，不僅在確立律詩外在的體制格律之整飭，更重要的是他們對律詩內在的精神之充實與境界提昇，乃中國傳統抒情詩發展的一個新向量。

　　近人聞一多在《唐詩雜論·四傑》中云：

> 「宮體詩在盧、駱手裡，是從宮廷走到市井，五律到王、楊的時代，是從台閣移至江山與塞漠」。

　　具體地說，盧、駱與王、楊在詩體專擅及藝術成就上，有明顯的個別差異與側重性，但是從文學史宏觀的角度看，四傑同處於唐詩的成型階段，其詩歌創作的實際作用與時代價值則是一致的。在詩體運用方面，他們各自擅長的歌行與近體，足可構成一個完整的詩宇宙；遺憾的是，大多數唐詩論者，皆將四傑歸入所謂的「初唐」，客觀上將其混入唐初宮廷詩時代，這不能說是對四傑乃至唐詩發展史的極大的誤解。其實，早在元代，楊士弘《唐音》就將四傑列為唐詩「始音」，實際上已經是對這一重要標誌的樹立了。[31]

二、「盛唐之音」的醞釀與成熟

　　除四傑之外，初唐詩人中，還有文章四友：李嶠、蘇味道、崔融與杜審言，他們都是武后所招攬的新興政治成員，但四人在武后退位以後，同時遭受流放，其由位極人臣至被貶蠻荒，仕途的波折迭宕，

---

[31] 許總《唐詩體派論》，（台北：文津出版社，1994年10月初版），頁79-81。

也帶給他們作品上很大的衝突與變化，這種變化也促使唐詩發展進入另一個新層面的開始。和四友同時的的沈佺期和宋之問，也是初唐著名的「宮廷詩人」，他們的詩集本來多為奉和、應制之作，缺乏個人感情。在武后政權覆滅後，此二人同遭貶謫，結果離開京城，生活層面與人生觀豁然開闊，並且由於不必受宮廷遊宴時官方場合的拘束，個人情志自然湧入詩作中。這也使得唐詩發展起的歷程由宮廷趨向民間，而後又走向山水，最後又走入心靈，這一波波的轉折，是奠定日後盛唐詩風極為重要的觸發推力。

　　趁宮廷遊宴之樂，酒酣耳熱之際，灑筆和墨，即席賦詩，乃是王室權貴與其所召攬的上層文人共同的休閒專利。在上者藉此展現風雅，在下者乘機逞才取寵，幸運者或因而仕進騰達。故享盡榮華富貴這種活動從楚宮到漢室，繼而魏、晉、南朝，乃至隋、唐甚至清初，歷久不衰。文人依附王室權貴，當然會影響到作品風格；但真正代表時代的文學風貌，則並非那些附庸風雅之作，而是有血有肉、有氣骨、有境界的真情至性佳品。

　　王侯即使具有文采，其扮演的角色也只是文學的贊助者，因此能掌握一代詩風的，並非王室權貴，而是詩人自己。唐初的三、四十年間，整個詩壇沉浸在所謂「梁、陳餘風」裏。當然，這主要因為當時的詩壇是由陳、隋轉入唐朝，政局在改變，文風亦然。而主導文壇的遺老故臣，不可能因為時局轉換，便立刻有所變革，此期作品無論風貌與內涵，悉沿習舊制，因此還不能稱為「唐詩」，因為真正代表唐朝的特色是「近體」，但唐詩律體的成熟卻在沈宋之後，風格的定形則在盛唐，所以要研究唐詩者，必取盛唐方得精髓。

　　而四傑的貢獻在於將唐詩由宮廷重心轉入文人主軸，四友則是將宮廷文學作內質化的轉變。這一點又可歸納出下列幾項特質：

1、奉和應制詩雖然維持宮廷形制，但已融入不少懷古、詠物、詠史之慨歎，此迥別於前朝。

2、除宮廷詩外，四傑以後的詩對山水、林泉投入更多的關懷，此種山水之思成為後來王、孟田園山水詩之前導。

3、私人應酬、聚會的機會增多，互為贈答的作品亦增多，而此類作品多以古體抒寫，擺脫宮廷拘限，展現真誠樸雅風貌。

4、四友對於近體詩的格律發展有具體而顯著的成就。例如崔融以七言排律作〈從軍行〉，乃唐詩創舉。

5、四友之中，杜審言為杜甫祖父，杜甫曾作詩讚曰：「詩是吾家事，吾祖詩冠古」，其以歌詠山水，描繪自然的作品最為傑出。其中最有名的就是：〈和晉陵陸丞早春遊望〉

　　獨有宦遊人，偏驚物候新。雲霞出海曙，梅柳渡江春。
　　淑氣催黃鳥，晴光轉綠蘋。忽聞歌古調，歸思欲霑巾。

起首二句以「獨」、「驚」二字直抒「宦遊人」的貶斥身份，這也是為什麼詩人對季節變換特別敏感的原因。中二聯寫早春江景之美，充分表現詩人體物之妙與鍊字之精，而「梅柳渡江」的「渡」字運用靈巧，不僅得春景之形，亦且傳春臨神韻；第三聯令人耳目一新的地方在於「催」、「轉」二字之力道，使得春景不僅如詩如畫，更點出生命力；尾聯則與首聯遙相呼應，忽聞古調，歸思霑巾，直抒宦遊深泊情志，並點出：「遊望」詩旨。全詩結構謹嚴有序，因景起興，乃情景交志融之佳作，與宮廷應制奉和基調迥異。

四友之外，此期還有一位積極駁斥齊、梁餘風，反對，「彩麗競繁，而興寄都絕」的詩風流弊，並且極力標舉風骨，崇尚比興，和雅

正文學觀的陳子昂，他為了參加進士科考，離開故鄉四川往赴洛陽，途中經過湖北樂鄉縣時，就寫了一首與宦遊生涯共詠的山水詩：

〈晚次樂鄉縣〉

故鄉杳無際，日暮且孤征。川原迷舊國，道路入邊城。
野戍荒煙斷，深山古木平。如何此時恨？激激夜猿鳴。[32]

首聯以日暮孤征，點出羈旅者的懷鄉與孤寂之情；中間二聯寫眼前所見之景，景雖為實景，實則含帶無限舊國迷情，而野戍荒煙，深山古木，更憑添無限離惆悵恨；尾聯「如何此時恨？激激夜猿鳴」，乃自問愁腸若何？恰似夜猿激鳴。這種以實景映襯情志的技巧，正是陰鏗在「五洲夜發」詩中所運用的技巧，也是歷代詩人最常用的「比興」手法，但陰鏗的「愁人數更問」中，「愁人」一詞太顯露骨，遠不如「激激夜猿鳴」來得含蓄生動，由此可知，唐詩發展至此，不論在聲律、格調、修辭、形制等方面漸趨圓熟，而且愈發脫離前朝餘蔭，卓具自我風格。至於文學史上，對陳子昂評價最高的，莫過於那一首〈登幽州台歌〉：

前不見古人，後不見來者。念天地之悠悠，獨愴然而涕下。

此詩氣勢勢雄渾高古，遠追先秦，直逼漢魏，手法上視點遼潤，意象鮮明，具備盛唐詩人的成熟技巧，乃初唐宮廷中少見的獨具風骨之佳作。實則陳子昂並非圍繞著王公貴族的官廷詩人，他當然可以不受宮廷詩唯美形制的制約；其次他是有心想扭轉初唐綺靡文風的改變者，即使詩中偶然殘留一些雕琢痕跡，但已開始注意結構、用字以及

意境的統整聯貫，即如前引之詩，他不僅開拓了初唐詩人另一種思維新方向，更拉大空間視野，對唐詩發展影響頗巨。

陳子昂以後，唐詩律體的成熟，是在沈佺期、宋之問二人手中完成的，唐詩在格律方面的成熟，沈、宋有其超越性的成就，大體而言，簡化「四聲」為平仄，並定出律則，這一部份沈、宋功不可沒，此將於第四章詳細論述。至於詩創作的內容與風格之超越，沈、宋最大的貢獻在於完全擺脫宮廷文學範疇，而賦予近體詩更清新脫俗的理趣。

茲以宋之問〈江亭晚望〉為例：

> 浩渺浸雲根，煙嵐出遠村。鳥歸沙有蹟，帆過浪無痕。
>
> 望水知柔性，看山欲斷魂。縱情猶未已，回馬欲黃昏。[33]

作者在欣賞自然的同時，還體現出對人生問題的思索，這種審美情境已跳脫宮廷範疇，而進入另一層思想自主境界，這也是促使唐詩趨向成熟的另一貢獻。至於完全擺脫宮廷風習，創作純屬個人風格的個性化作品，則是在沈、宋二人被貶後的羈旅、隱逸之作，而這類作品對盛唐王維、孟浩然等田園山水詩人影響頗深。

誠然，一個大時代的文化體式之形成，就像森林的形成一般，從種子萌芽、育苗、植栽、茁壯到翁鬱高茂，綠樹成蔭。整個過程是漫長而艱辛的，而且成功的機制又在於主、客觀條件互相配合，相輔相成。

主體因素是人，客體因素為時代環境。國力鼎盛的盛唐，在造成「既多興象，復備風骨」、「氣象渾成，神韻軒舉」、「言有盡而意無窮」之「盛唐體」的同時，絕不可忽略「開天詩壇」的承先啟後之功。此期詩人延續初唐宮廷詩人應酬、干謁、投牒餘緒，卻又能打破士庶界

---

[33] 許總《唐詩體派論》，（台北：文津出版社，1994 年 10 月初版），頁 156。

限，而自然形成一個人以庶族文人階層為主的新興政治集團，他們意氣昂揚，活動頻繁，並且有共同的審美理想，追求共同的目標。

此一時期不可忽略的兩個關鍵人物就是張說和張九齡。張說的作品雖然留有濃厚的宮廷餘風，但是由於他的政治背景顯赫，相對提拔了許多優秀人才，雖然這些人難免為了政治利益而彼此聚合，共存共榮，但時常往來唱和的結果，新的文人集團於焉誕生，這是催化唐詩勃興的一大推力之一。

至於張九齡，崛起於嶺南，在開元初，他不僅以「一代詞宗」的地位提拔大批優秀詩人，更將唐詩由宮廷帶向都城，這種轉變，是促成唐詩由貴族走向民間的一大轉折。至於張九齡個人的詩風偏向樸雅淡遠的南方風格，在這同時，也就構成了南北兩大詩人群在創作傾向上互為融通的交流現象。

總歸唐詩由醞釀至成熟，先是由宮廷開端，統合南北朝詩歌特質，並加以典雅化、精緻化。其後詩人自主意識抬頭，漸由宮廷之侷礙視野，拓展至對山水的謳歌，以及人生主題的探討，並且伴隨貶謫際遇與佛道思想之盛行，詩人開始對生命有更深一層的哲思，唐詩發展至此，已經由奉和應制或宮廷遊宴等應酬、陪詠之附庸地位，躍昇為引領一代風騷的時代藝術表徵，「盛唐之音」遂成為象徵大國雄風與華夏風範的大雅元音。

第三章 論「盛唐之音」的「壯美」與「秀美」

第一節 盛唐審美意識

　　一代美學思潮之風行，常伴隨著當代意識與文化模式前進，盛唐美學思潮的形成，一如江海之納百川，前承齊、梁餘緒，復取北朝風骨，再經融合整治後，匯聚成當代美學的大壑雄濤。這股思潮的反覆曲折，可以說是在二元對立與模仿原理的交互作用下，產生結果的。

　　如前文所述，當戰爭結束，關隴軍事貴族群卸下軍服，從北方放曠的邊塞漠野，走向南方雕巧的臺閣宮闈時，江南風煙與六朝馨柔的美學基調，便開始撼動他們的思維，模仿原理便開始支配他們的思想脈絡，結果逐漸產生循序漸進的美學量變[1]，很快的，唯美主義思潮風靡了唐初宮廷；到了盛唐，這些玲瓏巧飾的美學模式，實在不能滿足諸多胸懷大志的文人與豪傑之士的審美需求，於是對立原理又開始支配唐人，在此二種原理交互作用下，盛唐的審美意識就在時代的推演中，漸漸成形而確立。

　　實則美學研究雖是近二百年來之事，但它的源流應遠溯至兩千五百年前，先秦諸子中如孔、孟、老、莊等先聖先賢，都已具備了豐富的美學思想，並提出深刻論述。而古希臘的學者們，如畢達哥拉斯學派、柏拉圖、亞里士多德等人更是西洋最早的美學家。因此美學可以說是一門既古老又年輕的科學。[2]

---

[1] 霍然《唐代美學思潮》，(高雄：麗文文化，1993 年出版)，頁 87。

[2] 朱光潛《美學再出發》，(台北：丹青圖書有限公司，未載明出版年月)，頁 363。

　　美學研究的範疇到底為何？根據目前我國美學界學者的研究，可歸納出下列幾項代表性看法：第一、美學是一種審美意識，它與哲學有著密不可分的關係。第二、美學是一種藝術觀，是有關於研究一切藝術的一般理論。第三、美學是研究人對審美情境分析的科學，那是一種心靈的活動。

　　西洋美學家黑格爾認為：美學就是「藝術哲學」，人類的經驗或技藝可以互相傳遞或學習，但美感經驗卻一定要靠身體力行，親歷其境，才能體會出箇中奧妙。一如佛家所謂「如人飲水，冷暖自知」。更何況美的體驗不單靠邏輯推理或哲學辯證就能解決，人們審美意識的活動，是一種包含感官直覺、想像、知識理解、情感交融、經驗傳遞等諸多複雜因素交錯揉合而成的心理現象，這種複雜的心理現象將產生對事物看法的主觀意識，而那正是審美心理學所要研究的。客觀存在的美，唯有透過主觀的審美心理活動與具體的審美表現和評析，才能明確詮釋。所以美學研究的範疇包括：藝術創作理論、藝術批評、藝術史以及藝術的直接體現四方面。

　　換言之，美學是以美感經驗為中心的研究學科。更由於美的哲學是美感經驗的靈魂，所以學習美學，應當具備一定的哲學、心理學、倫理學、社會學、文化史與藝術創作等基本學識與技能。過去許多人對於美學的認知常偏執一方，有的人僅偏向哲學思維；有的人缺乏藝術創作經驗而僅專注於理論堆砌；有些人或僅偏向某派某學之研究，而未能統攝全局，這種做法或者統稱「美學研究」，但實際上一如瞎人摸象，難窺美學全貌。

　　目前世界上尚未出現可以脫離上述學科，而獨立於美的心理研究的「純美學」，因此一個美學研究者，必須除具備上述條件以外，還必須涵詠自己的性靈，讓自己有一個美麗的內心世界，才能做為一個

成功的美感代言人。現在我們要研究盛唐之音的美學思潮，更應該對盛唐文化背景、社會現象、以及當代共通的審美意識和詩人特有的人格特質、作品境界做一探討，方可深入神髓。李澤厚先生說：

> 客觀事物及其規律的正常反映，這就是真；能符合一定時代的
> 人民群眾的利益、需要和目的，這就是善；能肯定人的能動的
> 創造性、智慧和力量，這就是美。由於這三者一體於人類的社
> 會實踐，所以，美不僅與真有關，而且同善也有內在的密切聯
> 繫。……善，即常說的心靈美。此外，人們的行為還要求理與
> 情的統一。「理」的內容之一是指人們道德行為原則。「情」則
> 是伴隨人們道德行為的一種情感流露，如果正義的行為，為追
> 求和捍衛真理的頑強鬥爭的精神，飽和在真摯、深厚的感情裡
> 表現出來，就會煥發出一種激動人心的美的力量，不僅使人得
> 到思想上的啟迪，而且受到情緒的感染和陶冶。……善有道德
> 價值，是倫理學所研究的。美有認識和觀賞的價值，即審美價
> 值，則是美學所研究的。[3]

德國美學家高爾基認為：「美學是未來的倫理學」[4]，「藝術是社會審美意識的集中表現」[5]，唯有透過藝術，才能夠準確地反映出不同時代中，各民族在不同社會結構下所反映的審美情趣、審美心理、審美觀念和審美理想。社會的審美意識透過藝術表現出來，就會強而有力地影響人們的思維與情感，進而推動人們去從事改造社會和美化自然的工作，這是審美意識對社會的影響。[6]這種思想根深蒂固的影響中國

---

[3]　李澤厚《美學百題》（台北：三民書局，1996 出版），頁 13-14。
[4]　李澤厚《美學百題》（台北：三民書局，1996 出版），頁 16。
[5]　李澤厚《美學百題》（台北：三民書局，1996 出版），頁 17。
[6]　李澤厚《美學百題》（台北：三民書局，1996 出版），頁 17。

幾千年，形成一種社會共相。而這種共相帶動唐朝社會，展現一種壯偉、昂揚、崇高、尊貴的氣象，那就是「盛唐之音」。也就是說「盛唐之音」不僅代表狹義的文學專有名詞，更象徵廣義的時代風潮，「盛唐之音」是唐代詩學的黃金表徵，也是中國文學史上璀璨耀眼的金剛鑽，更是雅音正聲的代表，靡靡之音的對抗。

一、「羊大為美」的審美共相

美字最早的解釋，具有「大」與「善」的意義，《說文解字》：「美，甘也，從羊大」又說：「美與善同意」。蓋人類社會在實踐事理的過程中，常包含著對真、善、美的鑑賞、認知與實行能力。遠古先民以碩大甘美的肥羊，代表一種生理上的滿足與生活的富厚，而後透過肉體的感官知覺，引發內在心理的喜樂，這就是一種美；美是一種心靈的共鳴，一種真情的散發，一種生命深層的感動，它是一種境界，更是一種生命的宏觀。

漸漸的伴隨文明的演進過程，人類由形而下的肉體直覺，提升為形而上的精神感知，於是「禮」、「樂」在先民生活中，遂發生很大的作用，「禮」是一種神聖的儀式，是生活行為裡，一整套完善的秩序規範，它不只規範遠古先民的行為模式，也規範著人類因情感所引發的喜、怒、哀、樂等情緒。所謂「喜、怒、哀、樂之未發，謂之中；發而皆中節，謂之和」它是挖掘人性內在心靈層次的一種方法，是讓人由獸性提升為人性，進而探究生命哲思的一套規矩；至於「樂」，直接調和人內在的心性與情感，所謂：「禮之敬文也；樂之中和也。」（《荀子‧勸學》）「樂由中出，禮自外作」「樂者，天地之和也；禮者，天地之序也。和，故萬物諧化；序，故群物皆別。」（《荀子‧樂記》）

此二者相輔相成，維繫社會的和諧美。因此儒家思想中，真正的美絕對不是只有個人主觀的視覺表象美感，它同時具備客觀存在的社會集體意識。這當中包含對美的鑑賞標準與群己互動關係，因此中國人對美的評斷標準，同時與「真」、「善」並存，三者合而為一，方為真美與大美。[7]

傅紹良先生認為：

> 人是社會的主體，是一切文化的承載者，研究一個時代的文化，必須要以「人」為中心，探索文化與文學的關係更是如此。在「人」的構成因素中，「人格」又是影響人的思想和行為的主導因素，文化的最初形式和最終形式都離不開人格和人格所產生的巨大力量。[8]

唐朝創立之初，為求安定，曾有一段對外族卑躬曲膝之經歷，然而自高祖以後，從太宗以迄玄宗，外族再也不敢對唐帝國垂涎覬覦，主要原因之一，正是震懾於唐朝軍事力量的壯大，以及內政、經濟、文化之安定。這些因素致使唐朝得以長治久安，再者唐朝的文化發展，更建構在這盛世的基石上，從而增強了精湛的美學意識。

活動於西元八世紀年間的唐人，他們對於戰爭的概念是：融合保疆衛國與開邊拓土交錯下，所產生的複雜情感，而且伴隨勝利所帶來的繁榮昌盛與和平安定。戰爭帶給唐人實際的利益，相對的唐人對戰神也因此格外熱誠崇拜。這種戰鬥意志表現在審美觀念上，遂產生一種壯大、昂揚的美感基調。綜觀唐人文物，不論在建築形制、飲食器

---

[7]　李澤厚《華夏美學》（台北：三民書局，1996 年出版），頁 5；頁 23-25。
[8]　傅紹良《盛唐文化精神與詩人人格》，（台北：文津，1999〔民 88〕6 月 1 刷），
　　頁 60。

物或車馬服飾上，悉以大為美，甚至在品評人物上，唐代仕女以豐腴圓熟為至美，纖瘦細巧為小美。至於文學風格，唐人講求氣勢、風骨、境界，以磅礴典正為主流，幽怨淒婉為副屬。這是一種社會共相所形成的時代美學意識，而吹颺這股盛唐雄風者，當然要從邊塞大漠說起。

根據資料顯示，盛唐文化是一個多元、富厚而複雜的文化結構模式，其豐富性也在於此結構內部所具有的繽紛多變模式，它融合了政治、經濟、軍事、風俗、藝術、人文等諸多因素於一爐，又從這種融合中，衍化出專屬於盛唐之音的特質。

由於國勢壯盛，在盛唐時期，人們對於「美」的要求是：

1、崇高：講求風骨、氣勢與尊嚴。

2、博大：講究豐腴、富厚、數大、氣盛的審美模式。

3、昂揚：喜歡積極、奮發、向上的審美思維，即使悲鬱，也能轉化成一種超然，神聖的人生境界。

盛唐時期流行的色彩為華麗、明亮、艷潔的高彩度視覺美，它所流行的語言基調是高亢、激昂、典雅的大時代、大格局文化範式。李澤厚先生在《華夏美學》書中，援引人類文化學家本尼迪克特就文化與人的關係論述道：

> 個體生活歷史首先是適應由他的社區代代相傳下來的生活模式和標準。從他出生之時起，他生於其中的風俗就在塑造著他的經驗與行為。到他能說話時，他就成了自己文化的小小的創造物，而當他長大成人並能參與社會文化的活動時，其文化的習慣就是他的習慣，其文化的信仰就是他的信仰，其文化的不可能性亦就是他的不可能性。[9]

---

[9]　李澤厚《華夏美學》（台北：三民書局，1996年出版），頁63。

　　盛唐詩人處在當時的環境模式中，自然而然形成特有的人格特質，而這種特質彼此相互影響，相互制約，乃形成一種「集體意識」，這種集體識的構成，源自精神與物質綜合作用所產生的結果。「盛唐氣象」也正是這種集體意識之反應。

　　盛唐詩人常具備共同的理想模式，習慣上我們常指那些生活在開元、天寶年間的詩人，如李白、杜甫、王維、高適等大家，以及與他們活動於同時代的詩人稱之為「盛唐詩人」。另一派是由武則天時代一直到開元年間的「開元前期詩人」，如張說、王灣等，他們也為盛唐氣象，帶出一股風潮。另外一類則是經歷安史之亂後仍然活躍的詩人，如元結、劉長卿、韋應物等，他們是天寶後期的詩人。第一類盛唐詩人，後世研究者甚多，流傳於後世的作品也多，故本文所引範例將以此為主。第二類則因史料限制及作品風格之故，僅做重點纂述。至於天寶後期的元結等詩人，文學史往往將他們視為中唐前期詩人來看待，也未將他們放入盛唐詩人群中。實則，劉長卿、韋應物、元結等人的年齡與杜甫相若，杜甫出生於西元七一二年，而元結出生於西元七一九年，韋應物出生於西元七三七年，劉長卿出生於西元七二五年。也就是說，這些被人們列為中唐時期的詩人，他們的實際生活與成長經歷都在盛唐，而且同杜甫一樣，他們也都親身體會了安史之亂，親自感受到大時代的盛衰與變革，都是這場災難的承受者和反映者。如果說李白、王維、高適等人的作品綻放了盛唐的金光露華，那麼韋應物、劉長卿、元結等人，就是繼杜甫之後，能從心靈上深刻體現時代盛衰的見證者。他們這些人，在天寶年間的政治理想和人生行為，也與李白、杜甫等人的際遇完全一致的。根據《唐才子傳》記載：元結「少不羈」；韋應物「酒俠」；劉長卿「清才冠世，頗凌浮俗，性剛」，這種風華與李白、杜甫等人相依，韓國學者柳晟俊曾論述：

> 唐三百年，詩學冠冕百代，而開元天寶之詩，尤為極盛。……
> 其時詩人大抵具有二特點：一為旺盛之才情，二為強烈之創造
> 精神。故能獨步千載，造成盛唐詩壇之富麗、壯觀、博大。[10]

　　這種富麗、壯觀、博大，正是盛唐詩歌的崇高追求。盛唐詩歌儘管可以分為很多類，也可以依據詩歌內容的不同而分成若干流派，但在精神表現上卻是一致的。詩人們基於共同理念，遂有共同的文化意識，此種精神特質形成了一種集體心理，他們的生存模式和創作心態，也由這種心理的潛在作用，而產生諸多共性，這種共性的總體特徵就是崇高與尊榮。

二、大漠雄風的邊塞詩情

　　提起大漠，不得不令人想到「邊塞」；而提到「邊塞」又不得不令人想起高適、岑參、王昌齡、王之渙等精彩絕倫的邊塞詩人，那一首首高朗闊吟的英雄凱歌，那一句句雄渾激昂的龍族精曲，在在打動了一代又一代的中華兒女們的心。從北朝的民族融合到盛唐的民族發展，歷史的長河在漫長的宇宙輪軌中湧動。同樣，從北朝樂府民歌貞剛勇武的美學模式到盛唐邊塞詩人所創造的美學意象群，美學思潮的運行也經歷了一段迂迴曲折的流程。但不論如何迂迴轉折，也不論偏離、逆反還是復歸，其主流發展的大趨勢終究會像長江收納百川一般，回歸本源，流向大海。而且中國自古以來，就是個多樣種族同居一地的民族大鎔爐。若以歷史的角度來看，整部中華民族發展史，根本就是一部戰爭史。而這些征戰的過程被文學記錄，進而被詩歌昇華與轉化，遂形成不朽的篇章。

---

[10] 李澤厚《華夏美學》（台北：三民書局，1996年出版），頁75。

　　所謂邊塞，是指遠離京畿的邊陲之地，它不一定在北方，舉凡東夷、西戎、南蠻、北狄皆是「邊塞」之地。「邊塞」一詞起源甚早，詩經國風中的〈采薇〉、〈出軍〉、〈六月〉乃西周末期最早的「邊塞詩」，漢樂府中的〈戰城南〉、〈飲馬長城窟行〉，鮑照的〈代出自薊北門行〉，皆為邊塞詩典範。大陸學者繆文傑先生認為：

> 唐代所謂的邊境，是指甘肅邊界向西延伸到吐番境內，甚至到更遠的西域這一帶廣大的中國北方疆域。[11]

　　如此推斷，唐代與少數民族有征戰的塞外之地，應由西域延伸到突厥、回訖、吐蕃南詔等地，因此有關於邊塞詩的義界問題，近代學者葉慶炳、劉大杰、王文進、祁子祥諸先生均有高見，根據岑子和先生在他的〈邊塞詩義界之相關問題的一個思索〉一文中，指出邊塞詩界域為：

1、詩人詩中所描述的對象是否與當時邊塞有關，為判別邊塞詩的第一步。

2、邊塞詩所選擇描寫的事物常以所在地域命名，研究者義界時，可依其理論，容許一詩歸入兩類或多類。

3、邊塞詩作者一定要有親身經歷，身居邊關之作品方為邊塞詩，返回中原或送友人出塞之作，故為情味差了一截，所以不能歸類於此。

4、邊塞詩的概念，帶有「地域性」和「戰略性」。

5、邊塞詩有其獨特風格與特色，其與詠物、詠史、閨怨或社會詩派不同的地方，在於其他詩派只是借景抒情，景為副，情為主。

---

[11] 岑子和〈邊塞詩義界之相關問題的一個思索〉，（未載明刊登資料），頁9。

　　換言之，閨怨或感懷為創作目的，邊塞只是工具。邊塞詩則不然，其不論送別、遊宴、閨情等，皆須具備「邊塞情調」，邊塞必須同時是工具也是目的。

　　唐人描寫邊塞詩，或以艷彩麗粧摹寫塞北的壯麗山川（如王昌齡）；或以白描勾勒，素寫邊地民風的質樸憨厚（如高岑）。於是自然風光、軍旅生活、邊塞風情、征夫思婦、或送別懷鄉等題材，悉為邊塞詩人取材的來源。就詩歌形式而言，五、七言皆有，歌行、律、絕、樂府、古詩兼備；就敘寫態度而言，積極進取、樂觀浪漫的享樂主義，為邊塞特質，而豪邁雄渾、悲壯蒼涼、高偉奇健，正是邊塞本色。

　　若論邊塞詩之風格如下：

１、詩體以五、七言歌行體為主。

２、內容以邊塞景色與戰爭場面為主。

３、風格多豪邁雄放，悲壯慷慨。

４、均富有浪漫進取精神，以及享樂主義的人生觀。

　　至於它的特色有三：

１、詩中景物均以長城邊塞為主要背景。

２、詩中戰役性質均涉及漢胡之爭。

３、詩中的英雄人物，均以漢伐胡名將為喻，藉此彰顯唐朝對邊境征戰，乃護國佑民的天機聖事，而非窮兵黷武，好戰喜功，藉以博得民心讚譽。

　　茲以下列詩作為例：

〈塞下曲〉高適

結束浮雲駿，翩翩出從戎。且憑天子怒，復倚將軍雄。

萬鼓雷殷地，千旗火生風。日輪駐霜戈，月魄懸琱弓。

青海陣雲匝，黑山兵氣衝。戰酣太白高，戰罷旄頭空。

（一本無戰酣二句）

萬里不惜死，一朝（一作陣）得成功。畫圖麒麟閣，入朝明光宮。

大笑向文士，一經何足窮。古人昧此道，往往成老翁。

　　以上作品，充滿戰陣撕殺的邊塞英氣。全詩直接描述沙場慘烈戰況，其中「且憑天子怒，復倚將軍雄」之句，充滿無限批判之意，所謂「一將功成萬骨枯」，戰爭的發功，主事者的好大喜功，為名為利，多多少少都是潛伏因素，但犧牲掉的卻是無辜的百姓的血汗與生命，至於描寫戰況方面「青海陣雲匝，黑山兵氣衝」、「萬里不惜死，一朝得成功」之句，氣勢豪壯，語意慷慨，十足邊塞氣韻。

　　在意象的擬造上，「浮雲」、「日輪」、「月魄」、「青海」、「黑山」等語詞，塑造出沈鬱渾厚的塞外風情，而如此不惜犧牲生命的結果，無非冀望「畫圖騏驥閣，入朝明光宮」，此語不帶批評，但映襯前文，卻隱含無限譏刺，結語以「古人昧此道，往往老成翁」再度呼應首尾，並點出詩旨，可謂壯烈中有悲嘆，有哲思。

〈登北庭北樓呈幕中諸公〉岑參

嘗讀西域傳，漢家得輪臺。古塞千年空，陰山獨崔嵬，

二庭近西海，六月秋風來。日暮上北樓，殺氣凝不開。

大荒無鳥飛，但見白龍堆。舊國眇天末，歸心日悠哉。

上將新破胡，西郊絕煙埃。邊城寂無事，撫劍空徘徊。

幸得趨幕中，託身廁群才。早知安邊計，未盡平生懷。

　　以此詩為例，用詞上，仍是邊塞詩慣用的「輪臺」、「西域」、「古塞」、「陰山」、「大荒」、「邊城」等詞彙，全詩擬造出來的意象，自然

是荒寒苦寂，陰鬱肅殺之境。至於微引漢武帝徑西域靖邊史事，暗喻盛唐撫邊雄威，是典型的盛唐邊塞風格。

　　蓋唐人邊塞詩喜用歌行體，不過王昌齡的〈從軍行〉卻出現兩種不同典型，但不論歌行或近體，皆能展現不同韻味，茲詳析如下。

　　　〈從軍行二首〉王昌齡

（1）向夕臨大荒，翊風軫歸慮。平沙萬里餘，飛鳥宿何處，
　　　虜騎獵長原，翩翩傍河去。邊聲搖白草，海氣生黃霧。
　　　百戰苦風塵，十年履霜露。雖投定遠筆，未坐將軍樹。
　　　早知行路難，悔不理章句。

（2）秋草（一作風）馬蹄輕，角弓持弦急。去為龍城戰，正值胡兵襲。
　　　軍氣棋大荒，戰酣日將入。長風金鼓動，白露鐵衣溼。
　　　四起愁邊聲，南庭時佇立。斷蓬孤自轉，寒雁飛相乃。
　　　萬裏雲沙漲，平原冰霰澀。惟聞漢使還，獨向刀環泣。

　　以上二詩，在意象的塑造上「大荒」、「平沙」、「白草」、「龍城」、「白露」、「寒雁」等語詞，共同營造出荒漠苦寂孤冷的氣韻，前一首結尾「早知行路難，悔不理章句」，語中透露出對軍旅生活的厭倦及對戰爭慘酷的憎惡之意，很明顯的是一首反戰詩；第一首前八句寫景，後四句因景入情，結尾四句則總收全局，有的版本雖不列此詩為王昌齡所作，然不論作者為誰，此二詩皆為典型的邊塞詩，其氣格豪邁高雅，形象鮮明，允為上選佳作。

　　　〈從軍行七首〉王昌齡

（1）烽火城西百尺樓，黃昏獨上（一作坐）海風秋。
　　　更吹羌（一作棋）笛關山月，無那（一作誰那）金閨萬里愁。

（2）琵琶起舞換新聲，總是關山舊（一作離）別情。
　　撩亂邊愁聽（一作彈）不盡，高高秋月照長城。

（3）關城榆葉早疏黃，日暮雲沙古戰場。
　　表請回軍掩塵骨，莫教兵士歎龍荒。

（4）青海長雲暗雪山，孤城遙望玉（一作雁）門關。
　　黃沙北戰穿金甲，不破樓蘭終（一作竟）不還。

（5）大漠風塵日色昏，紅旗半捲出轅門。
　　前軍夜戰逃河北，已報生擒吐穀渾。

（6）胡瓶落膊紫薄汗，碎葉城西秋月團。
　　明敕星馳封寶劍，辭君一夜取樓蘭。

（7）玉門山嶂幾千重，山北山南總是烽。
　　人依遠戍須看火，馬踏深山不見蹤。

　　以上七首，屬近體詩中的絕句作品，而且是文學史上，膾炙人口的上乘極品，這七首詩所塑造的邊塞形象十分鮮明，而華麗的色彩是王昌齡慣用的手法，茲以第三首為例，「青海」、「玉門」、「金甲」、「樓蘭」等意象，在一片肅殺蕭索的氣韻中，昌齡卻讓大漠展現如此金碧輝煌的視覺美感，這種手法若根據現代文學批評術語而言，應該是一種「魔幻寫實」的表現技巧，昌齡所描寫的是邊塞氣格而非戰爭實景，此有別於高、岑二人的邊塞詩風，這種寫作技巧，在盛唐算是創舉，也是獨樹一幟的寫法，昌齡之外，很難找出與他相類的詩人。

　　此詩或悲傷，或雄渾，或慷慨，或曠達，雖同寫邊塞，卻展現不同美學情境。實則盛唐之音的最大特色就在邊塞詩，我們甚至可以說正因這類邊塞風骨，才能撐起盛唐百餘年的泱泱國威，盛唐以後，唐

朝詩人再也寫不出真正的邊塞詩了，因為中晚唐以降，國勢衰頹，社會風氣，在一片舞榭笙簫的柔情與煙柳風月的蜜意中，逐漸糜爛，遂使得盛唐風骨整體崩解，英雄凱歌終於被鶯聲燕語取代，而伴隨這種衰頹亂世興起的，便是縱慾濫情的「靡靡之音」。少部份有理想、有主見的詩人，轉而探索心靈境界，加上佛、道思想昌盛，山水清音遂變成唐代詩歌的另一項主軸。

三、崇尚自然的山水清音

　　除了大漠風情以外，盛唐審美基調尚有一份極具影響力的「自然情愫」。

　　中國的山水詩源自《詩經》與《楚辭》，只是《詩經》在內容上雖然有很多是描寫山水景物之句，卻極少歌詠山水之美，也很少有純粹寫景的作品出現。因為詩人意在「言志」，山水成了他們比興寄情的工具而非目的，謳歌山水，吟詠自然，只是藉以發抒情感，與映照人生的手段而已。

　　由《詩經》、《楚辭》乃至〈漢賦〉，以描繪自然山水為主的作品，才有了系統性的發展，其實詩人的情感之所以能和大自然相互輝映，乃因為人是自然的一部份，而詩人敏銳純真的性靈，正好最能感應天地之心，徜徉在自然山林間，正是激發創作靈感最佳的活水源頭。

　　自先秦以至兩漢，詩人對山水的態度由敬畏轉而親切，其視野由景物個體擴大至山水全貌；自然界的山水景物在詩人筆下，漸由陪襯、附屬的賓位，邁向主位的重要核心。伴隨這種創作思潮的轉變，對山水景物的描摹亦逐漸精密細化，此即為山水詩的發展濫觴，也是為什麼南朝以至晚唐期間，隨著詩歌的逐步發展，曾產生許多不同典

型的山水詩的原因。再者，詩人受道家思想影響，田園山水常被轉化為一種象徵，純寫景物不再是詩創作的主體，更非高格調的主流作品，甚至自「神韻」說興起後，歷代詩評家悉以具備詩人獨特風格或蘊涵人生觀照的作品為上乘，若單純寫景，則屈居次等。文評家所謂「形象摹擬」不單指山水形象本身的靜態表現，還包括作者與大自然間生命的互動現象，而要掌握這種美感情境，就必須透過「意象」的設計與造境。這種設計手法，成了盛唐以後，詩家造意的重要元素。

　　若從歷史角度論，在晉室南渡後，江南的靈山秀水，激發了詩人自主審美之意識，加上悠遊行樂觀念的普及，更催化了遊山玩水風氣的盛行，而老、莊玄理之風披靡，更啟迪了「自然山水即是道，道即是理」並且「以理化情」的人生體悟。此期，詩人開始逐漸擺脫玄言玄理之漫說，轉而直接以呈現山水化境來闡明宇宙真理和生命哲思，這也正是劉勰在《文心雕龍‧明詩》篇所言：「宋初文詠，體有因革；莊、老告退，而山水方滋。」的展衍過程。以上文字說明了山水田園詩的發展，乃伴隨時代風潮與哲學演進，相互遞嬗而來，茲以下列詩作為例：

　　　　〈下方山〉何遜

　　　　寒鳥樹間響，落星川際浮。繁霜白曉岸，苦霧黑晨流。
　　　　鱗鱗逆去水，灟灟急還舟。望鄉行復立，瞻遠近更修。
　　　　誰能百里地，縈繞千端愁。[12]

　　此詩前三聯寫景，後兩聯抒情。景雖為實景，卻和詩人內心所感受的鄉愁難分難解，因此顯得景中處處是情，情中處處有景「寒鳥」、「落星」、「繁霜」、「苦霧」，以及「逆去水」、「急還舟」這些精心擬

---

[12]　王國瓔《中國山水詩研究》，（台北：聯經出版；民國 75 年 10 月初版），頁 194。

造的意象，在交互投射下，交織而成的是一幅略帶淒苦情調的遊子盼歸圖。全詩寫景綿密，情緻溫婉，其對山水景物的刻畫嚴謹有度，揭露出詩人敏銳的感覺和細微的觀察力。例如頸聯「繁霜白曉岸，苦霧黑晨流」採倒裝句法，並將形容詞「白」與「黑」轉品為動詞，而使景物生命化。其寫景已不僅止於狀貌聲色，更進一步注意到景中意境的烘托，因此擴大了山水詩的表現領域。另一方面，這首詩展示的是自然美與感情的融合，也就是詩人在宦遊中觸發的懷鄉之情與個人對自然山水的賞愛之意，自然景物與詩人情感賓主結合，而達到情景交融的境界，成為唐代以後情景交融山水詩的先聲。

　　梁、陳以至隋朝之間，詩壇主要掌握在缺少仕途浮沉經驗的王公貴族手中，故吟詠的題材大多侷限在宮廷遊宴或貴族圈小模式的生活範圍中，此期這種與宦遊生涯共詠的山水詩並不多見。可是到了唐朝，由於以科舉選才制度確立，遂打破世族豪門把持或參與政治的局面。科舉為寒門庶族大開仕進之途，無數出身庶民的貧寒文士，滿懷入仕參政，或企求飛黃騰達的人生抱負和理想，他們遠別鄉親，入京趕考，有的應舉入幕，有的交遊干謁，當然也有不幸落第只好還鄉者。甚至入仕後有遷調、有升舉、有流放、有貶謫，由於際遇不同，便提供更多的人生閱歷與宦遊經驗，作為吟詠的詩材，這些作品大都真切深刻，寓意遙深，有的融合自然，有的以情化境，成為後世寫意山水之先驅。

　　開元（西元 713-755 年）以後詩壇，在山水詩的表現上，乃是王、孟導之於前，韋、柳繼之於後的「與田園情趣合流」的山水詩之風行時期，尤其在所謂「開元盛世」，求仕之風達到空前熱潮。此時交遊干謁乃是這些求仕者的重要政治活動之一。透過這種社交活動可以揚聲譽、求提拔，即使應舉失敗，也可能獲得一官半職。伴隨此舉，連

帶而起的就是一種漫遊的風氣，也就是在交遊干謁的過程中，順便漫遊大江南北之名山勝水，繼而創作美麗詩篇。

茲以身處初唐與盛唐過渡時期的王灣（西元 712 年進士）作品為例：

〈次北固山下〉王灣

客路青山外，行舟綠水前。潮平兩岸闊，風正一帆懸。

海日生殘夜，江春入舊年。鄉書何處達？歸雁洛陽邊。

首聯點題，正是詩人泊舟北固山（今江蘇鎮江之北，下臨長江）下所見江景，「客路」、「行舟」二詞已微含羈旅之意。但詩人更大的注意力是投射在長江景色之美：「潮平兩岸闊，風正一帆懸」，用最淺近平凡的語言，客觀地勾勒出一幅絕妙的江川景緻。而頷聯「海日生殘夜，江春入舊年」，更為全詩警句，詩人描寫自己在浩瀚如海的江面上，太陽從殘夜中升起，江上的春天就由舊年底慢慢降臨，景乃實景，但是「殘夜」、「舊年」之詞流露出詩人對時序遷移的感慨。尾聯以一問一答的格式作結：「鄉書何處達？」正是鄉情的直接表露，「歸雁洛陽邊」，則以實景解讀詩人的歸心。全詩無論遣詞鍊字，乃至意境的表現，早已脫離初唐時期之「梁、陳」餘風，表現手法與情景交融的關照度，也達到圓熟境界。

〈題大庾嶺北驛〉宋之問

陽月南飛雁，傳聞至此迴。我行殊未已，何日復歸來？

江靜潮初落，林昏瘴不開。明朝望鄉處，應見隴頭梅。

此詩已具備五律雛型，雖然在格律或對仗手法上，都還不夠成熟，但整首詩藉著描繪自然景物以回應思鄉情韻，風格上已大大擺脫宮廷遊宴基調，另外開展一種新風貌。

　　唐朝詩人崇尚山水的自然清音，在初唐即已形成，最具代表者，莫過於盛唐的王維、孟浩然，當時因社會愈趨繁華，加上詩人自主意識勃興回歸自然的傾向，漸漸變成主流風氣，例如：李白就曾大聲疾呼：「自從建安來，綺麗不足珍。」他要求詩歌必須「清水出芙蓉，天然去雕飾。」杜甫也強調詩格要清新，他讚揚孟浩然「清詩句句盡堪傳。」稱道庾信為「清新庾開府」，同一時期的王昌齡也提出「境界」說，稍晚的皎然論取境，更十分強調自然之美，他說：「律家之流，拘而多忌，失於自然，吾常所病也。」他讚揚謝靈運「真於情性，尚於作用，不顧詞采，而風流自然。」認為「惠休所評，謝詩如芙蓉出水，斯言頗近矣。」都是以自然之美為要求，他強調意境的創造要「至麗而自然，至苦而無跡。」也就是說，自然之美與華麗並非對立，華麗並不是綺靡浮艷或矯揉造作，而是要歸於自然，就像日月光華那樣，才叫「大美」。而自然之美與苦思也不是對立的，苦思則喪於「天真」，所謂「至苦無跡」應是一種心境的提昇與轉化。皎然認為一個優秀的詩人，應該是融合複雜的思慮，而建構自然心境，而且他也認為「詩不假修飾，任其醜樸，但風韻正，天真全，即名上等」，這是說作詩最高妙旨在「自然」。他人說：「夫不入虎穴，焉得虎子。取境之時，須至難至險，始見奇句。成篇之後，觀其氣貌，有似等閒，不思而得，此高手也。」[13]這段話的意思是指自然之境是要心境能出離險雜繁亂之象，從而造化清巧妙境，方為高格，而非指完全模仿或抄襲自然。

　　至若司空圖《二十四詩品》論意境，也提到自然之美，他說「俯拾即是，不取諸鄰，與道俱往，著手成春。如逢花開，如瞻歲新，真與不奪，強得易貧。幽人空山，過雨采蘋，薄言情悟，悠悠天鈞。」

13　許清雲《皎然詩式輯校新編》（台北：文史哲出版社；1984 年 3 月初版），頁 22。

而且還極力推崇王維和韋莊的「澄淡精緻，格在其中」。所謂「澄淡精緻」，便是包括了清新自然，細緻優雅的藝術品味，並且，一切藝術的最高境界，莫不回歸自然。

　　崇尚自然的審美觀，自詩經時期即開始，孔子曾推崇詩三百曰：「思無邪」，這種無邪純真的思惟模式，乃合印於自然的第一要義。至若秦漢古風更是「天然去雕飾」，即使如駢文盛行的魏晉時期，亦有許多文人推崇自然之美。

　　根據《南史》記載：「延之嘗問鮑照，己與靈運優劣，照曰：『謝五言如初發芙蓉，自然可愛。君詩若鋪錦列繡。亦雕繢滿眼。』鍾嶸《詩品》亦有類似記載：「湯惠休曰：『謝詩如芙蓉出水，顏詩如錯采縷金。』」，顏終身病之。」這兩則材料文字雖稍有出入，但基本精神卻是一致的。顏延之是當時有名的詩人，深以「鋪錦列繡」、「錯采縷金」為病，可以看出當時的審美風尚，是重在「芙蓉出水」的一面。在鍾嶸《詩品》中，也有此種傾向。他針對當時詩歌創作中濫用典故，片面追求聲律的偏向，說道：「文多拘忌，傷其真美」，「自然英旨，罕值其人。」其要求詩歌創作在內容上必須表達真情實感，從生活出發，即目所見，有感而發，以「直尋」為貴。在形式上，他強調音律要有自然節奏美，「口吻調利，其為足矣。」劉勰《文心雕龍》，亦主張自然之美乃為上格；唐王昌齡《詩格》一書，提倡「境界」論，亦以自然為高，至若皎然和司空圖意境說；更大力倡導自然美學，此與魏晉以來傳統的審美觀點不無聯綿貫串。甚至再追溯遠一點，我們不難發現，皎然，特別是司空圖，受老莊自然之道的影響頗鉅，所以在《詩式》和《二十四詩品》中，對此論點剖析極深。

　　唐以後，詩論甚多，但追求自然已成為藝術創作的一項重要審美原則，唐代詩人透過創作和評論，累積了相當豐富的經驗。不過大體

而言，皆要求詩人或藝術家透過創作過程中，首先必須「發乎自然」，亦即任情率真，理融情暢，不作無病呻吟，一如葉夢得所說：「『池塘生春草，園柳變鳴禽』，世多不解此語為工，蓋欲以奇求之耳。此語之工，正在無所用意，猝然與景相遇，藉以成章，不假繩削，故非常情所能到。詩家妙處，當須以此為根本，而思苦言難者，往往不悟。」其中「無所用意，猝然與景相遇」，正是強調靈感、興會在創作中的作用，這種渾然天成的韻致，正是「上品」之作的必備要件。胡仔《苕溪魚隱詩話》：「東坡云：陶淵明詩『採菊東籬下，悠然見南山。』採菊之次，悠然見山，初不用意，而景與意會，故可喜。」「初不用意」，自然不是沒有意，否則何來「景與意會」，蓋主旨在反對過於雕琢。這正如陸輔之所說：「詞不用雕刻，刻則傷氣，務在自然。」[14]

以上文字都是說明真積力久，而不矯揉造作，不刻意經營的自然之美，那是一種渾然天成的可貴之境。「自然」非指毫不錘鍊雕飾，而是化迹於無形，那是一種積功於平日，得之在頃刻的妙趣高境。也就是達到「人文合一」的化境。劉熙載《芸概》說：「『文章本天成，妙手偶得之。』平日鍛鍊之功，可於言外想見。」

盛唐詩人中，王維作品，當是此類風格的最佳典範，其他大家如李、杜、孟浩然、崔顥等人佳作亦多，至於比王維稍晚的常建，其作品在表現山水與自然之美的特質上，也十分明顯。茲以杜甫〈櫻桃詩〉為例：「西蜀櫻桃也自紅，野人相贈滿筠籠。數回細寫秋乃破，萬顆勻圓訝許同。」範溫評為：「直書目前所見，平易委曲，得人心所同然，但他人難，不能發耳。」沈德潛說，梁、陳間詩，如庾肩吾詩：「雁與雲俱陣，沙將蓬共驚。」，「殘虹收宿雨，缺岸上新流。」，陰

14　曾祖蔭《中國古代美學範疇》，（台北：丹青圖書，1987 年 4 月初版），頁 329。

鏗詩:「鶯隨入戶樹,花逐下山風。」,江總詩:「露洗山扉月,雲開石路煙。」固然都是有名的句子,但較之陶淵明的「採菊東籬下,悠然見南山」、「平疇交遠風,良苗亦懷新」,不免仍是痕跡宛然,可見詩臻自然化境,並非輕易可得。

王國維論意境,尤其重視自然之美。他說:「古今之大文學,無不以自然勝。」這是把自然之美看作是一切優秀文學作品的重要標竿。他認為元劇所創造的意境,「一言以蔽之,曰:自然而已。」而什麼叫自然?「彼但摹寫其胸中之感想,與時代之情狀,而真摯之理,與秀傑之氣,時流露於其間,……若其文字之自然,則又為必然之結果,抑其次也。」也就是說,自然之美應包括作品的內容和形式兩方面。就內容而言;要有真摯的思想感情,就形式而言,則要求語言質樸流暢,無雕琢之跡。此二者相較,真摯的思想、感情尤為重要,乃作品之「主」,文字的自然則是它的必然結果,故處於從屬地位(賓)。

至於怎樣才能創造具有自然之美的意境?對此王國維更提出了「隔與不隔」的主張。何謂不隔?「『生年不滿百,常懷千歲憂。晝短苦夜長,何須秉燭遊?』『服食求神仙,多為藥所誤。不如飲美酒,被服紈與素』。寫情如此,方為不隔。『採菊東籬下,悠然見南山。山氣日夕佳,飛鳥相與還。』『天似穹廬,籠蓋四野。天蒼蒼,野茫茫。風吹草低見牛羊。』寫景如此,方為不隔。」(《人間詞話》)[15],王國維這段話,從情、景兩方面下手。在言情方面,他所舉的兩個例子,雖然思想內容稍具消沉,但藝術表現上,確屬直抒胸臆,天然率真之作。王氏以為這就是「不隔。」至於陶淵明的〈飲酒〉詩,早被看作是敘寫自然的典範,所謂「一語天然萬古新,豪華落盡見真淳。」古

---

[15] 王國維《人間詞話》,(台北漢京文化事業有限公司,1980年9月出版),頁26。

人早有定評。再者斛律金的〈敕勒歌〉，勾勒出北方牧兒馳騁草原的狀麗景象，歷來即為人們所傳詠的佳篇（此部份前文已評述）。依王國維的標準，寫景形象鮮明，歷歷在目，不是「不隔」。近人錢振鍠也對王國維所提倡的自然之美作了一個概論，他說：「靜安言詞之病在隔，詞之高處為自然。予謂：隔只是不真耳。真則親切有味矣。」頗得王氏要領，自然須兼備情真、景真之要，二者渾然天成，所謂「意與境渾」，正是自然之美的精髓所在，也是盛唐詩人審美意識中，一個相當重要的指標[16]。茲以下列作品為例：

王維（西元 699-761 年），乃盛唐著名詩人中地位最高、官運最亨通的一位，雖然他也曾因事得罪，被貶至濟州，嚐到了流放的滋味，但，綜觀其一生，仕途平順，文學地位亦極為崇高。而在他赴濟州途中，寫了一首：

〈渡河到清河作〉

泛舟大河裏，積水窮天涯。天波忽開拆，郡邑千萬家。

行復見城市，宛然有桑麻。迴瞻舊鄉國，淼漫連雲霞。

此詩一開始便以舟船航行江上時所見景象，拓展讀者視野，江水浩瀚，漫無邊際，當人們的情緒陷入蒼茫虛飄之境時，天地景物忽然拆開，原來岸邊出現了郡邑，船繼續往前行，岸上出現了城市，而且連桑麻都宛然可見。如此親切又熟習的景色，引得詩人將視線回轉，而就在「迴瞻舊鄉國」的動作中，洩露了他的鄉情。可是當我們發現他回頭望見的並不是故鄉，而是與雲霞相連的漫漫江水時，才真正感染到他的悲妍。王維此刻是在流放途中，但他並不說愁，也不道悲，只讓「淼漫連雲霞」的實景來展現一個宦遊者既幽深且邈遠的鄉情。

---

[16] 曾祖蔭《中國古代美學範疇》，（台北：丹青圖書，1987 年 4 月初版），頁 331-332。

這種轉化山水的移情手法，已超越了初唐詩人的寫作層面，由外在的形式之美，進入賓主兩忘，情景相融之化境。

〈江上琴興〉常建

江上調玉琴，一絃清一心。泠泠七絃遍，萬木澄幽陰。

能使江月白，又令江水深。始知梧桐枝，可以徽黃金。

常建的作品與王、孟二人同俱自然風致，但他最大的特點是擅長結合樂音於山水景致之中，其表現山水幽音，堪稱一絕。英國文評家柯勤律治在《文學傳記》一書提到莎士比亞是一位「靈魂中有音樂」的詩人，盛唐常建亦有此須特質。元人辛文房《唐才子傳》記載常建於仕途失意後「放浪琴酒，往來太白、紫閣諸峰」，其詩可使人「一唱三嘆」。而〈江上琴興〉一首，寫詩人在風清月白的秋夜，於江邊調弄玉琴，此時，詩人但見月光皎潔，秋夜澄明，當他把七根琴弦一一彈遍時，照見江水幽深，萬樹碧綠，那倒影掩映水中，大地一片沈靜，只和著江聲、琴聲、天籟聲。此時整個人完全融入這靜謐，飄渺的化境中。

此時詩人更微妙的轉化其心境，當心靈境界與天地冥化合一時，他更道出琴聲「能使江月白」、「又令江水深」之妙，原來彈琴者，能妙出此境者，非至人為何？能妙轉此境者，又非詩人為何？王昌齡《詩格》說：「人心至感，必有應說，物色萬象，爽然如有感會」，其並將此詩作為「感與勢」的代表。近代美學大師宗華先生在《美學散步》一書中，認為常建此詩乃「詩人在超脫的胸襟裏，體味到宇宙的深境」。此一特質於唐代詩人中，可謂獨步。[17]

---

[17] 陶文鵬《唐宋詩美學與藝術論》，（南開大學出版社，2003 年 5 月 1 日版，2003 年 8 月 2 刷），頁 110。

〈桃源行〉王維

漁舟逐水愛山春，兩岸桃花夾古津。

坐看紅樹不知遠，行盡青溪忽值人。

山口潛行始隈隩，山開曠望旋平陸，

遙看一處攢雲樹，近入千家散花竹。

樵客初傳漢姓名，居人未改秦衣服。

居人共住武陵源，還從物外起田園。

月明松下房櫳靜，日出雲中雞犬喧；

驚聞俗客爭來集，競引還家問都邑。

平明閭巷掃花開；薄暮漁樵乘水入。

初因避地去人間，更問神仙遂不還。

峽裏誰知有人事？世中遙望空雲山；

不疑靈境難聞見，塵心未盡思鄉縣。

出洞無論隔山水，辭家終擬長遊衍。

自謂經過舊不迷，安知峰壑今來變。

當時只記入山深，青溪幾度到雲林。

春來遍是桃花水，不辨仙源何處尋！

　　此詩源自陶淵明〈桃花源記〉的思想母題，作者援引古意，用詞自然天成，而且在山水清靈的人間勝境中，點染歸隱情懷，全詩敘事抒情，情景交融末尾更以「春來遍是桃花水，不辨仙源何處尋」！表現悠然餘韻，耐人尋味，充滿無限禪機。

〈下終南山遇斛斯山人宿置酒〉李白

暮從碧山下，山月隨人歸。卻顧所來徑，蒼蒼橫翠微。

相攜及田家，童稚開荊扉。綠竹入幽徑，青蘿拂行衣。

　　歡言得所憩，美酒聊共揮。長歌吟松風，曲盡河星稀。
　　我醉君復樂，陶然共忘機！

　　這是一首典型的山水寄情之作，後世吟詠頗多。前四句寫景，並點明來歷，因為黃昏日暮，方從山上歸來，故見滿眼蒼翠，心情隨之豁然。而下山後，村裏鄰童的赤忱，以及好友忘機共飲的歡樂純摯之誼，正是人生至真至美之事，此等美境又豈是京城虛矯的宮廷宴飲與鄙俗宦官之輩所能比擬，而這一份回歸心靈的至美化境，也正是山水清音真正撼動人心的原因。

　　又如孟浩然（西元 689-740 年），其雖然長期隱逸，而且終身未仕，卻也是盛唐詩人群中，創作與田園情趣合流的山水詩主將之一；孟氏曾經在四十歲那年，離開長久隱居的鹿門山，赴京城應進士試，結果不幸落第，這對他心中打擊頗鉅，此後雖曾透過居高位者的援引，企圖入仕，卻也不得要領。為此孟氏乃終身未曾正式步入仕途，但這一次體驗，卻也令他飽嘗求仕不遂的挫折。在其作品中最有名的〈望洞庭湖贈張丞相〉就是一首干謁詩，也是一首求仕之情與山水共詠的詩：

　　〈望洞庭湖贈張丞相〉孟浩然
　　八月湖水平，涵虛混太清。氣蒸雲夢澤，波撼岳陽城。
　　欲濟無舟楫，端居恥聖明。坐觀垂釣者，徒有羨魚情。

首、頷聯純寫洞庭湖遼闊瀚渾的壯美聲勢，皎然《詩式》評頷聯為：「自天地二氣初分，即有此六字」。頸、尾聯融入個人情感，全詩措詞委婉，並隱含求仕無門之嘆。手法上情景交融，格調渾成，起首即呈現磅礡氣勢，這種手法，在初唐詩人作品中，未曾出現，至若結尾「徒有羨魚情」意境悠渺，引人返思，全詩剛柔並濟，技巧純熟，大大超越了前人成就。

　　孟浩然既應舉不第、求仕未遂，壯志受到挫折，只好離開京城，長期漫遊於江南一帶，而江南山水雖美，詩人在自我流放中，難免興起飄泊、失意與孤寂的悲情，如〈宿桐廬江寄廣陵舊遊〉即是一例：

〈宿桐廬江寄廣陵舊遊〉孟浩然

　　山暝聽猿愁，滄江急夜流。風鳴兩岸葉，月照一孤舟。

　　建德非吾土，維揚憶舊遊。還將兩行淚，遙寄海西頭。

　　前二聯寫夜泊桐廬江時所見、所聞的夜晚景致，而「月照一孤舟」更擬造孤寂意象，因為「一」與「孤」都是單一數目，遙望天上明月，更顯遊子孤寂離情，這是古典詩人貫用的移情手法。後二聯抒寫飄泊，至若「建德非吾土，維揚憶舊遊」句，充分表達漫遊異鄉的悲淒之情，此詩景中寫意，意中含情。江景的客觀寫照，是以江水夜流急遽，以及風鳴葉響的動感畫面組成，其與月照孤舟的靜態情志裏外遙相呼應，結束構成一幅清冷孤寂的淒美畫面。當自然情境與詩人心中的愁緒相互輝映，成功的表現出比興寄情之巧境，最後將「兩行淚」，遙寄「海西頭」，把滿腹鄉愁藉著江水，交與故交舊識，聊敘悲情，更令人產生一種時空連結的效果，交錯互映的美感。修辭技巧及美感情境，皆達爐火純青境界，此作不僅為山水詩代表，亦為美學經典。

〈過故人莊〉孟浩然

　　故人具雞黍，邀我至田家。綠樹村邊合，青山郭外斜。

　　開軒面場圃，把酒話桑麻。待到重陽日，還來就菊花。

　　此詩溫馨樸雅，充滿田園鄉土風韻，乃孟浩然山水田園詩作中，另一種風格表現，大體而言，盛唐自然派的代表人以王、孟為主，然王詩寧靜，孟詩清寂，此為二人詩風最大差別，至若此詩，田莊純樸

景緻加上熱忱濃郁的人情味，一點也不孤單冷寂，此又是盛唐山水田園詩的另一風致。

〈客至〉杜甫

舍南舍北皆春水，但見群鷗日日來。
花徑不曾緣客掃，蓬門今始為君開。
盤飧市遠無兼味，樽酒家貧只舊醅。
肯與鄰翁相對飲，隔籬呼取盡餘杯。

詩聖杜甫的作品多為悲天憫人的社會派表徵，唯此詩清新秀朗，自然渾成，表現鄉野情趣。尾聯描寫詩人與鄰翁對飲，隔籬盡歡之狀，充分表現詩人樸雅率真的自然情韻，此詩一反其沉鬱頓挫的社會詩派基調，完全展現灑脫真淳的赤子至性，只為本土詩七律中的一絕。

〈漁翁〉柳宗元

漁翁夜傍西巖宿，曉汲清湘燃楚竹，
煙消日出不見人，欸乃一聲山水綠。
迴看天際下中流，巖上無心雲相逐。

柳宗元雖為中唐詩人，但延襲自盛唐的山水清音基調，對他的影響頗深，加上他對莊子的自然美學研究甚深，故其詩文在古文八大家中，亦以山水為勝。此詩清靈秀美，至富禪機，至若「迴看天際下中流」句，則空靈超逸，直可追步王詩。

至於比杜甫稍後的張繼，雖曾活躍於大曆詩壇，卻不得登名於「大曆十才子」之列，但他卻留下了一首膾炙人口的「楓橋夜泊」，此詩也可看出張氏在山水詩表現的藝術功力。

〈楓橋夜泊〉張繼

月落烏啼霜滿天，江楓漁火對愁眠。

姑蘇城外寒山寺，夜半鐘聲到客船。

　　短短二十八個字，既吟詠江景之美，又敘寫客旅寂寞幽情懷。其境界之美不僅在於畫面，更在於全詩渲染的氣氛。整首詩除了尾句還成「句」之外，其餘都是意象的羅列，讓我們直接去領會寒山空寂的美感。前二句不僅展現楓橋夜景，視覺觀點上，也由遠而近漸次移動，拓展空間美感末尾兩句則強調夜空中頻傳的鐘聲，在如此靜謐的秋將月夜中，鐘聲傳至姑蘇城外的寒山寺，一陣陣，一聲聲接扣著旅客心絃。此時，讀者可透過字面的意象，體會自然景致與心靈美境，整首詩皆是「景物」的呈現，「情語」只有一個「愁」字；但這個「愁」與客觀景物交織融匯，構成一幅優美淒情的秋泊畫面。至若視覺美感之表達，更是詩人精心設計過的，銀白的月色與火紅秋楓相輝互映，真是冷艷至極，大塊面的江楓與薄霜，搭配點點漁火，正是「對比」手法的最佳運用，不論時間與空間，色彩與線條，都在詩人的精心設計下，引領讀者，步入美學殿堂。至若在心靈張力，也因為透過空間與聽覺的設計，擴大到極至，作者本可實寫山水，卻又跳脫山水，主寫內心情境，這正是藝術抽象思維的美學表現手法，此詩又是古典文學作品中，藝術表現技巧的一大跨步與提昇之表徵。

四、悲憫情懷與回歸意識

　　盛唐詩作在審美意識上，最大的特質為「悲憫情懷」與「回歸意識」之人道主義精神。毛詩序：「詩者，志也。在心為志，發言為詩」，詩歌的本質在於抒寫情性，若無真情至性，僅徒具形式，將味同嚼蠟，

枯索無味。鍾嶸《詩品》序：「氣之動物，物之感人，故搖蕩性情，形諸舞詠，照燭三才，輝麗萬有。靈祇待之以致饗，幽微藉之以昭告，動天起、感鬼神，莫近予詩」[18]，這一段話的用意是告訴我們，好的詩作不僅感人肺腑，甚至能驚天地、泣鬼神，而這當中最大的推力在於「真情至性」。

中國詩歌的發展，源起於《詩經》、《楚辭》，而後演變至古詩、樂府，乃至近體、詞、曲等。但不論何種表現形式，凡是能被歷史所肯定者，皆是具有觀照人情、博施備物與宏觀天地的精品傑作。其字裏行間充分表現作者的生命格調，展露真情至性，故能穿越時空，讓世人傳誦不止。盛唐詩人中，他們或批判時弊，或關心民瘼，透過詩人的利筆詩才，讓讀者彷彿坐時光列車般，進入古人的生活世界，身歷其境的感受他們內心世界的苦與樂。至於閨怨派作家，則又能站在女性立場，透過幽柔溫婉的筆觸，敘寫女子閨情或宮幃怨意，這又是悲憫情懷的另一番寫照，畢竟傳統中國社會乃封建體制架構，男尊女卑是不爭的事實，女性在此社會體系中，一向位居從屬與附庸地位，在這種時空背景下，依然有男性願意為女性代言，甚至能模擬其心境，傾吐其心聲，抒展其悲鬱，這種作品自然能湧動人心，而引發廣大讀者的共鳴，並且也成為文明演進的另一種表徵。

至若回歸意識，應是伴隨邊塞詩之發展，所產生的另一種文化意涵，因為「黃昏」不論作為文化語碼或原型意象，皆富含多重意義，其中尤以「回歸」最具普遍文化意涵。自古以來「火」與「太陽」常象徵原始人類對生命力強烈的渴求與崇拜，而「落日」帶給人們的感受就是心靈急需尋求一個安頓依怙的表徵，這種追尋有時只是純粹的

---

[18] 鍾嶸《詩品》（台北：金楓出版社，1986 年 10 月），頁 18。

鄉愁之思，有時會是欲歸而不得歸的終生憾恨，諸多情結，乃交織成一篇篇哀鬱幽婉的動人詩章，「回歸主題」，也就成為盛唐詩中，不可或缺的特色之一。

（一）悲天憫人的人道主義思想

　　人道主義的發展，乃文明高度演進的結果。盛唐詩人中，具有悲憫情懷的作品頗多，甚中尤以杜甫特別突出，因此他的作品遂有「詩聖」、「詩史」之譽，例如「三吏」、「三別」，就是歷史上膾炙人口的諷政傷時之作，楊倫《杜詩鏡銓》評此六首詩為六朝以來「盡脫去前人窠臼」之真情佳作，其「上憫國難，下痛民瘼」可謂衰惋甚深。劉中和認為此六詩文字質樸，氣韻深老，雖不直抒議論，其實暗喻諷刺之義，且章法佈局嚴密，敘事鮮明生動，深得文學創作要旨。例如：

> 〈聞官軍收河南河北〉杜甫
>
> 　劍外忽傳收薊北，初聞涕淚滿衣裳。
>
> 　卻看妻子愁何在，漫捲詩書喜欲狂。
>
> 　白日放歌須縱酒。青春作伴好還鄉。
>
> 　即從巴峽穿巫峽，便下襄陽向洛陽。

　　此詩作於廣德元年，杜甫當時五十二歲，全家由成都移居梓州，此時因嚴武已返還朝中，他遂投奔梓州刺史章彝，當時杜甫在生活上尚稱平順。而且河南河北，也已被郭子儀部將僕固懷因收回，河北安史餘孽皆降，國家漸趨平靜。

　　全詩描述唐軍戰勝，全民欣喜的歡愉之情，人民渴望太平之心情，溢於言表，而且全詩氣韻一貫到底，卻又不覺草率，前半首先曲折情節，描寫接到官軍收復失地的音訊，詩人以「看妻之愁」與「漫

捲詩書」轉折詩人情感，後半首則直書急欲返鄉的迫切心境，此詩氣勢磅礡如飛漾流泉，一瀉千里，不可遏抑。

而起首「劍外」二字頗值得推敲，因官軍連破巨賊，此等重大消息，為何蜀地竟無所聞知，況且山劍外消息紛紛傳來，章彝處何以無正式官報？此中疑點，耐人尋味，不過那是時局問題，與詩句無重大關係，故不必評究。用「薊北」二字，暗示官軍所收復的最遠邊塞，語意中隱含唐軍大獲全勝之意乃預設伏筆。

第二句「初聞涕淚滿衣裳」，詩人的眼淚是為了國家朝廷與社稷民生所流，雖先有哀痛，聞官軍獲勝後卻又喜極而泣。詩人先以國家社稷為重，而後言及私事，層次遞進，遙寄甚深。其後口氣一轉，第三句以「卻看妻子愁何在」轉境，語意翻跳，從漫捲詩書的「喜欲狂」到白日的縱酒放歌，詩人的心情可說「駭」到最高點，而這種狂喜，乃因伴隨「歸鄉」心境而來，尾聯「即從巴峽穿巫峽，便下襄陽向洛陽」，不僅代表他的歸鄉情切，更是杜德中展現時空奠學的經典名句。將前愁一掃而空，可謂氣勢強勁。

杜甫自稱其詩「沉鬱頓挫」，在此即是最顯明的實證：第二句乃「沉鬱」，第三句即是「頓挫」，第四句以下方才放開。而頓挫在此地，乃「欲擒故縱」手法，必須熟讀玩味，方能體會。

第五句以「白日」引題，表示賊窟崩潰，天下太平，頓覺天朗氣清。「青春」並不是指杜甫身值壯年，而是當時正逢春天，據載官軍收復薊北為廣德元年正月事。末二句，詩人正打著如意算盤，計劃如何翻山越嶺，千里還鄉，此一理想雖未必立即呈現，卻把狂喜之情充分表露無遺。

唐詩諸多作品中，寫狂喜者極為少見，且喜意之詩也較不易創作。因為悲鬱之詩，可徵引的典故較多，然喜詩則資料短缺。此詩杜

甫以貫用的時空美學表現技巧，掌握了速度與空間的跳脫美感，藉茲印證他的歸心似箭之情，因為天下終於太平，漫遊多年終得返家，故此欣喜若狂，此等狂情歡興用在詩中，竟可以表現得如此雄渾勁健，不落俗套，真不愧詩聖手筆。

除此而外，在〈茅屋為秋風所破歌〉這首詩中，杜甫因己身際遇，而寫下「安得廣廈千萬間，大庇天下寒士盡歡顏」的曠古名句，充分發揮了「人饑已饑，人溺已溺」的仁者精神，此語筆力萬鈞，讀來動人肺腑。其他如〈兵車行〉、〈驄馬行〉、〈冬狩行〉等，以樂府歌行為題的作品，大多屬此表現悲憫意識之作。而且不只是杜甫，盛唐詩人中，還有李白、王昌齡、高適、岑參、王維、王之渙等人，多有類似作品發表，數量一多，就會形成一種時代風格，並造成風氣，帶動潮流，形成社會共相。

大陸學者傅紹良先生提到：「盛唐詩人是一個『狂』的群體，他們有時以一種狂誕的姿態，對待政治和社會，而其狂人格形成的直接原因就在於與老莊道家思想有著內在血脈的道教社會觀念和生存意識。……道家思想十分注重人的價值，他們將人擺在天地間獨立的地位，從人的社會價值與自然價值兩方面，強調人類的生存價值，因而非常重視人類的生命，他們以自然作為參照系和出發點，完善了養身全身以盡天年的生命哲學。」[19]

以上論述，從哲學觀點來看，闡明盛唐詩人「人道主義」精神的發軔，除了受儒家仁、恕觀念與道家自然主義和佛家的慈悲包容，觀點影響外，更重要的是，當悲天憫人的理念被推展揚被後，既而發展出來的，便是盛唐高昂的自由人格與「大我」意識，這種群己意識不

---

[19] 傅紹良《盛唐文化精神與詩人人格》，（文津出版社，1999 年 6 月一刷），頁181-182。

僅影響文學風氣，也影響當代的政治與人民生活，所謂「大時代」、「大格局」、「泱泱大國」真正的意義即在於此，「盛唐之音」很重要的一項意涵，也在於此。做為一個大時代的代表詩人，如果只會吟風玩月或做無病呻吟，則作品格局將被大打折扣，內涵境界也會大幅降低，不僅無益於個人，也無益於社會，這一點也是盛唐諸多優秀詩作，提供給後人一項重要的啟示。

（二）敘寫宮閨幽情怨意

　　唐朝雖是個開放的社會，唯男尊女卑觀念亦重，此時卻有部份男性詩人，擅長用細膩的筆觸描寫宮閨女子幽婉纖細的心緒情思。其大多以被冷落的嬪妃、青樓女子、或棄婦為敘寫題材，其中又以深宮怨婦佔大多數，這一點，有時乃是詩人藉著憐憫詩中主角，而自憐自傷的影射手法。例如：

　　〈春宮曲〉（唐人作〈殿前曲〉）

　　昨夜風聞露井桃，未央宮前殿月輪高，

　　平陽歌舞新承寵，簾外春寒賜錦袍。

　　全詩以全知觀點，描寫趙飛燕入宮得寵後，失寵的嬪妃被冷落之寂寞淒冷心境。詩中未著一個怨字，而幽怨自明，「春寒」一詞，幽人心緒全露，正是「樂而不淫，哀而不傷」的詩教風旨。

　　〈長信宮詞〉王昌齡

　　奉帚平明金殿開，且將團扇共徘徊，

　　玉顏不及寒鴉色，猶帶朝陽日影來。

與著名的：

〈閨怨〉王昌齡

閨中少婦不知愁，春日凝妝上翠樓，

忽見陌頭楊柳色，悔教夫婿覓封侯。

以上二詩同為閨怨詩之上乘，可謂王昌齡的閨怨雙絕。後世的詩評家以及美學研究者，皆一致讚賞此二詩在藝術表現上的成就。

〈長信宮詞〉運用比興、反諷技巧，將「玉顏」與「寒鴉」互比對應，以側寫手法描述被冷落的嬪妃，孤寂幽怨之情。「猶帶朝陽日影來」除諷喻君王的絕情之外，詩人也藉此有所影射，頗有自傷之意。「閨怨」一詩，尤為經典名作，首句以「不知愁」，敘寫詩中女主角，這位美艷且出身名門的少婦（由詩中「凝妝」、「翠樓」等詞，可推斷此女絕非一般平凡百姓），當她正想登樓賞景之際，卻「忽見」陌頭柳色鮮綠，柳條迎風款擺，此景無意中觸動了幽人內心無限感觸與聯想，於是由四季的輪替，致使少婦聯想到自己花樣的年華將逐漸老去，但夫婿為求功名，忍心拋棄親情、愛情，以致長年征伐西域未歸，秋去春來，又見綠揚滿堤「悔教」二字正好呼應前文，全詩在此，轉化了內心情感也隨之轉化，其過程如此迅急，手法如此戲劇化，雖為唐代作品，卻也符合了現代文學批評中「陌生化」手法的運用。若從結構上分析，少婦本想登樓觀賞春景，喜孜孜的上樓之後，心境卻急轉直下，而最後的「悔教夫婿覓封侯」之句，為全詩收尾最漂亮，筆力最強勁的地方。全詩起、承、轉、合，氣採大開、大放、大合手法，每一個環節緊扣得不著痕跡，正是詩境絕妙處。

再者，從視覺效果看，整首詩彷彿一幕精微的人心大特寫，鏡頭在雕樑畫棟的華美樓宇中展開序幕，當裝扮入時美艷動人，卻又不食人間煙火的名門閨秀出現時，其美貌與繡閣、春景，正好構成極佳的

視覺美感。然這位美少婦登樓賞玩春景時，本以為眼前這一片明媚春光可與她的心境相應和，誰知遠處陌頭柳色，竟深深觸動了她的人生感慨，全詩關鍵點（詩眼）正在於此，少婦內心的微妙變化，便如此幽微而精確的被詩人掌握住了，少婦內心的激盪，同時也震撼了讀者的心緒，讀者在詩人所設計的情境帶動下，感受詩中主角人物的喜樂與哀愁，而且那麼不著痕跡的被帶動，被感染，到最後，這愁與怨彷彿不只是少婦的，而是渲染給讀者，擴散給一切知音，而與之共鳴。

如果說畫是空間的擴展，詩則是時間的延伸，「楊柳」這個意象用得很妙，可謂一語雙關。就空間美感言，這陌頭柳色，春意無邊，無比浪漫；就時間意境來說，則是今春柳色對應少婦當年與夫婿送別的情境，少婦由此聯想到過去，現在與未來的時空又拉距交錯，其內心的扭絞悸盪可想而知。結尾以「悔教」二字收束，更是筆力萬鈞。實則，此詩雖以閨怨為題，卻是王昌齡站在客觀立場，一方面同情閨中少婦的孤寂處境，一方面更譏刺好戰喜功的野心政客，他們可以為了追遂功名與富貴，輕率犧牲掉人間最可貴的真情摯愛，這種以男性立場敘寫女性心理的作品，也常是盛唐詩人喜歡發揮的題材之一。

除了王昌齡以外，李白也是閨怨作品的箇中好手，例如：

〈玉階怨〉

玉階生白露，夜久侵羅襪，卻下水晶簾，玲瓏望秋月。

此詩又是閨怨另一典型。整首詩表現出一種空冷清寂之美，詩人也是採取全知觀點，敘寫深宮怨婦對失去的寵愛的無盡期等待，那種可悲可憫的心境。在封建帝王時代，身為後宮三千佳麗之一，是悲抑或是喜，端看評價觀點，讀完此詩，令人在幽婉深寂的韻致中，對失寵嬪妃感到無限憐惜。面對夜露深凝重的「玉階」，期待一次又一次

的破滅，春風不來，帝王的寵幸不到，以致露水浸溼羅襪，天寒但人心更寒。如此悲苦的心境，詩人卻透過溫婉的筆觸，含蓄且幽柔的說出女子情思，在「卻下水晶簾」後，仍懷有無限想望，女子遙視遠天秋月玲瓏，只希望寄語君王，真愛再現。此詩無一怨字，卻句句幽情、字字怨意，雖然詩人並未正面描寫女主角的容顏外貌，卻已留下一大片聯想空間，讓讀者遐思。而且對於主角人物的溫婉賢淑卻不得寵，令人有著無比愛憐之意，這一點，正是此詩最高妙處，也是閨怨詩最動人的地方。類此作品，尚有金昌緒〈春怨〉、顧民〈宮詞〉等，皆是也。這類作品除了呈現詩歌藝術之美以外，更充分表現出人道主義精神，讀來更令人玩味不已。

（三）黃昏落日的回歸意識

　　落日意象是中國古典詩詞中，普遍被運用的一種文化符碼。黃昏主題之所以被廣泛採用，一則因為農業社會時期，日出而作，日落而息的生存模式所致。一旦黃昏日暮，在外工作的人們，必然返家休憩，漸漸的從這一層回歸推衍至離鄉遊子的思鄉情懷，以及「落葉歸根」的生命回歸意識，無一不是這種心靈境界的表現。

　　李白有詩云：「浮雲遊子意，落日故人情」，劉禹錫〈登樂遊原〉詩：「夕陽無限好，只是近黃昏」，正是表現此類心境的佳作。黃昏牽繫著亙古以來，人類追尋生命原點的潛在哲思，這種哲思就是一種回歸意識。根據榮格《分析心理學》一書所提，這是一種「集體無意識」的情緒慣性作用，人是大自然的一部份，配合自然的運行「日出而作，日入而息」，本來就是自然定律，而返家的心情，更有一種身心與心靈獲得依恃安頓的安全，於是伴隨「回歸意識」所發展出來的表現題材將有：思鄉、漂泊、生命本質的探尋、以及祖國情結等。

　　至於黃昏主題的探討可以從「太陽崇拜」的人類原始神話原型談起，按榮格的說法，「集體無意識」代表祖先歷史的「記憶軌跡」，它存在於每一個個體中，而且本質上是完全相同的，它又獨立於每個個體的個人生活，並能壓倒自我和個人意識。如此一來，由「黃昏」引發回歸意識，那是一種自然，而且合理的潛意識反射，至於從「黃昏」連結到「家」，再由「家」連結到「鄉園」或「祖國」，這一切連鎖反應，都是意識連結作用，那是一種心理自然反應現象，也是人同此心，心同此理的情境映照。

　　針對這種心境的分析，為求更加明確易懂，茲圖示如下：

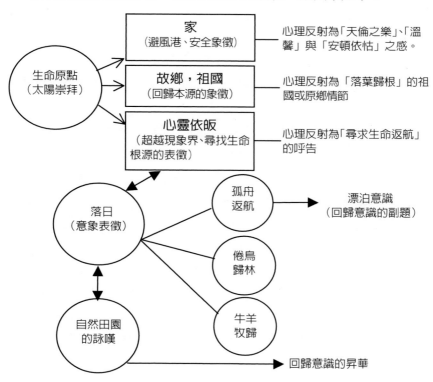

　　回應上圖所列，回歸意識的反面映照就是漂泊意識，這種心理意識起源於人類對生命源起的好奇與追尋，而「落日」（太陽崇拜的反面映照）正是此類意識的最直接意象，由黃昏落日意象牽引出一連串回歸意識的敘寫題材：

　　1、邊塞系列→征夫不得歸的望鄉題材、閨婦思夫的閨怨題材等。

　　2、羈旅宦遊系列→遊子思鄉的羈旅題材，貶謫仕宦的貶官文
　　　　學，或欲返田園的鄉情文學。

　　3、尋繹生命原點系列→回歸田園的自然詠嘆題材、南珂一夢的
　　　　生命返航題材。

　　其中由回歸意識引發對自然田園的詠嘆，算是回歸意識的昇華與轉化。

　　至於伴隨上列題材所適用的意象情境則有

　　1、邊塞系列：孤城、冷月、大漠、寒雁、白草、荒原、狼煙、
　　　　茄角等。

　　2、羈旅系列：雲煙、孤舟、沙鷗、鴻雁、月夜、柳色等。

　　3、自然田園系列→南山、菊、竹、琴、山寺、閒雲、野鶴等。

　　此類回歸主題的運用並非盛唐詩作所獨美，早在詩經時期，詩人們即多所發揮，到了魏晉時期如陶潛的〈歸去來辭〉，表現入樊籠，渴望回歸田園的深沉呼告，透過詩人自然醇厚之筆。更成為千古詠誦不已的傑作。盛唐詩作中，如「羌笛何處吹蘆管，一夜征人盡望鄉」、「日暮天山下，鳴茄漢使愁」、「日暮鄉關何處是？煙波江上使人愁」、「共看明月應垂淚、一夜鄉心五處同」等句，俯拾即是，不勝枚舉。

　　我們可以說，回歸主題的敘寫，在「盛唐之音」中發揮得淋漓盡緻，而盛唐詩人在處理此一議題時，不僅深具骨力，在視覺美感的掌

握上也拿捏得恰到好處，可謂血脈、骨肉兼具，令人咀嚼再三，滋味
益佳。

五、飄逸不群的浪漫情懷

「浪漫」的定義是什麼？若按字面解釋，是指放蕩不羈，不隨流
俗的性格特質這種特質，有時也會伴隨漂泊或羈旅產生。盛唐詩人
中，以李白最具代表性。

根據歷史記戴，李白祖籍為隴西成紀人，但實際上他到底在那裏
出生，至今仍不可考，據李白〈與韓荊州書〉說：「白本隴西布衣，
流落楚漢」；又〈贈張相鎬〉詩也說：「本家隴西人，先為漢邊將」；
而〈淮南臥病書懷寄蜀中趙徵君蕤〉詩：「國門遙天外，鄉路遠山隔，
朝懷相如台，夜夢子雲宅」，由上述記載，我們不難推測李白浪漫性
格的形成，有一部份是受到環境遷徙所致。

由於李白出身富商巨賈之家，所以從小受到很好的文化教養，也
過著富裕寬厚的生活，他在〈上安州裴長史書〉中說道：「五歲誦六
甲，十歲觀百家」，在〈贈張相稿〉詩中又說：「十五觀奇書，作賦凌
相如」，足見李白自幼飽讀詩書，而且才氣縱橫，至於他所傾慕的對
象，則是司馬相如，正好司馬相如的性格基本上也是浪漫典型，李白
受其影響，自然流露此一特質。

至於中國文人的浪漫意識，當源自《莊子》與《楚辭》，莊子在
其作品中，不斷的以大鵬遨舉、南鯤漫遊、莊周夢蝶等寓言，寄託浪
漫思想。屈原也常在作品中，運用神話，任其浪漫思潮掀被文學的駭
浪，例如〈遠遊〉篇：「歷太皓以右轉兮，前飛廉以啟路。陽杲杲其

朱光兮，淩天地以徑度。風伯為余先驅兮，氛埃辟而清涼。鳳皇翼其承旂兮，遇蓐收乎西皇。」

　　這段文字展現了出屈原天馬行空的高度想像力，也充分展現浪漫思潮那種任運不羈，跨越時空的特質與力度，著實令人驚嘆讚賞。

　　實則，中國文人或多或少都帶有一點浪漫氣質，只是盛唐李白特別明顯而已，在此，我們可以將浪漫情懷歸納出下列幾項特點：

（一）展現任俠豪情，鄙視權貴，具仗義執言的俠士精神：

　　李白一生重然諾，講情義，在他一生的行徑當中，擊劍任俠遠比在京城為官快活，也更能展現他的人格特質，其一生最膾炙人口的故事，莫過於讓高力士為他脫靴，讓楊貴妃為他磨墨，結果在酒酣耳熟之際，寫下千古傳誦的〈清平調〉，允為文學史美談。此類俠客事蹟，記載在古史典籍中，屢見不鮮，《史記》刺客列傳，尤為文、史學之奇葩，而這種豪俠精神，更深深影響後世文人，成為浪漫情懷的一種形象表徵。

（二）喜歡用誇飾手法，表現超越現實的脫序思維：

　　李白的作品在速度的掌握上無庸置疑，至於空間上，他和杜甫一樣，喜歡用誇飾手法，拓大空間美感。他不喜歡被侷限，因此常有過去、現在、未來時空互相交疊融合的語句產生，透過這種表現手法，也常發出今昔之慨與貶謫之思。例如：〈蜀道難〉、〈行路難〉、〈將進酒〉、〈鳳凰台〉等作品皆是也。由於思想跳脫，詩仙所呈現的作品風格也是飄逸不群，天馬行空的，例如「白髮三千丈，離愁似箇長」、「百年三萬六千日，一日須傾三百杯」、「黃河之水天上來」、「蜀道難，難

於上青天」，這些傳誦千古的名句，後人讀之，僅能讚嘆其才情，卻很難模仿其神韻。

（三）回歸意識是浪漫情懷的原點與歸結；浪漫情懷是回歸
　　　意識的反向展衍：

伴隨浪漫情懷所表現的心理反應，常是漂泊之慨，因為「漂泊」，所以想「回歸」。故表現在作品中，常出現「水」、「月」、「浮雲」，「飛鳥」、「孤舟」等意象（大陸學者王琦統計李白作品中，出現的鳥類計有六十餘種）。抑且由於任俠豪情，落拓縱酒，詩與酒成為最佳拍擋，詩人也似乎要加上一點「醉意」，才叫「浪漫」，否則過度清醒，反而太理性，而失去詩情夢幻的特質，便無法引人遐思。杜甫作詩云：「李白斗酒詩百篇，眼花落盡水底眠」，既然醉了，自然要進入夢鄉，在李白作品中，常會出現「夢境」，例如〈白頭吟〉：「且留琥珀枕，還有夢來時」，〈太原早秋〉：「夢繞邊城月，心飛故國樓」，〈送舍弟〉：「他日相思一夢君，應得池塘生春草」，〈寄遠十二首。其四〉：「相思不惜夢，日夜向陽台」等即是。

而「夢」在心理反射上，也是回歸意識的表徵之一，那是心靈潛意識尋求生命返航的呼告與映射。至於李白在詩中所表露的夢境：有展現人生理想者，有家國之思者，有故友難期者，這一切，詩仙就這麼灑脫的用夢境轉化掉了，而人生不也正是一場漫長的「大夢」嗎？夢醒之後，悠悠人世的悲歡歲月，不論璀璨與平淡，都只能被記憶封存，甚至成為宇宙中的一粒沙塵，隨風而逝，又有什麼好計較？

李白早看清這一切，他的落拓縱酒，毋寧是一件包裝現實人生的羽衣，讓多蹇的人生歷程至少看起來美一點。無怪乎吳功正在《唐代美學史》書中，評價李白是「盛唐美學的最高、最集中代表」。

第二節 雄健高偉——論壯美

一、壯美的定義

壯是一種氣勢、一種精神,它具有剛健、崇高、雄渾、博大、壯盛的特質。根據中國古典美學的評判標準,有「大美」、「盛美」、「健美」、「高美」之別,而凡是具有壯盛昂陽之美感者,皆為「壯美」範疇。

所謂「大美」:根據《莊子‧知北遊》:「天地有大美而不言,四時有明法而不議,萬物有成理而不說。經人者,原天地之美而達萬物之理,是故至人無為,大經不作,觀於天地之謂也。」這一段文字是說明,凡是能夠達到博觀天地,內蘊至豐的美感境界即為「大美」,當然天地大之美境者,不外乎「自然」,但細究其境,則自然之韻又有雄渾豪壯與婉約秀麗之別。

中國文學史上,最早提出風格之說者應屬劉勰《文心雕龍‧議對篇》:「仲瑗博古,而銓貫有序,長虞識治,而屬枝繁,及陸機斷議,亦有鋒穎,而腴辭弗剪,頗累文骨,亦各有美,風格存焉」[20]這是品評人物的標準,但「風格」之說,後世乃衍化為作品評論的方式。

唐代詩人正式將風格做分類者,始自王昌齡《詩格》,至若崔融《新定詩體》皎然《詩式》及司空圖《二十四詩品》等論著亦皆有界說,茲表列如下:

---

[20] 南朝‧梁‧劉勰《文心雕龍》,(文史哲出版社,1999 年 9 月初版 7 刷),頁 142。

書名	作者	品類	風格（内容要道）					
新定詩體	崔融	詩有十體	形似　質氣　情理　直置　雕藻　映帶 宛轉　飛動　情切　菁華					
詩格	王昌齡	五趣向	高格　古雅　閒逸　幽深　神仙					
		詩有六式	淵雅　不難　不辛苦　飽腹　用事　一管 摶意					
詩式	皎然	辨體十九字	高逸貞忠節志氣情思德戒閒 達悲怨意力静遠					
		詩有三格	跌宕格：越俗駭俗 洇沒格：澹俗 調笑格：戲俗					
		詩有六迷	虛誕　高中　緩慢　淡泞　詭怪　新奇 獨善　熟爛　隱約					
		詩有七德	識理　高古　典麗　風流　精神　質幹 體裁					
二十四詩品	司空圖	二十四品	雄渾　沖淡　纖穠　沈著　高古　典雅 勁健　綺麗　自然　含蓄　豪放　精神 縝密　疏野　清奇　委曲　實境　悲慨 形容　超詣　飄逸　曠達　流動[21]					

　　以上各派說法中，以《二十四詩品》最專就作品性質分屬，餘則人品與作品混同，不易界定，故本文析論據司空圖藍本為綱領，復參酌後世學者論述，並依唐人作品所呈現之氣韻特質為分類標準。

　　北齊‧顏之推《顏氏家訓‧勉學》：「周弘正奉贊大猷，化行都邑，學千餘，實為盛美」，明‧陳子龍《元子詩序》：「夫作詩而不足以尋揚盛美，刺譏當時，記物聯類而見其志，則是風不必列十五國，而雅不必分大小也。雖工而餘不好也。」以上文字說明盛美之作不必在技

21　林淑貞《詩話論風格》，（台北：文津出版社，1997年7月1刷），頁386。

巧上雕琢，而要以氣勢博大，境界宏高為要首，此義頗接近「大美」之境。

清・王壽昌《小清華園詩談》卷上：「何謂健？曰：『廣武原西北，華九此浩然。地盤出入海，河繞國連天，遠樹千門色，高檣萬裏船。鄉心日方暮，獨在楚城邊。』〈張祐・登廣武原〉，暨少陵之『風急天猿嘯哀，渚清沙白鳥飛迴，無邊落木蕭蕭下，不盡長江滾滾來。萬里悲秋常作客，百年多病獨登臺，艱難苦恨繁霜鬢，潦倒新停濁酒杯』。〈杜甫・登高〉是也。」[22] 以上二詩皆為唐人詩作精品，更是剛勁強健美感的表徵，除了「大美」、「盛美」、「健美」以外，尚有「高美」。

「高美」：即崇高之美，王壽昌認為「高」是指境界的高深闊大，如《古詩十九首》，陶淵明的《飲酒》、左思《詠史》、崔顥《黃鶴樓》等作品皆是也。清・康有為《廣藝舟雙楫》提到「高美」，則認為那是一種值得敬仰，推崇的英雄行為或高尚境界，這種美感接近於「雄傑之美」。綜上所述，「壯美」除了文句表現的渾厚雄傑之外，氣勢上也要能充沛浩然，精神上則要求崇高偉大，所謂「丈夫之語」是也。故欲探究「壯美」的真諦，必須從精神內涵入手，而以表現形式為輔協。

二、「盛唐之音」的壯美典型

盛唐詩作，若依風格論，總體而言，有代表陽剛之美的「壯美」之作也有代表陰柔美的「秀美」之作，而壯美又可依其體性，細分為雄渾、壯麗、悲壯、慷慨、沈鬱、凝重、豪放、曠遠八類；秀美也依其特質，分為超詣、自然、飄逸、空靈、洗鍊、清奇、典雅、綺麗、

---

[22] 彭會資主編《中國古典美學辭典》，（廣西教育出版社，1991年4月1刷）頁13。

疏野、委曲十類。這種分類方式乃根據《文心雕龍・體性》篇中，將詩的類型分為「典雅」、「遠奧」、「精約」、「顯附」、「繁縟」、「壯麗」、「新奇」、「輕靡」八體，復參酌《二十四詩品》中，將詩的風格分成「雄偉、沖淡、纖穠、沈著、高古、典雅、洗煉、勁健、綺麗、自然、含蓄、豪放、精神、縝密、疏野、清奇、委曲、實境、悲概、形容、超詣、飄逸、曠達、流動」二十四種，做綜合比較，而推類引申者，概八種太攏統，二十四種太繁瑣，而且有的柔中帶剛，有的剛中帶柔，如此則不易判別風格，有的則更適合做境界探討。故本文所論「壯美」與「秀美」的類別，是以盛唐詩作中，著具代表性的作品，歸納分析而得。茲表列如下：

本文分類	《文心雕龍》分類	《二十四詩品》分類
雄渾／壯麗	壯麗	雄渾（勁健）
悲壯／慷慨	無	悲概
沈鬱／凝重	相近於「遠奧」	無
豪放／曠達	無	豪放／曠達

　　誠然，唐詩屬「壯美」之類者，不僅止八品，本文就盛唐詩人作品中，風格顯著者加以歸類，並析論之。

（一）雄渾與壯麗

　　雄渾是一種雄壯渾厚的芸術風格，二十四詩品將其列為首品，認為雄渾表現的形態為：「大用外腓，真體內充。返虛入渾，積健為雄。具備萬物，橫絕太空，荒荒油雲，寥寥長風。超以象外，得其寰中。」[23] 而嚴羽《滄浪詩話・詩辯》也將「雄渾」列為詩九品之一。

---

[23] 何文煥輯《歷代詩話》，（北京：中華書局，1981 年 4 月 1 版，2001 年 11 月 5 刷），頁 38。

　　何謂雄渾？根據陶明睿《詩說雜記》：「大力無敵為雄，元氣未分曰渾」，可見「雄」是指一種至大至剛的氣勢，「渾」表現出一種渾成厚重的美感，二者合而為一，形成一種骨力勁健，氣勢磅礡，體魄雄健，氣宇軒的審美特質。

　　明・胡應麟《詩藪》：「盛唐一味，秀麗雄渾」，並且明確指出雄渾者，以李、杜為代表，其評二人作品曰：「李才高氣逸而調雄，杜體大思精而格渾」。歷代美學評論家對此亦大力推崇，尤其用來評價盛唐大家之作品風格。其實我們若以盛唐諸家詩作觀之，最能體現雄渾境界者，非邊塞詩莫屬，在高適、岑參、王昌齡、王之渙諸家筆下，那些遼闊的草原，飛揚的風沙，峻偉的長城，滔清的冷月，不僅表出邊塞奇偉雄渾的景緻，更凝造了無數出征離別的壯士悲歌，茲分述如下：

1. 雄渾

　　清、施補華〈峴傭說詩〉云：「『秦時明月』一首，『黃河遠上』一首，『天山雪後』一首，『回樂峰前』一首，皆邊塞名作，意態絕健，音節高亮，情思悱惻，百讀不厭也」。[24]而以上四詩，若依氣格論，依次為：

（1）〈出塞〉王昌齡

　　　秦時明月漢時關，萬里長征人未還。

　　　但使龍城飛將在，不教胡馬度陰山。

---

[24]　施補華《峴傭說詩》，見清丁仲祐輯《清詩話》（下），（西南書局 1979 年 11 月 1 日初版），頁 919。

（2）〈涼州詞〉王之渙

　　黃河遠上白雲間，一片孤城萬仞山。

　　羌笛何須怨楊柳，春風不度玉門關。

（3）〈從軍北征〉李益

　　天山雪後海風寒，橫笛偏吹行路難。

　　磧裡征人三十萬，一時回首月中看。

（4）〈夜上受降城聞笛〉李益

　　迴樂峰前沙似雪，受降城外月如霜。

　　不知何處吹蘆管，一夜征人盡望鄉。

　　四詩雖皆為邊塞名作，也都表現剛強勁健的美感，唯《出塞》一首最能表現雄渾氣勢，其餘三首則帶有悲壯之美。

　　明・李攀龍甚至推譽〈出塞〉此詩為唐人七絕的壓卷之作。此詩表現在音節上的和諧鏗鏘，與色彩上的對比明亮，乃詩作傳頌不朽的原因之一。而「關」、「還」、「山」押的是上平刪韻，氣勢上具有遼闊昂揚的美感，兼具文字與音樂雙重美感，詩歌的音樂美不外乎字義與音韻之和諧，擅巧者務求達到「聲由情出，情在聲中，聲情哀樂，一齊湧現」方始入詩歌之妙；至於視覺效果上，明月映照長城，冷峻嚴寒，那一片孤寒與關山產生橫的延伸與直的擴大之空間張力，至於意象的擬造，作者故意將時空疆界打破，起首的「秦時明月漢時關」，不僅意境美，而且令人聯想到《樂府詩集・橫吹曲辭》中的《關山月》。按《樂府解題》：「關山月，傷別離也」，而王褒《關山月》：「關山萬里不可越，誰能坐對芳菲月」，徐陵〈關山月〉：「關山三五月，客子憶秦川」。「關山」之作，自古以來皆以描寫征婦離人，鄉思離情為主軸，「關」與「月」成為此類作品的關鍵意象：「關」代表一種阻隔，

「月」象徵離人思鄉的情志,而王昌齡在「關」與「月」之間,又加上秦、漢二字,是將兩個時間性的限定詞,巧妙聯結了具有象徵意義的「關」、「月」,這種時空互比對應的手法,讓讀者很快的聯想到千年以前的時空阻隔,以及現實生活中萬里之外的邊塞蒼茫之境,從而拓展出心靈及視覺的距離美感。

這種表現手法,正是「具備萬物,橫絕太空」的美學境界之體現,結尾「但使龍飛將在,不教胡馬度陰山」二句,語意堅穩,魄力雄健,大有氣蓋山河之架勢,允為雄渾典範。

〈走馬川行奉送大夫出師西征〉岑參

君不見走馬川行雪海邊,平沙莽莽黃入天。輪臺九月風夜吼,一川碎石大如斗,隨風滿地石亂走。匈奴草黃馬正肥,金山西見煙塵飛,漢家大將西出師,將軍金甲夜不脫。平夜軍行戈相撥,風頭如刀面如割。馬毛帶雪汗氣蒸,五花連錢旋作冰,幕中草檄硯水凝。虜騎聞之應膽慴,料知短兵不敢接,軍師西門佇獻捷。

此詩以樂府歌行入手,在平沙莽莽,碎石如斗的輪台九月天中,一營勁旅走馬行川,此時漫天風雪,沙石夾雪打在臉上宛如刀割,但是為了保國衛民,將士早將個人生死置之度外,結果一戰打來,虜騎聞風喪膽,雖短兵相向亦不敢應戰,於是連傳捷報。

整首詩雖以漢將降胡人之典故為歷史背景,其實藉此影射唐師出征西域的必要性、合理性與正義性,此詩一則描寫塞外征戰之景,二則展示國威,是典型的「邊塞詩」。

而全詩在美學表現上,造語氣勢強勁,充滿陽剛美境,像「碎石如斗」、「草黃馬肥」、「金山煙塵」、「漢家大將」等語詞,魄力豪大,

氣格雄渾。至若空間效果上，不論在高度、寬度或長度，都拉得又高又深又遠；而且視覺美感上，使用「金」、「白」、「黃」等色彩，造成一種華艷富麗的效果，全詩豪邁雄瀾，動人心魂。

再以〈燕歌行〉為例：開元二十六年，客有從元戎出塞而還者，作〈燕歌行〉以示適，感征戍之事，因而和焉。

〈燕歌行（並序）〉高適

漢家煙塵在東北，漢將亂家破殘賊。
男兒本自重橫行，天子非常賜顏色。
摐金伐鼓下榆關，旌旗逶迤碣石間。
校尉羽書飛瀚海，單於獵火照狼山。
山川蕭條極邊土，胡騎憑凌雜風雨。
戰士軍前半死生，美人帳下猶歌舞。
大漠窮秋塞草腓，孤城落日鬥兵稀。
身當恩遇常輕敵，力盡關山未解圍。

鐵衣遠戍辛勤久，玉筋應啼別離後。
少婦城南欲斷腸，征人薊北空迴首。
邊庭飄颻那可度，絕域蒼茫更何有？
殺氣三時作陣雲，寒聲一夜傳刁斗。
相看白刃血紛紛，死節從來豈顧勳！
君不見沙場征戰苦，至今猶憶李將軍。

這首詩的內容，主要描寫塞外征戰之悲苦，以及將士忠貞為國的凌雲志氣，並以征夫思婦久別之苦為襯托，剛柔並濟，豪邁而典雅。起首四句敘述男兒志在四方的豪情壯志；後四句描寫邊塞征戰氛圍，造境十分悲壯蒼涼；詩人從敘寫戰場實況起首，復描述邊塞風光，末

引漢將李廣雄威，使匈奴不敢窺邊作亂做一反結，在鋪陳中留有令人遐思感的餘韻。

全詩結構縝密，氣勢遒勁，充分表現雄渾之美。而整首詩一直圍繞著「燕」字著墨，如「榆關」、「碣石」、「瀚海」、「狼山」、「薊北」等詞，都和燕地有關，至於所引李將軍典故，因漢初李廣堅守北平，北平古為燕地要重鎮，李廣又是一位猛將，故以李廣事蹟影射唐代邊境守將，貼切允當。全詩敘事剴切，造語綿密精煉，氣魄雄渾，直是「大丈夫」語。

2. 壯麗

壯麗是指雄壯瑰麗的藝術風格，劉勰《文心雕龍‧體性》篇列「壯麗」為「八體」[25]之一，而且他認為：「壯麗者，高論宏裁，卓爍異彩者也」。此指內容意旨之高深，識見廣博而言，至於壯麗之美在文詞表現形式上是絢爛華麗，光采奪目的，所以壯麗兼具雄渾壯偉與瑰麗俊秀雙重特性。其風格表現形態則是：「壯」的部份接近「宏渾」與「豪放」；麗的部份接近「綺麗」與「纖穠」。

但是「壯麗」並不混同於其他壯美風格，因則為它的特徵是「壯而不渾不豪；麗而不綺不纖」唐‧竇蒙《語例字格》解釋此種境界為：「壯，力在意先曰壯；麗，體外有餘曰麗」，也就是說氣勢壯闊而用語華麗的一種美感境界，直可謂力與美的結合，壯麗之美常呈現出一種雄健富麗，斑斕多姿的審美特性。

---

[25] 劉勰《文心雕龍》，（文史哲出版社，1999 年 9 月初版 7 刷），下篇，頁 21。
註：八體：一曰典雅、二曰遠奧、三曰經約、四曰顯附、五曰繁縟、六曰壯麗、七曰新奇、八曰輕靡。

盛唐作品中，具壯麗審美風格者，如李頎〈古從軍行〉即是，其中王昌齡的〈從軍行〉更是壯麗典範，茲評析如下：

〈從軍行〉王昌齡
青海長雲暗雪山，孤城遙望玉（一作雁）門關。
黃沙百戰穿金甲，不破樓蘭終（一作竟）不還。

這首詩是歷來美學家評價甚高的佳作，全詩善用對比手法，把一場冷酷無情的戰爭，描寫得華艷異常。「青海」、「雪山」、「黃沙」、「金甲」，在色彩上造成穠麗華艷的美感境界，而且青、白寒暖對比，視覺效果十分強烈，至於「玉門關」與「樓蘭」、「金甲」等詞連用，充滿了豪壯富麗的氛圍。

全詩在時空距離的掌握上，「青海長雲」、「孤城」、「百戰」等意象連續出現，令人宛如置身在蒼茫遼闊，悠遠荒寒的邊塞戰場上，而「暗」、「穿」、「遙」等關鍵詞，聯繫了詩人情感，也造成讀者無限聯想，從青海遙望玉門（在甘肅省邊境），望穿秋水的，恐怕不只是欣賞風景，或一飽眼福的心境，而是那思鄉望歸卻而不得歸去的無奈悲情。

其後詩人筆勢一振，氣魄一拉，以「黃沙百戰穿金甲，不破樓蘭終不還」之句作結，戰士英勇衛國的決心震懾天地，也震憾人心。鄉愁與國愁孰者為輕，孰者為重？一切不可言喻。

至於音韻設計上，「山、關、還」，押的是上平元韻，此韻本就具有悠揚雄健氣勢，雖然是以簡短的七絕形式表達，卻是言簡意賅，壯麗無比。

〈古從軍行〉李頎

白日登山望烽火，黃昏飲馬傍交河。

行人刁斗風砂暗，公主琵琶幽怨多。

野營萬里無城郭，雨雪紛紛連大漠。

胡雁哀鳴夜夜飛，胡兒眼淚雙雙落。

聞道玉門猶被遮，應將性命逐輕車。

年年戰骨埋荒外，空見蒲萄入漢家！

這首詩描寫漢・王昭君出塞，遠嫁烏孫王為后的情境，詩中有詠史、有悲嘆，亦有諷刺。起首四句寫塞外征戍之苦，次四句寫邊境遼濶的塞上風光與悲聲苦境，末四句則以在外征戰者不得生還，戰骨枯埋荒郊野地，欲返難歸，但朝廷卻因此而換得西域葡萄，京城內殿的歌舞昇平，對比關外的淒寒苦寂，其張力之大，不言可喻美酒、葡萄是用戰士的血汗和生命換來的，詩人以此情境互比，頗具小雅詩人譏刺之意。

全詩悲嘆中有豪壯，粗獷中有綺麗，而且具高度的人性關懷思想。人命與物品相比，孰輕孰重？戰爭真正的目的和意義到底在那裏？這些都是值得思考的議題，而推派公主和親，犧牲無辜女子的終身幸福，只為了換取統治政權幾十年的假相太平，這到底是德政還是殘忍？諸多問題，為詩意所衍申的副題，耐人尋味，更添詩韻。

至於技巧表現上，「白日」、「黃昏」、「玉門」、「葡萄」等詞，聯結無限華美意象，至若「昭君出塞」的典故運用，本就撼人心弦，美艷無雙的佳人，對比荒寒悲苦的大漠，誰人不起憐惜之情，結語又以「年年戰骨埋荒外，空見葡萄入漢家」為諷，筆力萬鈞，雖是描寫漢代史實，卻是借古諷今，卓有餘韻。

（二）悲壯與慷慨

1. 悲壯

　　所謂悲壯是指悲憤雄壯的藝術風格。嚴羽《滄浪詩話》特將「悲壯」列為詩格「九品」之一，陶明濬《詩說雜記》解釋悲壯乃「笳拍鐃歌，酣猛起者是也。」它的特色在於悲而不哀，壯寓悲中，而且在悲憤中顯現力量，從悲憤中奮起，給人一種「壯烈」、「激昂」、「雄偉」、「崇高」的美感享受。

　　盛唐詩作中，類此題材特多，《滄浪詩話‧詩評》：「唐人好詩，多是征戍、遷謫、行旅、離別之作，往往能感動激發人意」。明‧屠隆《唐詩品匯選釋斷序》：「其言邊塞征戍離別憂愁，率感概沉抑，頓挫深長，足動人者，即悲壯可喜也。」清‧劉熙載《藝概》：「太白〈懷樂娥〉聲奇而峭」，茲以下列作品析論。

　　　〈蜀相〉杜甫
　　　丞相祠堂何處尋？錦官城外柏森森。
　　　映階碧草自春色，隔葉黃鸝空好音。
　　　三顧頻煩天下計，兩朝開濟老臣心。
　　　出師未捷身先死，常使英雄淚滿襟！

　　這首詩是杜甫為詠懷諸葛亮而作，全詩格律嚴謹，遣詞造句精巧渾厚，而且筆觸穩健成熟，為詩聖中年作品。明‧仇兆鰲評其「（前）此四句，敘祠堂之景，首聯自為問答，記祠堂所在。『草自春色，鳥空好音』寫祠堂荒涼，而感物思人之意即在言外。（後）此四句，敘丞相之事，『天下計』見匡時雄略；『老臣心』見報國苦衷。有此兩句

之沉摯悲壯，結作痛心鼻酸語，方有精神。宋・宗忠簡公（澤）臨歿時，誦此二語，千載英雄，有同感也。」[26]

從詩人所選用的題材和內容來看，祠堂一詩頗亦自傷。全詩以七律入手，首聯用柏森難尋之語，啟開孔明死後，祠堂無人祭掃的悲嘆之情，頷聯深具視覺與聽覺美感，只可惜碧草自春，黃鸝空鳴，如此幽景雅境，竟乏人欣賞，而「自」、「空」二字成為全詩骨幹與詩眼。

頸聯筆鋒迴轉，進入歷史的懷想中，遙想孔明當年，劉備三顧茅廬，誠懇拜相之事，傳為歷史美談，至若開濟兩朝力扶幼主，鞠躬盡瘁，死而後已的忠誠之志，怎不令人感慨動容。尾聯「出師未捷身先死，常使英雄淚滿襟」之句，更是悲憤中有力量，豪邁中有激昂。

此詩氣格高壯，音韻悠揚，運用今昔對照的懷古詠嘆手法，寫出詩人心中悲鬱，同時引發讀者無限幽思遐想與心靈共鳴，正是「悲而不哀，壯寓悲中」的絕好佳作，令人一詠三嘆。

〈春望〉
國破山河在，城春草木深。感時花濺淚，恨別鳥驚心！
烽火連三月，家書抵萬金。白頭搔更短，渾欲不勝簪。

此詩以五律入手，首聯以「國破山河在」點出時局動盪，社稷殘破的傷痛之情，而「城春草木深」更以實景映襯戰後寂敗寥落之象。此時因安史亂後，京師殘破，杜甫身陷戰區，遠別家人，故寄慨遙深。頷聯以「花濺淚」、「鳥驚心」代表此次戰役足以驚天地、泣鬼神，以及因戰爭肅殺所帶來的悲怨之氣，連萬物都感染，這是文學創作的誇飾句，用「三月」對應「萬金」；用「烽火」對應「家書」，於是抽象的鄉情被具體的「值量化」了，處在那烽火連天的亂世中，還有什麼

---

26 《唐詩三百首詳析》，（台北：中華書局編印，1983 年 1 月台 19 版）頁 230。

比親情更可貴？剖析全詩鋪敘脈絡，由景入情、以情入理，而這情字又含蘊了個人對家庭，以及個人對國家的雙重情緻；至於論理方面，詩人表達因戰爭的殘酷所帶來的負面影響，全詩充滿客觀而理性的控訴，而整個無言控訴的過程，都表現在景色當中，最後，因戰爭結束，得以返鄉與家人團聚，才猛然驚覺，原來自己早已兩鬢白髮，幾多歲月早被多種憂思牽繫，鬢髮也被干擾得更少，甚至連髮簪都插不上去了。尾句以「渾欲不勝簪」加稀束收全局，使整首詩的氣格在狂喜的氛圍中，愈顯高壯而悲涼。

另外如高適的〈別韋參軍〉：「丈夫不作兒女別，臨岐涕淚霑衣巾」，岑參的〈北庭貽宗學士道別〉：「十年只一命，萬里如飄蓬」，杜甫〈秋興八首〉：「無邊落木蕭蕭下，不盡長江滾滾來」等句，皆壯烈激昂，允為悲壯典型。

2. 慷慨

劉勰《文心雕龍‧時序》：「觀其時文，雅好「慷慨」，良由世積亂離，風衰俗怨」正式提出此詞。《二十四詩品》明確詮譯慷慨，對「慷慨」一詞正式列名。而曹操在〈短歌行〉中有：「慨當以慷」之句。

宋‧王灼《碧雞漫志》：「風蕭蕭兮易水寒，壯士一去兮不復還，復為羽聲慷慨，士皆瞋目，髮上指冠。」這又是另一種慷慨典型。元好問《論詩之十首》：「慷慨歌謠傳不絕，穹廬一曲本天然」此言慷慨之詞，語出天然，氣格激昂壯烈，質樸渾成。

清‧廖燕《山居雜誌》：「凡事做到慷慨之淋漓，淚宕盡情處，便是天地間第一篇絕妙文章」。[27]

---

[27] 彭會資主編《中國古典美學辭典》，（廣西教育出版社，1991年4月1日1刷）頁59。

　　根據《中國古典美學辭典》一書詮釋慷慨定義：「常指淚奮昂揚，正氣凜然的藝術風格。」它與「悲慨」、「悲壯」等風格相近。慷慨之語一般在表現壯志、剛烈、強悍、英勇、豪傑等詞彙構成的語境中。

　　〈涼州詞〉王翰

　　葡萄美酒夜光杯，欲飲琵琶馬上催，

　　醉臥沙場君莫笑，古來征戰幾人回？

　　這首詩表現典型的邊塞情調，據《樂苑》：「涼州宮詞曲，開元中西涼府都督郭知運所進」，其聲悲壯，在樂府中為近代曲辭，全詩吟詠塞外征戰之無常，然起首以「葡萄美酒夜光杯」展現一種華美、放獷的氣韻，其後「欲飲」二字筆勢一頓，三句「君莫笑」用力再挫，最後點出正意，其實戰爭之時，常有旦夕不保，不知命終何日的無力感，雖及時行樂，故作曠達，然而內心那種渴望和平，思鄉欲返的心情，又有誰能了解？此詩造語豪邁，氣勢慷慨悲憤到了極點，表面上描寫戰爭，實際上是一首反戰詩，整首詩正是「淚奮昂揚」、「剛烈豪邁」，允為慷慨典型。

　　〈閣夜〉杜甫

　　歲暮陰陽催短景，天涯霜雪霽寒宵。

　　五更鼓角聲悲壯，三峽星河影動搖。

　　野哭幾家聞戰伐，夷歌數處起漁樵。

　　臥龍躍馬終黃土，人事音書漫寂寥。

　　此詩作於大曆元年，當時少陵自雲安縣至夔州，是年秋寓於西閣，終歲居之，待歲暮年終之際，因感傷離亂思鄉，且當時崔旰之亂未平，詩人乃作此詩以明志。

　　全詩寫閣夜景致，閣指夔州西閣，因歲暮天寒，戰禍連連，詩人感慨遂生。首聯點明時序，頷聯以「星河影動搖」襯托「鼓角悲壯」詞意慷慨，氣勢偉烈，再者由於戰禍未平，烽火連天，民生疾苦，求告無門，頸聯乃充分表現詩聖關心民瘼，悲天憫人的胸懷，結尾以人生苦短，姑不論聖賢愚不肖，終歸黃土一坏作結，此種作法正是在小事題上做出大感慨。大凡詩人憂國，唯老杜尤甚，此詩讀來氣震山河，雄健飛揚。

　　〈望薊門〉祖詠

　　燕臺一去客心驚，笳鼓喧喧漢將營。

　　萬里寒光生積雪，三邊曙色動危旌。

　　沙場烽火侵故月，海畔雲山擁薊城。

　　少小雖非投筆吏，論功還欲請長纓。

　　這是一首弔古感今的作品，詩人因薊城形勝，慨然而生從戎之志。「望」字為全詩之眼，而且整首詩幾乎圍繞著它敘寫。首聯引漢高祖典故，因高祖曾身擊燕王臧荼，故詩中用「漢將營」以表明史蹟，戰國時代燕國自郭隗、樂毅等名士去後，即被秦吞滅，故客心暗驚；頷聯運用遠望景象來伸展空間氣勢；頸聯轉入沙場征戰，且以「烽火」對映「故月」，以「雲山」對映「薊城」，而承接上聯之「積雪」、「危旌」，將邊塞征戰氣韻襯托得肅殺淒陰；尾聯表露心跡，直寫軍事，而不泛寫景物，在靜穆冷肅的氛圍中，自有一份英雄慷慨之氣存在。

　　〈蜀先主廟〉劉禹錫

　　天地英雄氣，千秋尚凜然！勢分三足鼎，業復五銖錢。

　　得相能開國，生兒不象賢。淒涼蜀故妓，來舞魏宮前！

此詩援引三國典故，以對比手法表述蜀漢舊史，具有懷古喻今，借事諷諭之慨。起首「天地英雄氣」，氣魄宏大，頷聯用「三足鼎」與「五銖錢」，互為比襯，而頸、尾二聯引劉禪典故，徒生今昔慨嘆之音，全詩在悲慨中有振奮，懷古中有諷諭，尾聯以蜀漢故妓歌舞魏宮作結，卓有餘韻，留給讀者無限懷思。

（三）沈鬱與凝重

「沈鬱」是指一種深沈濃鬱的藝術風格，它表現出崇高、陽剛的審美特徵。清‧陳廷焯是提倡「沈鬱」之說的集大成者，在《白雨齋詞話》中，他提到：「作詞之法，首貴沈鬱」，不惟詞風如此，詩風亦然，又說：「詩之高境，亦在沈鬱」，他解釋「沈鬱」說：「所謂沈鬱者，意在筆先，神餘言外」，要「若隱若見，欲露不露，反覆纏綿，經不許一語道破，匪獨傳格之高，亦見性情之厚」，他表現在思想情感上是與「浮淺」相對的，故曰「沈則不浮，鬱則不薄」，其表現特徵為：(1)深厚。(2)忠厚。(3)蘊藉。(4)憂憤。(5)濃鬱。

劉勰《文心雕龍‧體性》：「子雲沈寂，故志隱而味深」，此言吻合沈鬱風格。鍾嶸《詩品》序稱梁武帝作詩風格為「傳沈鬱之幽思，文麗日日」。盛唐詩人中，以沈鬱見長者為杜甫。嚴羽《滄浪詩話》認為：「太白不能為子美之沈鬱」，又說：「子美以字力勝，故語各沈鬱」，劉熙載《藝概‧詩概》：「杜詩高、大、深俱不可及：吐棄到別人不能吐棄，為高；涵茹到人所不能涵茹，為大；曲折到人所不能曲折，為深。」陶明濬《詩說雜記》：「杜少陵之詩，沈鬱頓挫，極千古未有之奇，問其何以能此，不外沈著痛快四字而已」。[28]

---

28 同註27，頁143。

　　至若「凝重」是指渾厚沈重的藝術風格，它與「雄偉」，「沈著」相關聯，而與「浮淺」，「虛華」，「輕率」相對，表現出壯美，陽剛的審美特徵。唐・竇蒙《語例字格》解釋「凝重」詩風，特別注重思想內涵的表現。清・況周頤最為推崇凝重，他在《蕙風詞話》中，解釋曰：「重者，沈著之謂，在氣格，不在字句」，意即凝重者，沈穩博大，深遠濃鬱。

　　清代學者方東樹《昭昧詹言》卷八：「至於蘇公，全以豪宕疏古之氣，騁其筆勢，一片滾去，無復古人矜慎凝重，此亦是一大變」，以上文詞乃論蘇軾詞風，卻是反襯凝重之美的極佳銓釋。清・金天翮《紅鶴詞自序》認為：「詩三百篇，流美者風，溫醇者雅，凝重而奇崛者大雅」，盛唐詩人中，表現凝重詩風最突出者亦為杜甫，如「朱門酒肉臭，路有凍死骨」之句，以及「已訴徵求貧到骨，正思戎馬淚盈巾」等，皆是凝重表徵。[29]

1. 沈鬱

〈哀王孫〉杜甫

長安城頭頭白鳥，夜飛延秋門上呼。
又向人家啄大屋，屋底達官走避胡。
金鞭斷折九馬死，骨肉不得同馳驅。
腰下寶玦青珊瑚，可憐王孫泣路隅！
問之不肯道姓名，但道困苦乞為奴。
已經百日竄荊棘，身上無有完肌膚。
高帝子孫盡隆準，龍種自與常人殊。

---

[29] 同註27，頁160。

豺狼在邑龍在野，王孫善保千金軀。

不敢長語臨交衢，且為王孫立斯須。

昨夜東風吹血腥，東來橐駝滿舊都，

朔方健兒好身手，昔何勇銳今何愚？

竊聞天子已傳位，聖德北服南單于。

花門勢面請雪恥，慎勿出口他人狙！

哀哉王孫慎勿疏，五陵佳氣無時無！

此詩作於肅宗至德元年，七月安祿山使人殺公主、王妃、駙馬及王孫貴族，郡縣主等百餘人，九月間，少陵尚陷賊中，眼見王孫流竄民間，漂淪落魄，有感而發，遂為此詩。

全詩分三個階段敘事，第一個段落以長安城破，達官避胡為主軸，展開鋪敘，第二個段落寫明皇急於出奔，委棄王孫而去，第三個段落描述王孫流落草野的慘痛狼狽之狀，結尾再三叮嚀王孫要慎為保命，切勿失忽以此為警語。全詩或作敘事，或寫神情，或發為議論，語語痛切深刻，如臨現場，故有「詩史」之稱。詩中以「頭白鳥」、「九鳥死」、「豺狼」、「血腥」等語詞表現京城殘破之狀，並以此與「龍種」、「王孫」對比，而王孫之服有「珊瑚」、「金鞭」，富貴華麗，王孫之貌為「隆準」、「高額」，相貌堂堂，自然與外人殊異。如今遭此慘遇，其悲痛之情，更加深刻，如此又形成強烈對比與張力，全詩沈鬱之勢在此頓現，第三段復以京都殘破，王孫不敢隨便與人長程交談，更增悲鬱氣氛，讀完全詩，令人對大時代的邅變唏噓不已。

〈輪臺歌奉送封大夫出師西征〉岑參

輪臺城頭夜吹角，輪臺城北旄頭落，

羽書昨夜過渠黎，單于已在金山西。

戍樓西望煙塵黑，漢兵屯在輪臺北，

上將擁旄西出征，平明吹笛大軍行。

四邊伐鼓雪海湧，三軍大呼陰山動。

虜塞兵氣連雲屯，戰場白骨纏草根。

劍河風急雪片闊，沙石石凍馬蹄脫，

亞相勤王甘苦辛，誓將報主靜邊塵！

古來青史誰不見？今見功名勝古人。

　　此詩為岑參送別封常清出征西域時所做之詩，全詩以城頭夜吹軍角，單于大兵擁至，漢將出擊迎戰為敘寫題材，展現邊塞雄渾、荒寒氣勢，其中「煙塵」、「邊鼓」、「白骨」、「陰山」、「風雪」、「沙石」等意象，凝造出沈鬱氣韻，至若兩軍交鋒，氣盡山河的浩大聲勢，向為邊塞詩人慣用的手法與敘寫題材，結尾回應史實，充滿哲思與慨漢，沈鬱渾厚，悲慨至極。

　　〈夢李白〉杜甫

死別已吞聲，生別常惻惻。江南瘴癘地，逐客無消息！故人入我夢，明我長相憶。君今在羅網，何以有羽翼？恐非平生魂，路遠不可測？魂來楓林青，魂返關塞黑。落月滿屋樑，猶疑照顏色！水深波浪闊，無使蛟龍得！

浮雲終日行，遊子久不至！三夜頻夢君，情親見君意！告歸常侷促，若道。『來不易！江湖多風波，舟楫恐失墜！』出門搔白首，若負平生志。冠蓋滿京華，斯人獨憔悴！就云「網恢恢？」將老身反累。千秋萬歲名，寂寞身後事！

　　此詩以太白於肅宗乾元元年流放夜郎（因永王李璘事牽累）說起，其後故友久別，音訊全無，全詩乃導入夢中，以思念老友的深厚情誼作題。

　　全詩在時空安排上，以過去、現在反覆交疊，以夢境和現實，虛實相應，而「魂來楓林青，魂返關塞黑。落月滿屋樑，猶疑照顏色」之句，沈鬱蒼涼，至若「三夜頻夢君，情親見君意」可謂情摯深厚，濃鬱感人，至若「千秋萬歲名，寂寞身後事」語意沈痛悲涼，氣魄宏大。整首詩在情境的塑造上極為特殊，在氣格的表現上穩健沈著，極盡悲鬱韻緻。

2. 凝重

〈在獄詠蟬〉駱賓王

西陸蟬聲唱，南冠客思深。不堪玄鬢影，來對白頭吟。
露重飛難進，風多響易沈。無人信高潔，誰為表予心？

　　初唐時期，律體運動尚不成熟，但駱賓王這首詩在格律的表現卻上十分工巧，而且首聯即入對，甚為難得。

　　唐高宗儀鳳三年，駱賓王擔任侍御史卿，因屢次上書諷諫政事，觸怒武則天，後被誣告為貪汙（在任職長安主薄時），秋天坐御史臺獄，有感而作此詩。

　　此詩首聯以「蟬唱」起興，復以蟬聲援引客思，頷聯舖寫慨嘆心境，用「玄鬢」、「白頭」對比，憑添無限幽思，頸聯雖吟詠蟬之高潔，實則詩人以蟬自喻，具雙關意味，並表露凝重深旨。尾聯直抒胸臆，語意古樸，渾厚溫雅，令人嚼咀不止。

〈兵車行〉杜甫

車轔轔，馬蕭蕭，行人弓箭各在腰，爺娘妻走相送，塵埃不見
咸陽橋。牽衣頓足攔道哭，哭聲直上干雲霄。道傍過者問行人，
行人但云：「點行頻。或從十五北防河，便至四十西營田。去
時里正與裹頭，歸來頭白還戍邊。邊亭流血成海水，武皇開邊
意未已。君不聞漢家山東二百州，千村萬落生荊杞。縱有健婦
把鋤犁，禾生隴畝無東西。況復秦兵耐苦戰，被驅不異犬與雞。
長者雖有問，役夫敢申恨？且如今年冬，未休關西卒。縣官急
索租，租稅從何出？信知生男惡，反正生女好，生女猶得嫁比
鄰，生男埋沒隨百草。君不見青海頭，古來白骨無人收，新鬼
煩怨舊鬼哭，天陰雨濕聲啾啾！」

〈兵車行〉屬本樂府中的「新樂府詞」，題材多詠邊塞征戰之事。
杜甫此詩作於開元十五年，因吐蕃侵擾，黃河以西各地一片焦土，於
是徵調隴右、關中、朔方諸軍十餘萬人，集合各地秋防，至冬初始罷。
子美此詩用以譏刺唐明皇用兵吐蕃的不當，雖是平息邊境戰事，其實
百姓苦於征役，哀鴻遍野，其民生問題之嚴重，實多於戰爭。

此詩在作法上可分三段，第一段由「車轔～雲霄」，是描寫軍人
家屬送別兒子或丈夫出征時的悲慘情狀；第二段由「道傍～與雞」，
描寫男丁被征調，婦女只得在家代耕的農村衰落景象；第三段由「長
者～啾啾」，描繪戰事經久不平，役夫不得歸，縣官又急逼租賦的慘
狀，結尾以「鬼哭」作收，全詩氣韻凝重，敘寫史實有血有肉，感情
真切，極盡悲憫情懷，即便經歷千年，讀之仍令人摧心動魂，吟詠鼻
酸。若論格律韻腳，全詩多所換韻，且句法整秩不一，這是因為要表
現役夫申恨之詞，是故意塞而聲自促，這種章法，稱作「一頭兩腳」

體，是在條理整秩中，仍能曲折變化的創作手法，允為「新樂府」典範，亦為「凝重」表徵。

〈登高〉杜甫
風急天高猿嘯哀，渚清沙白鳥飛迴。
無邊落木蕭蕭下，不盡長江滾滾來。
萬里悲秋常作客，百年多病獨登臺！
艱難苦恨繁霜鬢，潦倒新停濁酒杯。

這首詩是歷來美學家多所評析的上選之作。其不論在格律、音韻、意象之表現或時間、空間、速度的設計上，都達到爐火純青的地步。

起首四句寫景，描繪登高所見的蕭條秋景，其中「無邊落木蕭蕭下，不盡長江滾滾來」氣象宏闊，語意沈穩，韻味悲凝，極盡「凝重」之致。頷聯以「萬里悲秋常作客，百年多病獨登臺」表現，時空設計的藝術極致：「萬里」對應「百年」；因多病以故悲秋，而在此人生寥落之際，獨自登台遠眺，那種潦倒久病的客遊心境，在此表露得淋漓盡緻，而且沈鬱跌宕，凝重悲抑。尾聯以白髮日添，酒杯難舉做收，吟來盪氣迴腸，寄慨遙深。

（四）豪放與曠達

「豪放」是指豪邁奔放，寬闊雄渾的藝術風格。司空圖描述豪放的審美特徵為：「觀花匪禁，吞吐大荒，由道返氣，處得以狂。天風浪浪，海山蒼蒼，真力彌滿，萬象在旁。前招三辰，後引鳳凰，曉策天鼇，濯足扶桑」。以上文字是說明「豪放」之作具有宏大的氣勢與熱列的感情，而且豪放之美，美在思緒浩瀚，想像豐富。楊廷藝認為：

「豪以內言，放以外言，豪則我有可蓋乎世，放則物无可羈乎我。」（《詩品淺解》），孫聯奎《詩品臆說》云：「惟有豪放之氣，乃有豪放之詩」，可見「豪放」不惟言語修辭，更重要的是創作者所表現的思想情感，氣魄與豪情。

盛唐詩人中，具有豪放風格的作品如李白〈將進酒〉：「君不見黃河之水天上來，奔流到海不復回，君不見高堂明鏡悲白髮，朝如青絲暮成雪」之句；又〈結客少年場行〉：「由來萬夫勇，挾此生雄風」之句，皆是雄豪勁健，放闊無比。白居易在〈與元九書〉中亦贊曰：「時之豪者，世稱李白」，誠信然也。

「曠達」是指空明開闊，通達逸放的藝術風格，也就是莊子在〈田子方〉篇所說的「解衣般礴」之風範，司空圖描述曠達的表現形態為：「生者百歲，相去幾何。歡樂苦短，憂愁實多，何如樽酒，日往煙霭，花復茆簷，梳雨相過，倒酒既盡，枝藜行歌。孰有不古，南山峨峨。」詩中表現出淡漠豁達，與世無爭的人生態度。並從而創造出寬闊深遠的審美境界。

曠達者，眼界大，胸襟寬，楊廷藝《詩品淺解》：「曠，空也。達，通也」，孫聯奎《詩品臆說》：「曠，昭曠；達，達觀，胸中具有道理，眼底自無障礙」，楊振綱解釋曠達為：「曠則能密，若天地之寬，達則能悟，識古今之變，所以通人情，察物理，驗政治，觀風俗，覽山川，吊興亡，其視得失榮枯，毫無系累，悲憂愉樂，一寓於詩，而詩之用不可勝窮矣。」得曠達之旨，方可領悟莊子「坐忘」的美學情境，亦即忘生死、忘貧富、忘毀譽、忘得失、進而獲至超然自在，怡然自適的心靈美境。

歷代美學家都十分重視曠達之美，皎然將「達」作為「辨體有一十九字」之一，並解釋道：「心跡曠誕曰達」，明・方孝孺認為陶潛作

品質樸無華，天然去雕飾，發自肺腑，不為雕刻之美，即為「曠達」。「古詩十九首」中，有「生年不滿百，常懷千歲憂，晝短苦夜長，何不秉燭遊」之句，允為曠達情境，李白詩句「人生飄忽百年內，且須酣飲萬古情」，亦為曠達表現。杜甫〈曲江二首〉「細推物理需行樂，何用浮名絆此生」及〈醉時歌〉：「儒術於我何有哉，孔丘盜蹠俱塵埃」俱是曠達典型。[30]

1. 豪放

〈邯鄲少年遊〉高適

邯鄲城南遊俠子，自矜生長邯鄲裏。

千場縱博家仍富，數處報讎身不死。

宅中歌笑日紛紛，門外車馬屯如雲。

未知肝膽向誰是，令人卻憶平原君。

君不見即今交態薄，黃金用盡還踈索。

以茲歎息亂舊遊，更於時事無所求。

且與少年飲美酒，往來射獵西山頭。

此詩以歌行入手，描寫邯鄲少年的縱博豪放，肝膽俠義之狀。全詩縱橫放闊，捭闔恢宏，尤以「黃金用盡還踈索」，「往來射獵西山頭」之句將邯鄲遊俠的豪邁落拓行徑表露無遺。詩中又以「平原君」為比擬，更具體凸顯俠客形貌，而「宅中歌笑日紛紛，門外車馬屯如雲」，展現主人翁交遊之廣，在廣結善緣的人際舖排中，真正的俠義該如何展現？為朋友兩肋插刀，肝膽相照應是最佳體現。此詩以直觀敘事手法，深刻而明朗的描繪了遊俠的形象，豪氣干雲，讀之令人振奮不已。

30　同註 27，頁 155-156。

〈廬山謠寄盧侍禦虛舟〉李白

我本楚狂人，鳳歌笑孔丘。手持綠玉杖，朝別黃鶴樓；
五嶽尋仙不辭遠，一生好入名山遊。廬山秀出南斗傍。
屏風九疊雲錦張。影落明湖青黛光，金闕前開二峰長。
銀河倒掛三石樑，香爐瀑布遙相望。迴崖沓障凌蒼蒼。
翠影紅霞映朝日，鳥飛不到吳天長。登高壯觀天地間，
大江茫茫去不還。黃雲萬里動風色，白波九道流雪山。
好為〈廬山謠〉，興因廬山發。
閒窺石鏡清我心，謝公行處蒼苔沒。早服還丹無世情，
琴心三疊道初成，遙見仙人彩雲裏，手把芙蓉朝玉京。
先期汗漫九垓上，原接盧敖遊太清！

　　李白作品，向來具有豪放特質，此詩以古體入手，質樸中有豪情，放逸中有雄健。起首以「楚狂」為喻，以「鳳歌笑孔丘」引出全詩意旨。又以「手持綠玉杖，朝別黃鶴樓」展現一種瀟灑韻緻，其後直承前旨，表露心跡，而詩中引用意象處頗多，藉以凝結氣韻，如「青黛光」、「金闕」、「翠影紅霞」、「銀河」等，富厚華麗，用在寫景上，更覺山川壯麗，氣勢非凡。

　　至若空間的美學運用，以登高望遠，博觀天地，擴展讀者視野，進而展現「豪放」氣魄。結尾處筆勢挪抬，以神仙玉府為幻想，總結全詩，令人產生無限遐思。

〈老將行〉王維

少年十五二十時，步行奪得胡馬騎。
射殺山中白額虎，肯數鄴下黃鬚兒。
一身轉戰三千里，一劍曾當百萬帥。

漢兵奮迅如霹靂，虜騎崩勝畏蒺藜。
衛青不敗由天幸，李廣無繼數奇。
自從棄置便衰朽，世事蹉跎成白首，
昔時飛箭無全日，今日垂楊生左肘。
路旁時賣故侯瓜，門前學種先生柳。
蒼茫古木連窮巷，寥落寒山對虛牖。
誓令疏勒出飛泉，不似穎川空使酒。
賀蘭山下陳如雲，羽檄交馳日夕聞。
節使三河募年係，詔書五道出將軍。
試拂鐵衣如雪色，聊持寶劍動星文。
願得燕弓射大將，恥將越甲鳴吾君。
莫嫌舊日雲中守，猶堪一戰立功勳！

此詩與高適的〈邯鄲少年遊〉有異曲同工之妙，起首以「少年十五二十時，步行奪得胡馬騎」充分顯現英雄豪邁氣魄，其次「射殺山中白額虎，肯數鄴下黃髮兒」更加襯托前言之氣勢。第四句以後敘寫俠士投身報國，主功建業的英偉事蹟，並以衛青、李廣為喻，氣魄豪壯至極。

其後詩人筆鋒一轉，以「大匏不用」，棄置衰朽為慨，多所用典，並點出廉頗雖老，猶思立功的心志。全詩氣勢如虹，一瀉千里，奔放豪邁，壯偉至極。

2. 曠達

〈白雪歌送武判官歸京〉岑參
北風捲地白草折，胡天八月即飛雪。
忽如一夜春風來，千樹萬樹梨花開。

散入珠簾溼羅幕，狐裘不煖錦衾薄。

將軍角弓不得控，都護鐵衣冷難著。

瀚海闌干百丈冰，愁雲慘澹萬里凝。

中軍置酒飲歸客，胡琴琵琶與羌笛。

紛紛暮雪下轅門，風掣紅旗凍不翻。

輪臺東門送君去，去時雪滿天山路；

山迴路轉不見君，雪上空留馬行處！

盛唐詩人中，岑參為邊塞派代表名家，其詩直述征戰，或白描北地風光，常表現雄渾壯偉氣勢。

此詩意象鮮明，以「白草」、「飛雪」、「瀚海」、「愁雲」等詞，展現大漠荒寒韻境，而輪台、天山、琵琶、羌笛，一片胡景胡樂，煞是異域風情。

至於速度的掌握上，「忽如一夜春風來，千樹萬樹梨花開」，迅捷萬變，令人有身歷其境的衝擊感。至若天寒地凍，一切冷凝，愁雲慘澹，氣韻凝重，北地嚴冬，恰似永不停止的戰爭，使人空凝悲切。結尾筆鋒迴旋，以「山迴路轉不見君，雪上空留馬行處」作結，視覺效果上，迂迴曲折，延展無限空間美感，在美學情境的塑造上，曠達悠遠，思想境界隨之擴大。

此詩無論在形式技巧，文字密度或意境氛圍上，都掌握得恰到好處，乃岑參代表作之一。

〈夜泊牛渚懷古〉李白

牛渚西江夜，青天無片雲。登舟望秋月，空憶謝將軍！

余亦能高詠，斯人不可聞。明朝挂帆去，楓葉落紛紛。

　　這首詩是李白借懷古之意，抒發知音難遇的自傷之情之傑作。全詩寫景真率質樸，抒情直抒胸臆，不作忸怩。雖以七律表現，卻頗具古風韻緻。尤其巧妙的地方，是表現在尾聯，「明朝掛帆去，楓葉落紛紛」，意境展現上，自有一份放曠豪情。前人曾評此詩：「以謫仙之筆作律，如蟄龍於池沼中，雖勻水無波，而屈伸盤挐，出沒變化，自不可遏，須從空靈一氣處求之」。[31]

　　唐人近體作品（尤其是律詩），通常把菁華放置在頷、頸聯此詩獨以尾聯承起氣韻，在放曠中更增空靈勝狀，誠為大家手筆。

　　　〈行路難〉三首　　李白
（1）金樽清酒斗十千，玉盤珍羞直萬錢。停杯投箸不能食，
　　　拔劍四顧心茫然。欲渡黃河冰寒川，然登太行雪暗天。
　　　閒來垂釣坐溪上，忽復乘舟夢日邊。
　　　行路難，行路難，多岐路，今安在？
　　　長風破浪會有時，直掛雲帆濟滄海。

（2）大道如青天，我獨不得出。
　　　羞逐長安社中兒，赤難白狗賭梨栗。
　　　彈劍作歌奏苦聲，曳裾王門不稱情。
　　　淮陰巿井笑韓信，漢朝公卿忌賈生。
　　　君不見昔時燕家重郭隗，擁篲折節無嫌猜。
　　　劇辛樂毅感恩分，輸肝剖膽效英才。
　　　昭王白骨縈蔓草，誰人更掃黃金臺？
　　　行路難，歸去來！

31　《唐詩三百首詳析》，（台北：中華書局編印，1983 年 1 月台 19 版）頁 171。

（3）有耳莫洗穎川水，有口莫食首陽蕨，

　　　含光混世貴無名，何用孤高比雲月？

　　　吾觀自古賢達人，功成不退皆殞身。

　　　子胥既棄吳江上，屈原終投湘水濱。

　　　陸機雄才豈自保，李斯稅駕苦不早，

　　　華亭鶴唳詎可聞，上蔡蒼鷹何足道。

　　　君不見吳中張翰稱達生，秋風忽憶江東行。

　　　且樂生前一杯酒，何須身後千載名。

　　　這是李白以〈行路難〉為名，所作的三首樂府古詩，詩仙以其縱逸才情，洋洋灑灑的引古喻今，敘寫胸中鬱悶之情。行路之難，難在現實與理想的不能平衡，但對於李白這樣的才子，他寧可「直掛雲帆濟滄海」，也不願「混世求得富貴名」。此三詩意旨在描寫詩仙辭官返家的心情。二、三首用典甚多，卻能流暢鋪敘，一瀉千里，第一首則起勢豪闊，放曠通達。二、三首則以古喻今，曠達中自有寄寓。三首詩可獨立成章，亦可首尾連貫，尤以第三首結尾處「且樂生前一杯酒，何須身後千載名」[32]，除引用典故以外，更將典故脫胎換骨，融為全詩血脈，唯曠達境界仍不可掩抑，詩人才情也一表無遺。

---

[32] 晉書：晉張翰字季鷹，吳人。齊王同辟為大司馬……，命駕而歸。後同敗，人皆謂之見機，或謂之曰：「卿乃可縱適一時，獨不為身名耶？」答曰：「使我有身後名，不必即時一杯酒」，時人稱其曠達。

第三節　清柔雅逸——論秀美

一、秀美的定義

秀是一種氣韻，一種格調，它具有清新、自然、優美的特性。古人論秀美，有「美秀」、「隱秀」之別，美秀者「春花始香，夏榴初笑，天然冶麗，不設繪絢，若是著，美秀也。玉氣藏虹，珠胎含月，煙籠霧縠，劍埋龍文，若是者隱秀也，此二秀者不可不辨也。……」

劉勰《文心雕龍·隱秀》：「或有晦澀為深，雖奧非隱，雖美非秀」，換句話說「秀美」的境界是指崇尚自然含蘊，清新質樸的氣韻。清人王壽昌《小清華園詩談》解釋秀美：「何謂秀？如郭景純（璞）之：『翡翠戰華苕，容色更相鮮，綠蘿結高林，朦朧蓋一山，中有冥寂士，靜嘯撫清弦。放情凌霄外，嚼蕊挹飛泉。赤松臨上遊，駕鴻乘紫煙，左把浮丘袂，右拍洪崖肩，借問蜉蝣輩，宁知龜鶴年』。（〈遊仙〉）」[33]

王昌齡《詩格》中所提的「五趣向」，皎然《詩式》所謂「逸、意、閒、靜、遠」，《二十四詩品》中，「纖穠、典雅、綺麗、自然、疏野、清奇、委曲、超詣、飄逸」等類別，皆屬秀美範疇。

而且依照中國古典美學的品評標準，舉凡「和美」、「純美」、「圓美」、「精美」、「粹美」、「華美」，皆屬秀美論列。

「和美」：指和諧之美。唐人詩作中，兼具音律、修辭與意境和暢之美者俯拾即是。鄭樵《通志》：「詩為樂之本，而〈雅〉、〈頌〉為聲之宗也」，又云：「〈關雎〉樂而不淫，哀而不傷，此言其聲之和也。」和美之境表現在盛唐，多屬吟誦自然的山水田園之作。

---

[33] 彭會資主編《中國古典美學辭典》，（廣西教育出版社，1991 年 4 月 1 日 1 刷）頁 14。

　　「純美」：指純粹雅正的美境。《文心雕龍・頌贊》：「風雅序人，事兼變正。頌主告神，義必純美」，此言作品表現純雅典正思想者，即是純美境地。盛唐詩作多具雅正思想，頗具雅、頌韻致，純美之意不言可喻。

　　「圓美」：指內容、理趣順暢優雅的美感。宋・魏慶之《詩人玉屑》卷十，引《王直方詩話》：「謝朓嘗語沈約曰：『好詩圓美，流轉如彈丸』」，此即言圓熟流暢之作，方為好詩條件之一，清人賀貽孫著重於藝術形象創造之美，對圓美有更進一步詮釋，他用雕琢良玉來譬喻詩，圓美者，當在圓熟外，更有一份奇俊幽秀之美，方不致落於平易，而失其境界。

二、盛唐之音的「秀美」類別

　　承上文所論，茲綜合歷來各家說法，將盛唐詩作中，屬於「秀美」者，歸納分類如下：

本文分類	《二十四詩品》分類	《詩式》分類	《詩格》分類
超詣／自然	超詣／自然	逸／閒	閒逸
飄逸／空靈	飄逸	逸／意	閒逸／神仙
洗鍊／清奇	縝密／清奇	介於「思」、「志」、「逸」、「意」之間	近於「古雅」
典雅／綺麗	典雅／綺麗	近於「高」	近於「高格」、「古雅」
疏野／委曲	疏野／委曲	近於「靜」、「遠」	近於「幽深」、「閒逸」

（洗鍊或縝密，相近於《文心雕龍》文體八類中的「精約」，清奇則近於「新奇」）

　　由上列表述，不難看出，美感情境，雖是抽象直覺，其實也可細膩分析，而且隨著時代演進，將愈能析理精確，本文所做分類標準只是微引前人之說，復以直觀判斷，所做的析論。祈野人獻曝，或者拋磚引玉，而引發更多先進提供金石名山之文，也未可知。

（一）超詣與自然

　　「超詣」是指造詣高超巧妙的藝術風格，司空圖《二十四詩品》認為超詣的審美特徵是：「匪神之靈，匪機之微。如將白云，清風與歸，遠引若至，臨之已非，少有道氣，終與俗違。亂山喬木，碧苔芳暉。誦之思之，其聲愈希。」

　　由上列敘述可知，超詣之美表現出一種悠遠渺茫，可望而不可及的超俗美感，與司空圖所追求的「韻外之致」吻合。即所謂「超以象外，得其寰中」，這是一種只可意會而不可言傳的心靈美境。一如老子所言「大音希聲，大象无形」一樣，屬精神趣味的一種審美境界。《滄浪詩話》中提出「興趣」說，嚴羽認為「盛唐諸人，惟在興趣，羚羊挂角，無跡可求」而他認為最美的境界應是「空中之音，相中之色，水中之月，鏡中之象」。宋・蘇軾標舉陶、謝之超詣境界。清・王士禎特別提倡「神韻」說，其言：「妙諦微言，與世尊拈花，伽葉微笑，等無差別」，禪宗的拈花微笑，為學佛境界一大超詣範例，用於美學之說，也有異曲同工之妙。

　　盛唐諸家中，具超詣風格的作家以王、孟最為突出，而王維在其精神境界上近似陶淵明，如陶詩〈歸田園居〉之三：「種豆南山下，草盛豆苗稀，晨興理荒穢，帶月荷鋤歸。道狹草木長，夕露沾我衣，衣沾不足惜，但使願無違」，那種恬淡脫俗，超然物外，與世無爭的精神品韻，正是「超詣」特質。

　　而與「超詣」接近的就是「自然」，其含義為：(1)指客觀存在的自然界事物，也包括心靈世界和社會現實生活情境，(2)指作自然反映的作者心靈境界之純真美善，(3)指作家創作時，感情的自然表露，而不矯揉造作(4)指技巧的質樸無華，表現渾然天成的美感境界。

　　自然審美概念的形成，當源自老子，其云：「人法地，地法天，天法道，道法自然」，王弼注：「法謂法則也，道不違自然，乃得其性；法自然者，在方而法方，在圓而法圓，于自然無所造也。自然者，無義之言，窮極之辭也。」清‧魏源解釋為：「道本自然，法道者，亦法自然而已矣」，也就是說自然界所存在的一切事物皆有其根本法則，人只不過是模仿、學習它而已。

　　這種尊天法地的審美概念，運用在藝術創作上，便產生許多佳妙之作。清‧龐塏《詩義固說上》：「古人論樂，以絲不如竹，竹不如肉，曰漸近自然。唯詩亦然，用字須話，選言須雅，詩成讀之，如天生現成有此一首詩供吾抄出者，則合乎自然樂，烏不佳！」所謂絲、竹指管絃樂器，肉，指聲樂，即口唱，意即音樂和詩歌都是表現生活，表達情志的方法，應以符合自然形態者為佳。清‧翁方綱《石洲詩話》卷三，評及題畫詩句有：「舟中賈客莫漫狂，小姑前年嫁彭郎」之句，認為事出俚語耳。其實妙在不假修飾，故造語真切。王壽昌在《小清華園詩談》卷上說：「何謂自然？曰：古詩如『今日良宴會』、『庭中有奇樹』是也。其次則子建之〈公宴〉、〈美女〉二篇，暨淵明之：『少無適俗韻，性本愛丘山。誤落塵網中，一去三十年。羈鳥戀舊林，池魚思故淵。開荒南野際，守拙歸田園。方宅十餘畝，草屋八九間。榆柳蔭後簷，桃李羅堂前。曖曖遠人村，依依墟里煙。狗吠深巷中，雞鳴桑樹顛。庭戶無塵染，虛室有餘閒。久在樊籠裡，復得返自然。』」（〈歸田園居〉），又說：「七言之自然者，如『漢文皇帝有高台，此日

登臨曙色開。三晉雲山皆北向，二陵風雨自東來。關門令尹誰能識？河上仙翁去不回。且欲近尋彭澤宅，陶然共醉菊花杯。』（崔曙〈九日登望仙台呈劉明府〉）；少陵之『一片花飛減卻春，風飄萬點正愁人。且看欲盡花經眼，莫厭傷多酒入唇。江上小堂巢翡翠，苑邊高冢臥麒麟。細維物理須行樂，何用浮名絆此身？』（〈曲江〉）；李東川（頎）之『朝聞遊子唱離歌，昨夜微霜初度河。鴻雁不堪愁裏聽，雲山況是客中過。關城曙色催寒近，御苑砧聲向晚多。莫是長安行樂處，空令歲月易蹉跎！』（〈送魏萬之京〉）；岑嘉州之『回風度雨渭城西，細草新花踏作泥。秦女峰頭雪未盡，胡公坡上日初低。愁窺白髮醜微祿，悔別青山懷舊溪，聞道輞川多勝事，玉壺春酒正堪攜』（〈首春渭西郊行呈藍田張二主簿〉）；范洲子（朱灣）之『尋得仙源訪隱淪，漸求深處漸無塵。初行竹里惟通馬，直到花間始見人。四面雲山誰作主，數家烟火自為鄰。路逢樵客何須問，朝市如今不是秦。』（〈尋隱者朱九山人草堂〉）等作是也。」

　　以上所論，其作品特色皆以山川景物、田園風貌為主要舖寫點染對象，並且在描繪景物時不用典、不巧飾、不造作，也不刻意做時空設計或誇飾摹寫，僅以自然景物對應作者心境，所以自然派作家大多語言質樸、情意真切、直抒胸臆，意境淡雅而超俗，而這也正是自然之美動人之處。[34]

　　茲以下列詩作為例分析之：

---

[34] 彭會資主編《中國古典美學辭典》，（廣西教育出版社，1991 年 4 月 1 版），頁205-206。

1. 超詣

〈題破山寺後禪院〉常建

清晨入古寺，初日照高林。曲徑通幽處，禪房花木深。

山光悅鳥性，潭影空人心。萬籟此俱寂，惟聞鐘磬音。

（曲徑或作「竹徑」）

〈宿王昌齡隱處〉常建

清溪深不極，隱處惟孤雲，松際露微月，清光猶為君。

茅亭宿花影，藥院滋苔紋。予亦謝時去，西山鸞鶴群。

　　以上二詩皆為常建作品，二詩皆是以自然景物為敘寫題材，之後反襯閑靜脫俗的禪行者（或隱者）超詣之境。

　　第一首〈題破山寺後禪院〉，首聯以旭日初昇，照耀古寺，引出全詩妙意，其中「高林」的「高」字運用巧恰，由此深埋伏筆，暗藏玄機，次聯曲徑通幽，禪房深寂，點出修行人深居簡出，與世隔絕的生活情境，而「深」字也象徵禪境之高深莫測，第三聯虛寫山光潭影，實則托出詩首，「性」、「空」二字，可謂全詩詩眼，讀誦至此，超然化外。尾聯以萬籟俱寂。惟聞鐘磬之音嫋嫋作結，將時空又拉回現實，虛實互映，神韻悠然。

　　第二首〈宿王昌齡隱處〉充滿出塵意韻，詩人以「孤雲」、「微月」、「花影」、「鸞鶴」等意象，凝造隱者居處的不俗，全詩概皆意象造景，完全超然化外，不食人間煙火，藉此襯托隱者的超逸不凡。全詩對隱者不著一字素描，隱者在詩中似乎出離現實空間，唯其居處實為人間仙境，就在讀者仍流連於花影苔痕間，詩人以「西山鸞鶴群」收束全詩，意境悠渺不群，令人充滿無限遐思。

〈尋南溪常道士〉劉長卿

一路經行處，莓苔見屐痕。白雲依靜渚，芳草閉閒門。

遇雨看松色，隨山到水源。溪花與禪意，相對亦忘言。

　　劉長卿的這首〈尋南溪常道士〉詩，手法極為淡逸，敘寫道事士處不著人間煙火氣息，起首二聯直寫道士幽居景象，白雲深處，脫俗絕塵，首聯，一路行來猶見屐痕，代表尚有人煙存在，但寧靜清閒，所以「白雲依靜渚，芳草閉閒門」，因為隱者心靜，山水也跟者閒靜。頸聯「遇雨看松色，隨山到水源」，應脫胎自王維「行到水窮處，坐看雲起時」之句，尾聯「溪花與禪意，相對亦忘言」，又與陶淵明〈飲酒詩之五〉：「此中有真意，欲辯已忘言」句手法雷同，唯劉詩屬「有我之境」，淵明則為「無我之境」，在境界上仍有差別。但就全詩意涵而言，已十分超詣脫俗，耐人尋味。

〈過香積寺〉王維

不知香積寺，數里入雲峰。古木無人徑，深山何處鐘。

泉聲咽危石，日色冷青松，薄暮空潭曲，安禪制毒龍。

　　王維的作品在盛唐詩人中，以恬靜淡雅，自然空靈，表現出特有風格，素為世人所稱道，且其思想受禪學影響甚深，向有「詩佛」美譽。

　　此詩首聯即以香積寺位處深山，山高莫測，聳入雲峰起句，表現名山古剎的絕塵超俗。頷聯以古木參天，幽徑無人，更顯絕境難尋，而深山鐘響，佛音繚繞，卻不知響自何處，自有一份超拔遠逸旨趣。頸聯以泉聲輕咽，青松孤冷，漸漸引近主題，尾聯正寫香積寺，且以潭水清澈，照透凡心為喻，又以毒龍譬喻心中邪念，切旨合題，超詣絕俗。

全詩在意象的凝造上，便充滿一種空靈氣韻，而王維乃詩、畫雙絕的才子，本詩宛如一幅水墨畫，在氤氳飄渺的靈巖翠峰中，古剎一座掩映在蒼松危石與青空碧潭之間，畫家以水墨氳染，混合藍綠設色，自顯一份淡雅超卓氣韻，在如此寧靜的深山古剎中，禪定見性，直入本心。

2. 自然

〈積雨輞川莊作〉王維

積雨空林煙火遲，蒸藜炊黍餉東菑。

漠漠水田飛白鷺，陰陰夏木囀黃鸝。

山中習靜觀朝槿，松下清齋折露葵。

野老與人爭席罷，海鷗何事更相疑！

〈青谿〉王維

言入黃花川，每逐青谿水。隨山將萬轉，趣途無百里。

聲喧亂石中，色靜深松裏。漾漾汎菱荇，澄澄映葭葦，

我心素以閒，清川澹如此！請留磐石上，垂釣將已矣！

以上二詩皆為王維作品，前一首〈積雨輞川莊作〉最為膾炙人口的句子就是「漠漠水田飛白鷺，陰陰夏木囀黃鸝」，此聯自然呈現一幅悠閒的初夏田園景象，而白鷺低飛水田的情境，優雅安適，一群群黃鸝宛轉啼叫於蒼翠的夏木林野間，輕柔曼妙，暢快悠揚，這一份閒適的夏日田園景緻，只有幽居鄉間，心性恬淡的人方能感受其質樸之美，頸聯「山中習靜觀朝槿，松下清齋折露葵」充分顯露山居樂趣，那種遠離塵囂，清淨自然的生活情趣，唯有親身體嘗，方得領會。尾聯反以海鷗為主，觀看野老爭席，跳脫一般人的創作思維模式，極具

創意，且情趣盎然。全詩在視覺效果的運用上，屬色彩學中的寒、暖對比色系「漠漠水田」為藍綠色調，是寒色系，彩度低，而且屬靜態美，空間範圍上，它是大塊面的揮灑，其後詩人凝聚焦點，引出白鷺低飛，白色為暖色系高彩度，其遨翔水田的優雅妙姿，屬動態之美，至若空間大小對比，使畫面和諧生動，層次分明；至於下一句的「陰陰夏木囀黃鸝」有異曲同工之妙，故此聯兼具文學、美術雙重藝術美感，乃為歷代研究美學者之經典範例。

第二首〈青谿〉，全詩以對比映襯之美，自然呈現溪山垂釣的平淡心境，在視覺上「黃花川」對應「青谿水」色彩鮮明；聽覺上「聲喧亂石」對應「色靜深松」，而且石與松皆具有崇高、超俗的高士或君子之象徵意味，其後清溪景象展露眼前，「漾漾」與「澄澄」顯現「青谿」的澄澈寧靜，以此呼應次句「我心素以閒」之恬淡心境，最後詩人以盤石垂釣作結，餘韻悠渺，留給讀者很大的迴響空間。

〈贈江夏韋太守良宰詩〉李白
覽君荊山作，江鮑堪動色，清水出芙蓉，天然去雕飾。

此詩造語平易，懇切率直，尤以三、四句「清水出芙蓉，天然去雕飾」自然之美躍然紙上，境界全出。

嚴羽評：「宋人尚理而病於意興，唐人尚意興而理在其中。」嚴氏的話，深中唐、宋詩人得失之肯綮，究竟何者為「平淡之美」？以出水芙蓉來譬喻甚為恰當，那種清麗絕塵，出俗獨立的氣韻，那種不假雕飾、天生麗質的特性，自然引動人心。由於芙蓉是宛然佇立在水中央的，更暗示出蹊徑不通、難以企及的自然之美之可貴。而且李白這首詩歷來被引述甚多，凡論自然之美者，常以「清水出芙蓉，天然去雕飾」。

（二）飄逸與空靈

　　「飄逸」之美指一種飄洒、閑逸，離塵脫俗的藝術風格。皎然認為「體格閑放曰逸」，《詩式》云：「詩尚高逸，而離迂遠」，唐・竇蒙《語例字格》：「逸，縱任天方曰逸」，司空圖《二十四詩品》解釋飄逸為：「落落欲往，矯矯不群。緱山之鶴，華頂之雲。高人惠中，令色絪縕。御風蓬叶，汎彼無根。如不可執，如將有聞。識者期之，欲得愈分。」此言飄逸者卓然不群，悠閒無羈，自由自在，無跡可尋。

　　嚴羽將飄逸列為詩格九品之一，陶明睿《詩說雜記》：「何謂飄逸，秋天閑靜，孤雲一鶴者是也。」此後「孤雲閑鶴」遂成為方外之士的註記，代表「飄逸」的象徵。宋・蘇軾也有「神逸」說，他以張旭草書為評，認為「張長史草書頹然天放，略有點畫處而意態自足，號曰神逸」。綜合以上論點，「飄逸」的審美表現形式，必須創作者具有超俗的靈慧特質，表現在作品上，則顯現超卓、洒脫、自在的美感情境為主。盛唐詩人中，以李白最具「飄逸」典型，王維、孟浩然次之。

　　「空靈」之美，則是一種融合超詣、自然，而更能展現古雅超拔的藝術風格，在美學境界的表現上，超詣與自然皆屬「情景交融」的「有我之境」，空靈則屬超然物外的忘空「無我」之境，盛唐詩人受禪學思想影響頗深，故空靈作品饒富禪意。《二十四詩品》認為「空靈」的表現形態與審美特徵為：「柵柵欲動，落落不群，外合中分，自繞韻致，非關煙雲，香銷爐中，不火而熏。雞鳴桑顛，清揚遠聞。」，這段話說明了「空靈」的特性是虛幻、超然的，它的具體表現形態是淡、雅、空、虛、幻五種形式，所謂清而空，空而雅，雅而靈，靈而妙！正因這種靈動的心靈境界，使「空靈」成為具有較高審美價值的藝術風格。

　　明、清兩代美學家對「空靈」的評價極高，明‧張岱《琅嬛文集》：「詩以空靈為妙」，清‧周濟《介存齋論詞雜著》：「初學詞求空，空則靈氣往來」，清‧沈祥龍《論詞隨筆》認為空靈者：「如月之曙，如氣之秋」，而「空靈」亦可視為繪畫風格，茲以下列作品評析之。[35]

1. 飄逸

〈贈孟浩然〉李白

吾愛孟夫子，風流天下聞。紅顏棄軒冕，白首臥松雲。

醉月頻中聖，迷花不事君。高山安可仰，徒此揖清芬！

　　此詩為孟浩然遣歸南山時，李白為之送行所作，全詩旨在發抒作者雅愛孟氏風流才調，卻不受重用之慨。詩旨全圍繞著「風流」二字發揮，頷聯「紅顏棄軒冕，白首臥松雲」句，不僅詞意高妙，色彩及境界上的對比襯托，也極為奇巧，饒富創意，尤以「臥松雲」句，顯現一份孤雲野鶴的閑逸幽趣。頸聯以「迷花」、「醉月」，顯現洒脫落拓情懷，尾聯以高山比況孟浩然，清雅而貼切，留給後人無限浪漫的聯想空間。

〈聽蜀僧濬彈琴〉李白

蜀僧抱綠綺，西下峨眉峰。為我一揮手，如聽萬壑松。

客心洗流水，餘響入霜鐘。不覺碧山暮，秋雲暗幾重？

　　這首詩一開始便有一種飄逸絕俗的氣韻，方外之士，出家之人，又高居峨眉峰上，自然給人一種不食人間煙火的感覺，而頷聯以揮手鼓琴，音韻悠揚，如萬壑松濤，隨風傳樂，意境上翻然若仙，飄洒絕

塵，而頸聯「客心洗流水，餘響入霜鐘」更是清淨淡泊，悠渺曠遠，尤以鐘聲餘響，延展空間距離，更將詩意托入另一層高峰。尾聯回歸現實，以秋日暮色籠罩山頭做結，憑添無限迴思。全詩飄然不群，淡逸雅致，渾然是詩仙格調。

2. 空靈

〈漢江臨眺〉王維

楚塞三湘接，荊門九派通。江流天地外，山色有無中。
郡邑浮前浦，波瀾動遠空。襄陽好風日，留醉與山翁。

此詩為史上公認的「空靈」典型，王維的作品，最膾炙人口者，莫過於空靈境界的營造，這首詩的第二聯「江流天地外，山色有無中」就是最能突顯禪意的例證。從視覺直觀而言，長江直直奔流，直至跨越天地界限之外，那種時空延展的效果已由實象景觀超越到抽象心靈境界，而山色若隱若現，沈浮於雲山千疊中，此時詩人的心境也由具體景象逐漸抽離，而心靈世界最澄明寧靜的純美化境遂與這一片絕俗幽地遇合，在那似有若無，如真似幻的迷醉中，郡邑隱然浮現，遠處波瀾起伏，水天一色，不知是江水浪潮動盪了天際，抑或是遠天雲色撼動了江波，一切顯得如此悠遠壯闊，清雅脫俗，尾聯又將時空拉回現實，「襄陽好風日，留醉與山翁」，自顯一份優雅閑情。

〈終南別業〉王維

中歲頗好道，晚家南山陲。興來每獨往，勝事空自知。
行到水窮處，坐看雲起時。偶然值林叟，談笑無還期。

此詩為王維晚年歸隱輞川之作，全詩淡逸寧靜，起首二聯以直述舖陳手法，表明歸隱心跡，頸聯「行到水窮處，坐看雲起時」句，空

靈至極，允為詩品上乘，此聯不僅意境高遠，在美學情境的表現上，已到達物我兩忘，忘空無我的境界，可謂詩化的禪境，那種美是一種心靈的出離與放空，此刻詩人全無「我」的意念，自然而然與雲相遇，而後靜坐觀看山嵐雲霧湧起，這一種「直觀」完全「無為」、「無我」，頗得陶淵明「採菊東籬下，悠然見南山」之韻緻。

尾聯又從高次元的心靈時空拉回現實世界，「偶然」二字用得好，不期然而然，一切皆是如此自然巧妙，即便在人間，偶遇山翁，也能談笑自如，此種情境，令人悠然神往。

〈終南山〉王維

太乙天都，連山到海隅。白雲迴望合，青靄入有無。

分野中峰變，陰晴眾壑殊。欲投人處宿，隔水問樵夫。

此詩亦為「空靈」典型。起首二聯誇寫終南山的高大遼闊，言其「近天都」乃誇飾語氣，而且範圍大到天之涯、地之角，看也看不到盡頭，只有白雲迴望，青靄環抱。頸聯以山中風起雲湧，陰晴多變，來闡述山勢的詭譎難測，更由此突顯隱居山中者，恐非等閒之輩。尾聯乃全詩最能顯現「空靈」境界者，「欲投人處宿，隔水問樵夫」，回應頸聯意涵，並托起全詩韻致，「隔」字用得好，很容易引發讀者似有若無，飄渺夢幻的聯想，而「雲」、「水」意象，擴展時空範圍，也很容易展現空靈韻境，全詩讀來，純淨清雅，結構安排縝密嚴謹，全詩鍛字鍊句，精巧絕俗，可謂爐火純青的詩中精品。

從文學形象的審美特徵來看，劉勰認為，藝術形象不可能也不必要用語言把什麼都寫出來；把意說盡了，一覽無餘，反而喚不起美感。因此，他提出了「隱秀」之說，劉勰更進一步指出，所謂「隱」，不是不欲人知，而是不欲明言。所謂「秀」，不是故意雕琢，而欲自然。

所以他說「或有晦塞為深，雖奧非隱；雖削取巧，雖美非秀矣。」以晦澀不順暢為深奧，這種深奧並非「隱」；以刻意雕琢求工巧，這種工巧也不是「秀」，而要「自然會妙」，方為上乘。「隱」固然要求，餘味曲包，其「餘味」不那麼直接，不是用直陳的方式表達出來，然而，它又必須讓欣賞者可以領略到、意味到、理解到，尤切忌晦澀難解，使人不知所云，從劉勰的論述中，我們又可為空靈之前下一註腳，那就是「自然放空，自在脫俗」，這種境界已經超越文字修飾技巧，完全是心靈展現的功夫，也是詩格最高的妙處。

（三）洗鍊與清奇

　　「洗鍊」是指簡潔明淨的藝術風格。它與「繁雜」相對。司空圖描繪「洗鍊」的表現形態與特徵為：「如礦出金，如鉛出銀，超心鍊冶，絕愛淄磷。空潭瀉春，古鏡照神，體素儲洁，乘月返真。載瞻星氣，載歌幽人，流水今日，明月前身。」那是一種清浚明朗，精緻鍊達的秀美境界。楊廷芝《詩品淺解》：「凡物之清潔出於洗，凡物之精熟出於鍊」，孫聯奎《詩品臆說》認為「不洗不淨，不鍊不純」楊振綱則表示洗鍊之美高於繁雜富麗，因為過度的炫爛華艷，有時只會使人眼花撩亂，絕難稱心悅目，更談不上典雅，故洗鍊境界高於繁雜。

　　《文心雕龍・體性》談風格「八體」時，論及「精約」一體，其要旨與洗鍊相近，但劉勰主要針對文句的錘鍊，司空圖則指境界的提鍊。因此洗鍊不單指修辭技巧的精妙，還包括精神氣格的純淨、簡潔、精鍊。

　　歷代美學家研究洗鍊者頗多，如宋・蘇軾認為：「清詩要鍛鍊，方得鉛中銀」邵雍《論詩吟》：「煉辭得奇句，煉意得餘味」。洗鍊之功於字斟句酌，旨深意遠外，彷如精雕白璧，去石劈衣，既得玉髓，

又加琢磨，及至巧質內蘊，英華外發，才肯罷休，杜甫所謂「語不驚人死不休」正是「洗鍊」精神的最佳表徵。

「清奇」常指清秀奇異的藝術風格，其表現出秀美的審美特徵。《二十四詩品》對清奇的描繪為：「娟娟群松，下有漪流。晴雪滿汀，隔溪漁舟。可人如玉，步屧尋幽。載瞻載也，空碧悠悠。神出古典，澹不可收。如月之曙，如氣之秋」清奇之在詩中的表現是指清逸悠閒的氣韻，以及清新淡雅的娟秀景緻，乃此中要旨。

孫聯奎認為「清」相對於「俗」，「奇」相對於「庸」，楊振綱認為「清則易流於弱，不必皆奇，今如剡溪反棹，獨釣寒江，幽絕勝絕，高絕奇絕，乃清奇之至矣。」清奇是相對於粗俗混濁而言的，關鍵在「清」，唯有清才能照見奇韻。司空圖認為清奇所描繪的景象如青松、白雪、澗流、漁舟等，皆體現「清」，具有清朗明麗，娟秀雋永的特點，「奇」則不凡，不凡便表現脫俗格調。

明・胡應麟《詩藪》認為：「一詩最可貴者清，然有格清，有調清，有思清，有才清。才清者王、孟、儲、韋之類是也。若格不清則凡，調不清則冗，思不清則俗」，他以「清」的表現形態評論作家，認為：「靖節清而遠，康樂清而麗，曲江清而澹，浩然清而曠，常建清而僻，王維清而秀，儲光羲清而適，韋應物清而潤，柳子厚清而峻，徐昌谷清而朗，高子業清而婉。」

唐代詩人具「清秀」風格特點者如王維、李白、孟浩然、柳宗元等。茲以下列作品賞析之：

1. 洗鍊

〈望嶽〉杜甫

岱宗夫如何？齊魯青未了。造化鍾神秀，陰陽割昏曉。

盪胸生曾雲，決眥入歸鳥。會當凌絕頂，一覽眾山水。

此詩作於大曆四年（西元 763 年），為杜甫 58 歲時作品，當時杜甫至衡州投奔少時在山西瑕縣認識的刺史韋之普，不料抵衡州時，韋已改調潭州刺史，幸而衡州尚有一知己——郭受，時任衡州判官，相見後，郭有詩見贈，甫因以詩酬之，便寫下此詩。

全詩可分前後兩段，前段寫「嶽」，含有「望」字，後段寫「望」，含有「嶽」案，明・仇兆鰲說此詩有四望：一、二句遠望景色，三、四句寫近望之勢，五、六句是細望之景，七、八句是極望之情。上六句是賓敘，下二句是虛摹，這種作法使得詩的層次格外明顯。[36]泰山自古以來是文人雅士喜歡駕臨賦詩之地，史記貨殖傳：「泰山之陽則魯，其陰則齊」，孔子曾經駕臨泰山而小天下。故此詩起首以「齊・魯青未了」來說明泰山的雄偉。其後連續描寫泰山的空闊宏大，其中「盪胸生曾雲，決眥入歸島」，以反襯手法，說明泰山的氣勢氤氳，結尾處以「一覽小眾峰」，點明詩旨，並展現詩人志氣，層次鮮明，遣詞造句也凝鍊超絕，乃子美代表傑作之一。

〈歸故園作〉孟浩然

北闕休上書，南山歸敝廬。才不明主棄，多病故人疏。

白髮催年老，青陽逼歲除。永懷愁不寐，松月夜窗虛。

（詩題或作〈歲暮歸南山〉）

---

[36] 《唐詩之百首詳析》，（台北：中華書局編印，1983 年 1 月台 19 版），頁 30。

　　此詩為孟浩然發洩胸中怨悱之情的驚人之作，但卻因此而得罪皇帝以致遭放歸，當時最引發爭議，也是此詩最成功的句子為「不才明主棄，多病故人疏」，可謂天然絕妙的驚人之語，全詩皆採取因果對應寫作手法，而且首聯即對仗，可謂字斟句酌。

　　而直觀敘事手法，表明不得志欲歸隱之心境，尾聯「松月」意象總結全詩，隱逸之趣全出。而俗話說「詩窮而後工」，孟浩然因本身際遇使然，使得作品中常發抒對身世己遇慨漢之音，此詩雖不脫離傷懷題材，但就技巧而言，精準力拔，洗鍊之至，情景對應，主客相融，很能引發讀者共鳴。

　　〈登岳陽樓〉杜甫

　　昔聞洞庭水，今上岳陽樓。吳楚東南坼，乾坤日夜浮。

　　親朋無一字，老病有孤舟！戎馬關山北，憑軒涕泗流！

　　大曆三年，子美在岳陽，偶登岳陽樓，遠望故鄉，感懷宦遊之苦，有感而發，故作此詩。全詩頗多誇飾語，如頷聯的「吳楚東南坼，乾坤日夜浮」之句，不論是從實際地理位置而言，或後洞庭湖實景而論，都是誇張的描述，因為洞庭湖不可能大到吞沒吳、楚之地或淹滅乾坤之圍，但文學的美感，有時正在此，誇飾修辭的妙處也在此，故讀者不當以文害意。首聯寫登樓原因，頷聯寫所見之景，頸聯慨嘆孤寂無依，尾聯望遠懷鄉，無限低迴，無限懷思，全詩結構縝密，造語奇驚，而氣象宏闊，鍊達至極。

2. 清奇

《山居秋暝》王維

空山新雨後，天氣晚來秋。明月松間照，清泉石上流。

竹喧歸浣女，蓮動下漁舟。隨意春芳歇，王孫自可留。

此詩寫來格律工整，氣韻優雅，清朗而奇絕。首聯以「空山新雨後」為話題，點出山居情境，「空」字用得極妙，詩人既不說「春山」，也不說「高山」只一個空字，引發無限聯想；次句說明季節，是初秋時節，「秋」字回應「空」，就此舖展詩意。頷聯造景極美，而且清奇已極，「明月松間照，清泉石上流」，可謂詩中有畫，畫中有詩，且文句故意倒裝，更憑添自然動感，使詩境充滿自然生命力。頸聯以浣紗的清秀佳人喧擾於竹林間，展現青春活力，而且蓮花池中漁舟晚唱，十分逍遙愜意。尾聯引《楚辭·招隱士》典故：「王孫兮歸來，山中兮不可久留」，反襯自己決心歸隱的志趣。全詩清雅純樸，神韻悠然，而且色彩繽紛，節調鏗鏘，交奏出一首山居情韻，留給後人無限嚮往。

〈輞川閒居贈裴秀才迪〉王維

寒山轉蒼翠，秋水日潺湲，倚仗柴門外，臨風聽暮蟬。

渡頭餘落日，墟里上孤煙。復值接輿醉，狂歌五柳前。

此詩也是王維作品的上乘之選，首聯所描寫的山色轉換之妙，以時令更迭為引，點出秋日情懷。頷聯「倚仗柴門外，臨風聽暮蟬」句，描述歸隱後的心境，是如此沈靜悠然，清新出塵，造語十分自然真切。「臨風」二字極其率真直樸，此時耳中聽到的是秋蟬晚唱，境界十分高逸。頸聯「渡頭餘落日，墟里上孤煙」，充分展現視覺美感與空間張力，此時詩人彷彿跳脫塵俗，遠遠的俯瞰人間煙火，但心境上卻是

如此平秋閒適，雖身在凡塵，實際已出離凡塵。尾聯以楚狂接輿比擬
裴迪，而以五柳先生自比，展現另一種放逸之趣，更襯托前面所顯詩
境，閒逸詩情躍然紙上。整首詩在寧靜中有活力，閒逸中有人情，讀
來清奇秀美，餘韻盎然。

〈酬張少府〉王維

晚年惟好靜，萬事不關心。自顧無長策，空知返舊林。
松風吹解帶，山月照彈琴。君問窮通理，漁歌入浦深。

〈宿業師（或作「來公」）山房期丁大不至〉孟浩然

夕陽度西嶺，群壑倏已暝。松月生夜涼，風迫滿清聽。
樵人歸欲盡，煙鳥棲初定。之子期宿來，孤琴候蘿徑。

以上二詩，亦是「清奇」典型，王維的《酬張少府》清寧靜定，
超塵絕俗。首聯點出「萬事不關心」的胸懷，以引全詩鋪陳旨趣，頷
聯「自顧無長策，空知返舊林」句，呼應前文，表現隱居心志，至若
「松風吹解帶，山月照彈琴」之句，意境深幽，並把山居生活中「靜」
的境界，表現得淋漓透徹，尾聯以漁歌互答收束，別開生面，奇玄警
策。此詩與前詩不同者，〈輞川閒居贈裴秀才迪〉著重於寫景，此詩
偏向寫情，前一首直敘山景，秀麗清雅，此詩則情寓景中，餘味悠然，
二者皆是清奇佳作。

孟浩然的〈宿業師（或作「來公」）山房期丁大不至〉一詩，以
候人不至，引出全詩境界，更點染山中清奇氣韻。清者為景，在靜謐
的群山萬壑中，夕陽西沈，一切倏然俱寂，夜裏松風生涼意，滿耳聽
清音，「迫」字用得好，是一種意與境渾，主客對應的美感情境，此
與王安石「春風又綠江南岸」詩句，有異曲同工之妙。而「樵人歸欲

盡，煙鳥棲初定」之句，表現出秀逸絕俗韻緻，及至「孤琴候蘿徑」之句，玄奇幽邈，餘韻盎然。

與王維的詩相較之下，二詩所選用的意象皆有「風」與「月夜」，憑添隱逸悠閒之緻，而王詩景中入情，情中論理，十分沈靜；孟詩則層層寫景，深入幽微，雖是尋人不遇，卻能火氣盡脫，清靈自適，獨樹一幟。此詩可與賈島〈尋隱者不遇〉一詩相互對照，盡得其興。

（四）典雅與綺麗

「典雅」是指典麗優雅，斯文高貴的藝術風格，它表現出一種華美，端莊的審美特徵。《二十四詩品》描繪典雅的藝術表現形態為：「玉壺實春，賞雨茅屋，坐中佳士，左右修竹。白雲初晴，幽鳥相逐，眠琴綠蔭，上有飛瀑，落花無言，人淡如菊，書之歲華，其曰可讀」，上述言論，表現典雅風格的精緻，那是一種品韻優雅出俗，精緻高貴的風範。

楊廷芝《詩品淺解》認為：「典則不枯，雅則不俗」；孫聯奎《詩品臆說》：「典，乃典重。雅，即風雅……典雅與粗俗相對而言」，楊振綱《詩品解》將典雅與高古聯繫起來分析：「高古矣，而或任質以為高，簡率以為古，非極則也，故必進之以典雅」，又說「此言典雅，非僅徵材廣博之謂，蓋有高韻古色，如閬亭金谷，洛社秀水，名士風流，宛然在目，是為典雅耳。」劉勰在《文心雕龍·體性》篇，將典雅列為八體之首，並認為它是儒家正統的端莊凝重，雍容華貴之表現。司空圖更擴大典雅之意涵，使其成為隱逸之士所追求的清高雅緻，超凡脫俗之境界。由於司空圖的美學界說影響之故，後世對於典雅氣氛構成的意象遂以「白雪」、「幽鳥」、「綠蔭」、「佳人」、「菊」、「落花」、「修竹」、「飛瀑」等詞為崇尚。而歷代具典雅特性之作品如宋玉

《神女賦》，陸機《文賦》，劉勰《文心雕龍》、鍾嶸《詩品序》等，盛唐詩人中李白，王維作品境界甚雅，清‧潘德輿《養一齋詩話》：「夫所謂雅者，非第詞之雅馴而已；其作詩之內，必脫棄勢利，而后謂之雅也」。所以典雅氣格之表現，可以從譴詞造語中去感受，更重要的是意象的擬造與思想境界的崇高。

「綺麗」是指鮮艷明麗的藝術風格。它與「纖穠」相近，《二十四詩品》認為「綺麗」的藝術表現形態為：「神存富貴，始輕黃金。濃盡必枯，淡者屢深。霧餘水畔，紅杏在林，明月華屋，雲橋碧蔭。金樽酒滿，伴客彈琴，取之自足，良殫美襟。」，它表現出一種雍容華麗，絢爛多彩的之境界。

綺麗作品的創作特質為善用典故，用語華美，意象高貴穠麗。綺原指有花紋的絲織品，孫聯奎《詩品臆說》：「綺則絲絲如扣，麗則炫爛可觀」，楊振綱《詩品解》：「此言富貴華美，出於天然，不足以堆金全織玉為工，如春入園林，百卉向榮，自有生氣。」楊廷芝《詩品淺解》：「文綺光麗，比本然之綺麗，非同外至之綺麗」，可見「綺麗」的取捨標準在於自然天成的華美絢麗，而非人為造作的輕靡浮誇，真正的綺麗之美是指內在的鮮麗高華，而非徒具形式的浮艷。胡應麟《詩藪》云：「詩最貴麗，而麗非金玉錦繡也。」劉勰《文心雕龍‧情采》：「艷采辨說，謂綺麗也，綺麗以艷說」。可見綺麗是指內質富豔華麗的審美情境，有別於淫辭艷說，表現綺麗之美的作品，重點也在於境界，而非徒具形式的巧辭豔句，那是一種生命情調，一種架勢，也是一種高貴的情境美學。[37]

---

[37] 同註34，頁144-146。

1. 典雅

〈九日登望仙臺呈劉明府〉崔曙

漢文皇帝有高臺，此日登臨曙色開。

三晉雲山皆北向，二陵風雨自東來。

關門令尹誰能識，河上仙翁去不回。

且欲近尋彭澤宰，陶然共醉菊花杯。

此詩以重九登高為題，引發思古幽情，全詩多所用典，但雅正貼切，意境超逸悠然。首聯「漢文皇帝有高台，此日登臨曙色開」已點明「登高」詩旨，頷聯以「三晉雲山」與「二陵風雨」相對，並呼應首聯「漢文皇帝」之意，「北向」與「東來」皆雙關語，表示四方朝觀之謂。頸聯筆鋒一轉，跳脫俗情，並引出望仙台典故[38]，引發思古幽情，復隱含詩人欲拋棄俗塵，有翩然求仙之意。尾聯承托詩旨，又以淵明隱逸典故做結，重九登高，共飲菊花酒以祈避邪除禍，乃民間習俗，但加上靖節故事，則雅韻清揚，不落俗套。此詩雖為投贈之作，唯內容懷古寄興，風味頗佳。

〈佳人〉杜甫

絕代有佳人，幽居在空谷，自云：『良家子，零落依草木。

關中昔喪亂，兄弟遭殺戮！官高何足論，不得收骨肉！

世情惡衰歇，萬事隨轉燭！夫婿輕薄兒，新人美如玉。

合昏尚知時，鴛鴦不獨宿。但見新人笑，那聞舊人哭！』

在山泉水清，出山泉水濁。侍婢賣珠迴，牽蘿補茅屋。

摘花不插髮，采柏動盈掬。天寒翠袖薄，日暮倚修竹！

---

[38]　《神仙傳》：「河上公授文帝老子而去，失所在，帝於西山築台望之」。

　　此詩以五古入手，詩中「佳人」有兩種含義，或以此譬喻君子，指有才德的人，或依詩文內容，保留原意，即指才德皆美的女子，根據仇兆鰲所主張，採第二義較恰當。蓋天寶喪亂，佳人為子美所遇，所以據實直述，真切而深刻的描寫其際遇，茲不論詩中所述何人，僅就詩境分析，起首二句以佳人幽居空谷，喻其貞節自守，其後述其遭遇喪亂，遇人不淑的身世，而「在山泉水清，出山泉水濁」之句，以水喻人之操守，寄寓遙深。其後詩人以侍婢珠廻，牽蘿補屋，表現佳人安貧自守的情操，全詩所採意象如「佳人」、「空谷」、「清泉」、「修竹」、「柏」、「菊」、「翠袖」等，皆典雅脫俗，使得詩境氣格高妙，不同凡響。

2. 綺麗

〈獨不見〉沈佺期（詩題又名〈古意呈喬補闕知之〉）
盧家少婦鬱金香，海燕雙棲玳瑁梁。
九月寒砧催木葉，十年征戍憶遼陽。
白狼河北音書斷，丹鳳城南秋夜長。
誰為含愁獨不見，更教明月照流黃。
（鬱金香或作鬱金堂。）（郭茂倩《樂府詩集》）

　　此詩為史上公推的「綺麗之美」經典名作，沈佺期所處的年代，唐詩律體運動尚未成熟，但此詩卻是非常工整典麗的七言律詩，唯詩題引用樂府古題，故仍歸類為樂府，內容主要描寫思婦秋怨之情。

　　首聯以少婦住宅的豪華美飾，表明其身份，但在這華麗的屋宇中，少婦因丈夫征戍未歸，內心苦寂，以此互相對比襯托。頷聯提到丈夫遠征遼陽已久，而深秋時節，聞家家戶戶搗衣之聲，更添心中愁

緒。頸聯是頷聯意境的深化，白狼河在遼北，丹鳳城指長安，良人遠調邊境，十年音訊杳然，鴻雁難寄，吉凶未卜，怎不令少婦悲怨？尾聯點明題旨，明寫「愁」字，回起全局。至若「明月照流黃」句，意象運用十分成功，是一首幽思典麗的好詩。此詩因是律體成熟過度期的作品，屬於較早出現的七律作品，因而在唐代近體詩發展的過程中，具有相當重要的地位。

〈洛陽女兒行〉王維

洛陽女兒對門居，纔可容顏十五餘。
良人玉勒乘驄馬，侍女金盤膾鯉魚。
畫閣朱樓盡相望，紅桃綠柳垂簷向。
羅幃送上七香車，寶扇迎歸九華帳。
狂夫富貴在青春，意氣驕奢刻季倫，
自憐碧玉親教舞，不惜珊瑚持與人。
春窗曙滅九微火，九微片片飛花璅，
戲罷曾無理由時，妝成祇是薰香坐。
城中相識盡繁華、日夜經過趙李家，
誰憐越女顏如玉，貧賤江頭自浣紗！

此詩屬樂府詩中的「新樂府詞」，梁武帝〈河中之水歌〉云：「河中之水向東流，洛陽女兒名莫愁，莫愁十三能織綺，十四集桑南陌頭，十五嫁為盧家婦，十六生兒字阿侯」，王維此作即仿效梁武帝詩為題。

此詩乃王維藉詠洛陽女兒身世，以譏刺當時社會的貧富懸殊及階級等差之慨。起首描寫洛陽女兒出身驕貴及起居飲食的豪華奢侈之狀，其間「玉勒」、「驄馬」、「金盤」、「畫閣朱樓」、「羅幃」、「寶扇」、「碧玉」、「珊瑚」等語詞，充滿京華富貴之氣，全詩造語綺麗，華艷

纖穠。全詩共可分三段敘事,「洛陽～華帳」為首段,「狂夫～薰香」為第二段,「城中～浣紗」是第三段。除綺麗外,最重要的是結尾以西施出身貧寒,卻仍國色天香,用以反刺權貴之豪侈,大有悲憫貧庶之慨。

　　而就美學境界言,此詩正符合「氣貴語自華」的典麗特質,非獨造字造語綺麗,意境與詩格更是高貴華美,綺而不靡。

〈送康洽入京進樂府詩〉李頎
識子十年何不遇,只愛歡遊兩京路。
朝吟左氏嬌女篇,夜誦相如美人賦。
長安春物舊相宜,小苑蒲萄花滿枝。
柳色偏濃九華殿,鶯聲醉殺五陵兒。
曳裾此夜從何所,中貴由來盡相許。
白袷春衫仙吏贈,烏皮隱几台郎與。
新詩樂府唱堪愁,御妓應傳鴻鵠樓。
西上雖因長公主,終須一見曲凌侯。

　　這是一首贈答詩,詩題或作〈送康洽入京進樂府歌〉(汲古,毛本作「歌」,何校作「詩」)、〈朝吟左氏蝸女篇〉(汲古,毛本作「嬌」,何校作「媧」)、〈夜誦相如美人賦〉(汲古,毛本作「日」,何校作「夜」)。

　　此詩雖為樂府,卻帶有六朝駢儷氣息,詩中對偶頗多,如「朝吟左氏媧女篇,夜誦相如美人賦」,「柳色偏濃九華殿,鶯聲醉殺五陵兒」,「白袷春衫仙吏贈,烏皮隱几台郎與」等。除此而外,多所用典,穠麗纖細,在婉約中,帶有影射意味,全詩流利酣暢,對仗聯句寓意深濃,其中所描述者,又諸多宮廷事物,在一片酒色聲囂中,鶯鶯燕燕,神仙王侯,撩人遐想,因是贈人入京,故文詞中頗帶諷諭勸諫意

味,為李頎邊塞作品以外,別樹一格作品。至於詩境表現上也是華而不靡,綺而不誇,深具綺麗特質。

(五)疏野與委曲

「疏野」是指真率質樸的藝術風格。《二十四詩品》中描繪其特性為:「惟性所宅,真取弗羈,控物自富,與率為期。築室松下,脫帽看待,但知旦暮,不辨何時,倘然適意,歲必有為,若其天放,如是得之」。

楊振綱認為:「此乃真率一種,任性自然,絕去雕飾,與「香奩」、「台閣」不同,然滌除肥膩,獨露天機」。楊廷芝認為:「脫略謂之疏,真率謂之野,疏以內言,野以外言」。意即疏指形式的質樸,野是性情的率真。

《二十四詩品》認為「疏野」與「自然」相近,與「縝密」相對。它表現出一種曠達無羈的審美態度。《莊子‧馬蹄》:「一而黨,命曰天放」,惟有從天然放浪的角度去理解「疏野」,才能「惟性所定」,真取弗羈。楊廷芝《詩品淺解》:「天放,天然放浪也,如是得之,言是乃得乎疏野之宜然。」楊振綱《詩品解》:「按疏非疏略之疏,乃疏落之疏;野非野俗之野,乃曠野之野,所謂源水桃花,時時迷路,深山桂樹,往往逢人。不知此種境界而但曰疏野,則疏矣、野矣!」按「疏野」與「自然」最大的差別是自然為本來存在,不期然而然,那是一種心境與外象完全融合的自在美適;「疏野」則是「質樸中有率真」,著重「情意真摯未諼的展現」。如「人閒桂花落」之句則是「自然」,「野闊天低樹,江清月近人」之句為「疏野」。具疏野風格的作品,常表現出閒逸快適,無拘無束的瀟脫情志,與曠達超然的幽居情趣。

劉熙載《藝概・詩概》:「野者,詩之美也」,清・翁方綱《石湖詩話》:「王無功以真率疏淺之格,入初唐諸家中,如鸞鳳群飛,忽逢野鹿。」這段評論以「鸞鳳」喻典雅綺麗,以「野鹿」喻疏野率真,十分貼切。唐代詩人中,具「疏野」風格的作品,如王績的《田家三首》:「阮籍生涯懶,嵇康意氣疏,相逢一醉飽,獨坐數行書。小池聊養鶴,閑田且放豬,草生元亮徑,花暗子雲居。倚床看婦織,登壟課兒鋤。回頭尋仙事,并是一空虛。」此詩不僅表現出阮籍、嵇康的「疏野」特性,並寫出悠閑安適的田家生活情境,全詩造語質樸,真誠自然,一幅鄉間幽居的閒適畫面,躍然紙上。

「委曲」是指委婉曲折的藝術風格,表現出含蓄、幽柔的審美特徵。司空圖對「委曲」的描述為:「登彼太行,翠繞羊腸。杳靄流玉,悠悠花香。力之于時,聲之于羌。似往已回,如幽匪藏。水理漩洑,鵬鳳翔翔。道不自器,與之圓方」。這是透過對蜿蜒盤旋的羊腸小道和曲折圓環的泉水之描述,而揭示「委曲」之高妙意境。

楊振綱《詩品解》:「文意之妙全在轉音,轉則不板,轉則不窮,如遊名山,到山窮水盡處,忽峰迴路轉,另有一種洞天,使人應接不暇,則耳目大快」又云:「文如山水,未有直遂而能佳者。人見真磅流行,而不知其纏綿郁織之至,故百折千回,紆徐往復,窈深繚曲,隨物賦形,熟讀楚辭,方探奧妙耳。」可知,「委曲」乃相對於「平直」而言,文如平直則易流於枯澀呆板,令人興味索然,味同嚼臘,「委曲」則使詩意起伏跌宕,境深情婉,令人回味無窮。

「委曲」因為與「含蓄」、「蘊藉」相近,所以表現出較高超的審美價值。清・況周頤《蕙風詞話》解釋「委曲」:「當于無字處為曲折,切忌有字處為曲折」,這段話的意思是指「委曲」是「任其自然而委曲必須不留痕跡」。所謂「委則任人,曲則由己」(楊廷芝《詩品淺解》)。

唐代詩人如杜甫〈月夜〉一詩:「今夜鄜州月,閨中只獨看。猶憐小兒女,未解憶長安,香霧雲鬟濕,清輝玉臂寒。何時倚虛幌,雙照淚痕乾。」就是「委曲」典型。

詩人作此詩時,身在長安,卻懷想其妻在鄜州看月,彼此思念的情境,全詩用語委婉曲折,造境綿密幽渺,清‧施補華《峴傭詩話》認為:「詩猶文也,忌直貴曲,少陵『今夜鄜州月,閨中只獨看』是身在長安,懷其妻在鄜州看月也。下云『遙憐小兒女,未解長安』用傍 之筆,兒女不解憶,則解憶者獨其妻矣。『香霧雲鬟』、『清輝玉臂』,又從對面寫,由長安遙想其妻在鄜州看月光景。收處作期望之詞,恰好去路,『雙照』緊對『獨看』,可謂無筆不曲。」委曲之美的效用在於溫婉含蓄,使作品距離美感的空間增大,因轉折苗盡,所以不那麼直接突兀,讀者也因此獲得較大的想像空間。[39]

1. 疏野

〈送梓州李使君〉王維

萬壑樹參天,千山響杜鵑。山中一夜雨,樹杪百重泉。
漢女輸橦布,巴人訟芋田。文翁翻教授,不敢倚先賢。

這是一首投贈詩,王維送別李使君,設想梓州為山林奇勝之地,故以此為敘。首聯以千山萬壑,古木參天起始,直寫梓州勝景,頷聯承前旨,以「山中一夜雨,樹杪百重泉」句,更將蜀地風貌具體化、形象化,至若頸聯筆鋒一轉,以「漢女輸橦布,巴人訟芋田」為敘寫焦點,將蜀地一帶風俗民情,活靈活現的展露出來。並表現「疏野」情境,尾聯以「文翁」比擬李使君,言其文化統治,化民成俗,而梓

---

[39] 同註34,頁150-151。

州居民亦不敢不倚仗先賢遺教，而不遵從李使君的領導。雖不直接褒揚，其實寓含讚美之意。全詩敘景空幽，趣味盎然，極盡純樸率真之美。

〈渭川田家〉王維

斜陽照墟落，窮巷牛羊歸。野老念牧童，倚仗候荊扉。

雉雊麥苗秀，蠶眠桑葉稀。田夫荷鋤至，相見語依依。

即此羨閒逸，悵然吟式微！

此詩描寫田家風貌，十分真切醇厚。起首以夕陽斜照，牛羊歸牧，點明鄉間生活「日出而作，日落而息」的規律與閒適。其後「野老念牧童，倚仗候荊扉」充分表露家族溫情，接著鏡頭轉入田間「雉雊麥苗秀，蠶眠桑葉稀」一幅田園寫照，生動自然，緊接著「田夫荷鋤至，相見語依依」，表現鄉下人純樸溫厚的人情味，立筆至此，田家生活樂趣躍然紙上，結語以「即此羨閒逸，悵然吟式微」，表現自己對鄉居歸隱生活的嚮往之情，寫來真誠無華，令人感動。

〈留別王維〉孟浩然

寂寂竟何待！朝朝空自歸，欲尋芳草去，惜與故人違！

當路誰相假？知音世所稀。祇因守寂寞，還掩故園扉。

王、孟在盛唐諸家中，因作品風格接近，常被歸類在一起，但仔細推究，王詩自然淡逸，孟詩則幽靜孤寂，同樣是山水，在王維眼中，山中之靜是清寧、淨靜，田園之寂是定遠掙寂，但是在孟浩然眼中，這一切常帶有落寞冷清之感，此為二人最大的差別處，王維在三十歲喪偶之後，學佛修禪，心境上有了很大的轉化，故其山水田園作品，充滿禪意，真正達到定、靜、安、慮、得的境界；孟浩然則因功名不

遂，失意退隱，故其山水田園之作，總是有意無意的表露懷才不遇的悵惘失落情緒，此為王、孟作品在風格和境界上最大的差異。

　　此詩以五言古詩入手，描寫歸去鹿門山之後的寂寥淒清之感，全詩很率真的表露自己壯志難伸，以及知音難尋的慨嘆！既然不被世用，歸去又何妨？其造語質樸，情真意切，雖然有些悲怨，卻仍不掩坦然真誠之情，亦是「疏野」之美的另一種表現。

　　〈客至〉杜甫
　　舍南舍北皆春水，但見群鷗日日來。
　　花徑不曾緣客掃，蓬門今始為君開。
　　盤飧市遠無兼味，樽酒家貧只舊醅。
　　肯與鄰翁相對飲，隔籬呼取盡餘杯。

　　杜甫的作品向來沈鬱頓挫，唯此詩輕快明朗，充滿山居野趣與生命活力。首聯以春水環繞，群鷗日來，點出浣花溪畔的幽居雅趣；頷聯喜逢客至，蓬門始開，已側寫主人翁的脫俗情懷；頸聯直抒真情，毫無矯飾，憑添無限溫馨，尾聯忽轉別意，邀約鄰翁對飲，閒話家常，純樸率真之情溢然紙上，允為「疏野」典型。

2. 委曲

　　〈長干行〉李白
（1）妾髮初覆額，折花門前劇。郎騎竹馬來，繞床弄青梅。
　　同居長干里，兩小無嫌猜。十四為君婦，羞顏未嘗開。
　　低頭向暗壁，千喚不一回。十五始展眉，願同塵與灰。
　　常存抱柱信，豈上望夫臺！十六君遠行，瞿塘灩澦堆；
　　五月不可觸，猿聲天上哀！門前遲行跡，一一生綠苔。

　　　苔深不能掃，落葉秋風草。八月蝴蝶來，雙飛西園草。
　　　感此傷妾心，坐愁紅顏老！早晚下三巴，預將書報家。
　　　相迎不道遠，直至長風沙！

（2）憶妾深閨裏，煙塵不曾識。嫁與長干人，沙頭候風色。
　　　五月南風興，思君下巴凌；八月西風起，想君發揚子。
　　　去來悲如何，見少別離多！湘潭幾日到？妾夢越風波！
　　　昨夜狂風度，吹折江頭樹。淼淼暗無邊，行人在何處？
　　　好乘浮雲驄，佳期蘭渚東。鴛鴦綠蒲上，翡翠錦屏中。
　　　自憐十五餘，顏色桃花紅，那作商人婦；愁水又秋風。

　　李白的作品除了豪放，浪漫之外，屬於女性代言者的「閨怨」詩作也是他的特色之一。此二詩溫婉含蘊，委曲幽柔。第一首作者以第一人稱的敘事觀點，站在女性立場，描寫長干女子那青梅竹馬，至死不渝的愛情故事，雖取材平淺，卻能普遍打動人心，因為帝王，后妃畢竟是少數族群，你我皆是黎庶黔首，所以長干女子的故事，很容易發生在多數人身上，而〈長干行〉之所以能從盛唐傳唱迄今，也正是這種「普遍的共鳴」，也就是通俗意識所致。

　　第二首詩文造語平易，從女主角的童年說起，其後以正敘語法，隨著時光流逝，纖細幽微的刻劃女子深瑣的心事，而且從小女孩成長為少女、少婦，那種人生歷程的轉折與心境之轉變，詩人的筆觸細緻委曲，寫來幽婉動人，令人一唱三嘆。

　　〈長相思〉二首　李白

（一）長相思，在長安，絡緯秋啼金井欄。
　　　微霜淒淒簟色寒。孤燈不明思欲絕，
　　　卷帷望月空長嘆！美人如花隔雲端，

上有青冥之長天，下有淥水之波瀾；

天長地遠魂飛苦，夢魂不到關山難！長相思，摧心肝！

(二) 月色欲盡花含煙，月明如素愁不眠。

趙瑟初停鳳凰柱，蜀琴欲奏鴛鴦絃。

此曲有意無人傳，願隨春風寄燕然。

憶君迢迢隔青天，昔時橫波目，

今作流淚泉，不信妾腸斷，歸來看取明鏡前！

這兩首詩迴環轉折，纏綿極已，詩題〈長相思〉為古樂府詩名，二首詩皆是敘述相思之苦，但風格稍有差異。第一首寫秋，用秋聲，秋景起興，而思念佳人，但是天長地遠，如隔關山，即使魂牽夢繫，卻難見面，正因相思苦，見面難，故愈顯其可貴。全詩層層遞進，委曲婉轉，而且詩人以長天，波瀾比擬相思之深、長，曲折中有深意，十分扣人心絃。

第二首寫春景為緒，全詩多所用典，楊慄曰：「婦道女也，雅善鼓瑟」，所以說「題瑟」，而司馬相如曾遊蜀，以琴心挑卓文君，故曰「蜀琴」，鴛鴦絃則含有求偶匹配之意。此詩於含蘊中有典麗，曲折中有纖穠，前一首男思女，這首女思男，無論男女，相思之苦一樣愁腸難斷，一樣摧折心肝。

類此題材，自古以來敘寫極多，此二詩寫來溫婉敦厚，甚得騷人風致。

〈詠懷古跡〉之一　杜甫

群山萬壑赴荊門，生長明妃尚有村。

一去紫臺連朔漠，獨留青塚向黃昏。

　　畫圖省識春風面，環珮空歸月夜魂。
　　千載琵琶作胡語，分明怨恨曲中論！

　　懷古題材的作品，是歷來詩人喜歡採用的，此詩係少陵路過昭君村有感而發之作。蓋昭君去國和番，而當時少陵亦被貶，故因事起興，敘寫幽情，仇兆鰲云：「生長名邦而歿身塞外，此足該舉明妃始末。五六承上作轉語，言生前未經識面，則歿後魂歸亦徒然耳！唯有琵琶寫意千載留恨而已。」以上文字說明本詩寫作動機，既嘆息紅顏薄命，亦復自傷。江淹恨賦：「明妃去時，仰天太息，紫台稍遠，關山無極」，蓋王嬙本字昭君，後因避晉文帝諱（司馬昭），乃改為「明」，故明妃指昭君。首聯以「群山萬壑赴荊門，生長明妃尚有村」為引，昭君村在今湖北宜昌興山縣南，雖是杜甫詠懷昭君，實亦有自傷之意。

　　此詩迂曲婉轉，意象鮮明，尤以頷聯「一去紫台連朔漠，獨留青塚向黃昏」句，在雄渾中有婉約，而「青塚」者，在今綏遠歸綏城南三十里，按胡地多白草，獨昭君墓上草色青綠，故曰：「青塚」，此聯不論視覺美感或情境塑造上，都非常成功「紫」、「青」、「黃」，具有神秘高雅之美，而黃昏意象更是回歸意識的極致表徵，昭君美而被誣，含恨出塞，死後葬身異域，魂不得歸，怎不令人痛惜憾恨。杜甫作品向來以壯美為主，此詩是難得的秀美之作，讀來令人低迴不已，一唱三嘆。

　　〈春思〉李白
　　燕草如碧絲，秦桑低綠枝。當君懷歸日，是妾斷腸時！
　　春風不相識，何事入羅幃？

　　此詩與〈玉階怨〉同為李白閨怨風格的代表作，全詩無論在寫作技巧或形制上，都很接近漢魏古風，很有古詩十九首的韻味。「燕草」，

「秦桑」，皆是詩人托物比興之作，以此象徵相思之長，而「當君懷歸日，是妾斷腸時」，為垂直敘寫，在詩法上叫「流水對」，詩人直接舖陳女子望君卻不得歸的心碎之情，讀之令人感慨動容。結語點明詩旨，詩人雖敘寫女子貞潔，其實是暗喻自己的正直而不被重用之慨，全詩幽柔婉約，頗具《詩經》的比興精神。

第四章 「盛唐之音」的形式美

　　詩是高密度的文學創作，一首好詩，除了兼具形式與內容之美以外，屬於心靈境界的「詩格」與「詩境」，也是歷來詩家及文學評論者探索研究的議題。形式包含修辭、格律、聲韻等文字及語彙的運用能力，文字運用的精密度愈高，代表技巧愈純熟，作品的可讀性則愈佳，境界則關係到創作者的心靈層次與生命格局，它已經由具體形式超脫至抽象的哲學思維。

　　盛唐詩歌是經過長期演變而趨向成熟的詩歌創作體式。從永明體到沈宋體，而至律化成功，近體詩的形式之成熟，絕非一時一地一人偶發的創造，而是經過百年推衍，慢慢演進成功的文學體制，這當中包含許多人的智慧結晶。本章茲就盛唐詩作中語言、文字的精煉程度，以及格律的莊嚴整秩和修辭技巧的多元變化做析論，而探詩其形式之美。

第一節 落筆驚風——唐詩的語彙密度

一、鍛字煉句之美

　　盛唐詩人對於作品的要求，除格律工巧外，用語精煉也是一大特色，所謂「精煉」包含了煉字、煉句及煉意。杜甫對自己作詩的要求是「筆陣橫掃千人軍」、「語不驚人死不休」，王昌齡的《詩格》三境之說，除「煉字」以外，尚要「煉意」，姑不論具體形式之「煉字」，

或抽象表現的「煉意」，都是說明了好詩除了修辭精巧、文句優美以外，更要求境界高妙，一層一層去蕪存菁，擷精取華。

所謂精煉，就是要用精粹的語言表現豐富的內容。也就是說，文學作品的用語，不僅要求每個字都用得恰當，而且要求每個字都應當是必需的。劉勰說：「灼灼狀桃花之鮮，依依盡楊柳之貌，杲杲為日出之容，瀌瀌擬雨雪之狀，喈喈逐黃鳥之聲，喓喓學草蟲之韻。皎日、嘒星，一言窮理；參差、沃若，兩字窮形：並以少總多，情貌無遺矣。」這段文字正是說明「精煉」功夫對文字創作的重要性。從詞語的運用來說，「以少總多，情貌無遺」，即是要求在準確的基礎上求精煉，「灼灼」、「依依」、「杲杲」、「瀌瀌」、皆是依照所摹寫的形象之不同，所設計之詞，藉此以達妙肖生動之趣，並臻情景交融，形象生動活現的功夫。

精煉要求字數唯期少，意義唯期多，但這也不是脫離立意和形象的塑造，僅片面追求文字古簡。《湘山野錄》一書中提到一個故事：「謝希深、尹師魯、歐陽永叔各為錢思公作《河南驛記》，希深僅七百字，歐公五百字，師魯止三百八十餘字。歐公不伏在師魯之下，別撰一記，更減十二字，尤完粹有法。」這是說歐陽修要和尹師魯比高低，看誰的字寫得最少，而立意最多以此爭勝。王若虛對此極不讚成，批評道：「予謂此特少年豪俊一時爭勝而然耳，若以文章正理論之，亦唯適其宜而已，豈專以是為貴哉。蓋簡而不已，其弊將至於險陋而不足觀也已。」語言並非越簡越好，關鍵在於「適其宜」，必須切合內容的需要。若離開作品的精神，僅求繁、簡，則是毫無意義的。清代顧炎武說：「辭主乎達，不論其繁與簡也。繁簡之論興，而文亡矣。」又說：「若不出於自然，而有意於繁簡，則失之矣。」這也是強調好的作品必須從言和意的有機聯繫上來考慮繁簡。所謂「出於自然」，就是要

根據內容的需要來遣詞。而「有意於繁簡」，即為簡而簡，為繁而繁，而不顧內容的需要，勢必墜入形式主義之泥淖，而喪失作品靈魂。

就作詩而言「意」為詩篇的靈魂和統帥，它有如血脈貫穿全篇，文尚精煉，詩更甚然，而煉字煉句須以意為主，也就是掌握全篇精魂，而臻煉達完美的藝術境界。清•賀貽孫說得好：「煉句煉字，詩家小乘，然出自名手，皆臻化境。蓋名手煉句，如擲杖化龍，蜿蜒騰躍，一句之靈，能使全篇俱活。煉字如壁龍點睛，鱗甲飛動，一字之警，能使全句皆奇。若煉一句只是一句，煉一字只是一字，非詩人也。」（《清詩話續編》）[1] 這段話的意思是，煉字句雖於個別字句著手，但尤須在全篇藝術形象上著眼，這樣才不至於煉一句只一句，煉一字只一字，而能使全篇俱活。古人作詩，強調要有「詩眼」，故有「煉詩眼」之說。然而若只孤立地煉詩眼，亦非上策，妙在詩眼與全詩融為一氣。劉熙載認為：『詞眼』二字，見陸輔之《詞旨》。蓋輔之所謂眼者，仍不過某字工、某句警耳。「余謂眼乃神光所聚，故有通體之限，有數句之限，前前後後無不待眼光照映。若舍章法而專求字句，縱爭奇競巧，豈能開闔變化，一動萬隨耶？」這段話說明了煉字鍛句到最後必須以通篇圓融為考量。倘煉字煉句不能與全篇映照，並做到「一動萬隨」的境界，讓每一個字，成為詩歌藝術形象不可切割的有機體，則縱使苦煉，也不過如熙載所說：「乃修養家所謂瞎煉也。」

煉意與煉字是相輔相成的，煉字為形式之美必要的功夫，煉意是提昇境界，表現詩格的絕妙品量，若詩家忽略煉意的重要性，單爭一字一句之奇，也非好詩。而且，離開煉意只煉字句，一味苦吟，往往生僻寒瘦，減縮格局。清•葛立方說，唐人苦思作詩，所謂「吟成一

---

[1]　曾祖蔭《中國古代美學範疇》，（台北：丹青圖書，1987 年 4 月初版）。

個字，捻斷數莖須」，「吟成五字句，用破一生心，得語不是不奇，但韻格往往不高。」(《韻語陽秋》)他認為作詩倘能取唐人語而加以融會貫通，脫胎換骨，取法杜甫的「繩墨步驟」，並灌注宏觀境界，則好詩並出。沈德潛也說：「古人不廢煉字法，然以意勝而不以字勝，故能平字見奇，常字見險，陳字見新，樸字見色。近人挾以鬥勝者，難字而已。」(《唐詩別裁》)作詩若只以「難字」取勝，無有遠意，自不足觀。

　　清代徐寅也認為好詩必須蘊積磨煉，因為「意有暗鈍粗落；句有死機、沉淨、瑣澀；字有解句、義同、緊慢，以上三格皆須微意細心，不須容易一字。」(《詩學指南》)。這裏所講的三煉，實為兩煉，一是煉意，二是煉字句。煉意和煉字句都是必要的，如邵雍所說：「不止煉其辭，抑亦煉其意。煉辭得奇句，煉意得餘味。」但一般說來，辭與意相較之下，仍須以煉意為主，以煉字為次。姜夔說：「意格欲高，句法欲響，只求工於句、字、亦末矣。故始於意格，成於句、字。」《詩人玉屑》引《金詩格》說：「煉句不如煉字，煉字不如煉意，煉意不如煉格；以聲律為竅，物象為骨，意格為髓。」[2]這裏所說的「格」，是指反映作者人品的詩格。作者的人品與詩歌的格調有密切關係，人品高，立意亦高，詩格自佳，二者互為因果，相輔相成，所以姜夔說：「意出於格，先得格也；格出於意，先得意也。」劉熙載十分讚賞這幾句話，他說：「論詩者，或謂煉格不如煉意，或煉意不如煉格。惟姜白石《詩說》為得之。」(《藝概》)除煉字，煉意，煉格之外，古人尚有「煉氣」之說，黃子雲說：「晚唐後，專尚鏤鐫字句，語雖工，適足彰其小智小慧，終非浩然盛唐之君子也。韓、柳之文，陶、杜之

2　曾祖蔭《中國古代美學範疇》，(台北：丹青圖書，1987年4月初版)。

詩，無句不琢，卻無緇毫斧鑿痕者，能煉氣也；氣煉則句自煉矣。雕句者有還，煉氣者無形。」(《清詩話》)他所解釋的「氣」，其實是指出乎內心的「浩然盛德」即詩人高尚博大的品德。作者煉就「浩然盛德」，作品自然表現出博大精深的思想境界，其自然表露於作品中而無斧鑿痕。綜觀上述論點，唐人對於文字精煉程度的追求，經由字句推敲，乃至立意煉格，到最後追求境界的宏偉博大，「盛唐之音」就是在此一貫的創作精神下，確立其形式的美感模式。茲以下列二詩為例而析論之：

〈少年行〉王維

新豐美酒斗十千，咸陽遊俠多少年，

相逢意氣為君飲，繫馬高樓垂柳邊！

〈少年行〉杜甫

馬上誰家白面郎，臨階下馬坐人床，

不通姓氏觕豪甚，指點銀瓶索酒嘗！

以上二詩同名〈少年行〉，這種類型的樂府歌行體式，在盛唐時期，諸家創作頗多，此二詩皆是描寫新豐少年遊俠的意氣風發之狀，然細加軒輊，王詩的「繫馬高樓垂柳邊」，相當於杜詩的「臨階下馬坐人床」，只是杜詩比王詩又多了那麼一點豪氣，再則杜詩的「白面郎」又比王詩的「少年郎」具體，深刻得多。至若描寫少年之「意氣」，王詩直接敘述其詞，未能具體表現「意氣」精神，故抽象者依然抽象，杜詩卻是讓主人翁親自表演一場粗豪無禮的縱飲恣歡戲碼，讓讀者十分清晰地體會出「新豐少年」的豪氣。浦起龍認為此詩神態躍躍欲動於紙上，教人發噱。而仇兆鰲說：「此摹少年意氣，色色逼真，下馬

坐床，指瓶索酒，有旁若無人之狀，其寫生之妙，尤在不通姓氏一句。」其寫生妙筆，能使「色色逼真」，意象自然浮現出來。

若從技巧析論，二詩皆是成功作品，然細細品味，仍有高下之分，這就是唐人在鍛字鍊句上的刻苦之功。

又如崔顥〈黃鶴樓〉與李白〈登金陵鳳凰台〉二詩，亦為典型例證，茲因前文已評析，此不贅述。由於盛唐詩人在創作精神上有這種體認與功力，因此從形制上也發展多元修辭技法，其一方面繼承《詩經》精神，一方面又創新發明，獨具巧思，故凝聚成一種氣勢，一種張力，這種張力，形成唐詩最大的魅力與質感密度，而那種千錘百鍊的文字強度，令人一詠再詠，百讀不厭，以下茲就修辭和格律、聲韻而評析之。

二、賦、比、興技巧運用

賦、比、興為詩經六義中，屬於技巧表現的部份。班固言：「賦者，古詩之流」，劉熙載《藝概》認為：「賦者，古詩之流，古詩如『風』、『雅』、『頌』是也，即『離騷』出於『國風』、『小雅』可見」。又說：「詩為賦心，賦為詩體。詩言持，賦言鋪，持約而鋪博也。古詩人本合二義為一，至兩漢以來，詩賦始各有專家。」其又引李仲蒙之語謂：「『敘物以言情謂之賦，索物以記情謂之比，觸物以起情謂之興。』此明賦、比、興之別也。然賦中未嘗不兼具比興之意。」

以上就賦、比、興定義而論，雖有差別，其實又各有互通之處。若述其技巧，則賦者，直陳其事；比者，以彼況此；興者，記言比興，換句話說，「賦」是直接舖陳敘事的修辭表現法，接近於現代修辭的「摹寫」或「舖陳」；比則是借彼喻此，類似「譬喻」修辭法；興則

是因物起興，情隨景遷，接近於「映襯」、「借代」或「轉化」、「象徵」等修辭技巧。

曹丕在《典論・論文》中提到文體寫作要領言：「詩賦欲麗」，劉勰《文心雕龍・詮賦》也說：「麗辭雅義」，而司馬相如〈答盛覽問賦書〉更提出「賦跡」與「賦心」之說，所謂鋪陳敘寫，有直陳景物者，有借景觸發，實寫心志者。也就是說詩歌中，賦的創作手法是摹寫形象，曲折盡變，劉熙載說：「賦以象物，按實肖象易，憑虛構象難。能構象，象乃生生不窮矣。」又說：「賦從貝，欲言之有物也；從武，欲其言有序也。」換句話說，鋪陳摹寫的功夫有具體實象的自然景物與抽象思維的內心情感，而實景與虛象常是互相比襯對應的，這種技巧自詩經時代乃至盛唐，歷久而彌新。[3]

茲以李白〈春思〉為例：

> 燕草如碧絲，秦桑低綠枝，當君懷歸日，是妾斷腸時！
> 春風不相識，何事入羅幃？

此詩為五言古詩，起首二句為賦，直陳春日景象，而「燕草」、「秦桑」又具有情思綿密的象徵意義，屬「賦」中帶「比」的技法，三、四兩句則因事起興，且對比意味濃厚，以夫君懷歸思家之時，妾婦已經因為相思苦熬而肝腸寸斷，雖然文句平淺，但詩意深遠，切入人心。五、六兩句又以「春風」為比作結，雖是春意正濃，春風入帷，但夫君遠在他方，佳人夢魂難繫，豈有心思享受春景，甚至因為相思而心境苦寒，料峭春風正好更添寒意，故尾句以反問句式作結，正好憑添讀者無限遐思與憐憫之情。

3　劉熙載。《藝概》。（金楓出版有限公司，1986 年 12 月）頁 131，頁 136、138。

　　全詩樸實真切，以景寄情，正符合劉熙載言之有物、言之有序的論說，可謂「天然去雕飾」，真切而感人。

　　至若比興手法自詩經以降，即為歷朝詩人常用的創作技巧，唐人比興之論以王昌齡《詩格》所論最為深入。《文鏡秘府‧地卷‧六義》記載王昌齡論比：「比者，直比其身，謂之比假，如『關關睢鳩』之類是也」，不過劉勰認為「關關睢鳩」應屬於「興」而非「比」。

　　其實比、興技巧之運用常有互通之義，王昌齡在《詩格》一書中，總結「比」的運用有兩種具體方式：

　　　1、「一句直比勢」──相當於現代修辭中的「顯喻」或「隱喻」，
　　　　　如李白詩：「桃花潭水深千尺，未及汪倫送我情」之句，或
　　　　　李頎〈題綦母校書別業〉：「相思河水流」之句皆是。

　　　2、「謎比勢」──那是一種委婉蘊藉的比喻手法，其含意深邃
　　　　　曲折，宛若謎語般，令人難解，如王昌齡〈送李邕之秦〉詩：
　　　　　「別怨秦楚深，江中秋雲起，天長夢無隔，月映在寒水」之
　　　　　句，以月映寒水比擬思念與別怨之苦，類似比興手法，若不
　　　　　了解作者寫詩的背景、動機，不深入探索，其實亦難有深刻
　　　　　體驗。又如「洛陽親友如相問，一片冰心在玉壺」詩句，正
　　　　　是典型例證。而「謎比勢」的寫作技法，頗為類似現代修辭
　　　　　中的「借喻」或「略喻」之運用。

　　至於論「興」，王氏在《詩中密旨》中提到：「興者，立象于前，然后以事喻之。」而《文鏡秘府論‧地卷‧六義》記載王昌齡論興之說：「興者，指物及比其身說之為興，蓋托諭謂之興也。」由上述兩段立論，足見「興」之為義，其實也含有譬喻特質，劉勰也說：「興者，起也」，「興則懷譬以托諷」，二者觀念有互通之處。劉勰曾慨嘆：炎漢雖盛，而辭人夸毗，詩刺道喪，故「興」義消亡，足見劉氏對「興」

運用的重視，至於《詩格》總結了「起首入興」的十四種規律，白居易也強調比興與美刺結合對詩歌境界影響的重要性，而且從劉勰以來，皆主張詩人應繼承《詩經》溫柔敦厚的精神傳統，這就是中國古典詩歌的美學意涵之一。

例如古詩：「行行重行行，與君生別離，相去萬餘里，各在天一涯，道路阻且長，會面安可知，胡馬依北風，越鳥巢南枝」之句，即為膾炙人口的比、興佳作。又如「青青河畔草，綿綿思遠道」、「蟬鳴空桑林，八月蕭關道」等句，亦為典型代表，建安、齊梁時期，詩人多能借物起興，故佳作甚多，如曹子建詩：「明月照高樓，流光正徘徊」、「端坐苦愁思，攬衣起西遊」等句，正是哀而不傷的動人極品，而盛唐詩人對於比興技巧運用的熟稔，及作品所呈現的精煉純熟，可謂量多而質精。

如杜甫詩句：「無邊落木蕭蕭下，不盡長江滾滾來」，不僅含有比、興之意，更具有時空的拓展與延伸；李白詩句：「明月出天山，蒼茫雲海間」境界上與杜詩具異曲同工之妙。至若韋應物詩句：「空山松子落，幽人應未眠」自有一番清峻幽遠的情懷，自然景物與詩人真誠的友誼互相照映，襯托出空寂幽渺的意境，使得詩意歷久彌新。類此作品，幾乎俯拾即是，唾手可得。這一點是盛唐詩作遠超越前人作品的一大特色。

三、修辭設計的多元與創新

唐朝由於各類文體蓬勃發展的結果，修辭研究亦有長足進展，首先是初唐時期，出現一批為駢文、辭賦、律詩提供詞藻典故的類書。如《文館詞林》、《瑤山玉彩》、《北堂書鈔》、《古今詩人秀句》、《續古

今詩人秀句》、《文場秀句》、《泉山秀句》等書，這類書籍相當於文人的隨身秘笈般，助益創作靈感，也為唐代修辭研究提供有利條件。其次為古文運動發展成功，散文創作更催促修辭研究的進步，至於詩歌發展上，郭紹虞在其主編的《中國歷代文論選》中提到：

> 唐人詩歌理論，有兩條不同的路線：其一是重視詩歌的現實內容與社會意義，由陳子昂發展到白居易、元稹，一直到皮日休；其一比較側重于詩歌藝術，發揮了較多的創見，並且勒成了專書，由皎然的《詩式》，發展到《二十四詩品》……。

而所謂「側重于詩歌藝術」，就是指側重于詩歌的修辭技巧研究，此一發展，追溯至初唐時期對聲律、對偶的理論研究及王昌齡《詩格》中的修辭論而見其一般。[4]

唐代詩歌的修辭研究，具有豐富和獨特的內容，其主要特點為：

1、注重詩歌聲韻律美感與句型整齊的研究。
2、多重審美觀的出現，拓展詩歌創作視野。
3、文句精鍊，無累言贅字。
4、修辭手法的研究多元而創新。
5、詩歌風格與審美議題之確立、深入。

由於唐人早就明晰修辭之巧拙，關係到作品境界之優劣，故諸家作品中，隨時可以發掘與現代修辭相符的傑句佳詞出現，雖然唐朝人並沒有明文出版所謂的「修辭學」一書，實則在具體作品中，擷手可探取諸多與現代修辭有關的創作手法：

4 　鄭子瑜、宗廷虎主編《中國修辭學通史，隋唐五代宋金元卷》（吉林教育出版社・1998 年 9 月 1 日版），頁 10。

（一）雙關／夸飾

一句話含有兩層意義，謂之「雙關」，這當中包含字音與字義雙關（諧音和諧義），《文心雕龍‧諧讔》：「讔者，隱也，遯辭以隱意，譎譬以指事也。」又說：「大者興治濟身，其次弼違曉惑。蓋意生於權譎，而事出於機急，與夫諧辭，可相表裏者也。」

例如：樂府民歌：「千葉紅芙蓉，照灼綠水邊。余花任郎摘，慎莫罷儂蓮。」「罷儂蓮」即「罷儂憐」。又：「我念歡的的，子行由豫情；霧露隱芙蓉，見蓮不分明。」「見蓮」即「見憐」。又如古人常以絲綢的「絲」雙關思念的「思」。李商隱〈無題〉：「相見時難別亦難，東風無力百花殘。春蠶到死絲方盡，蠟炬成灰淚始乾。」「絲方盡」即「思方盡」。又如陰晴的「晴」雙關愛情的「情」。劉禹錫〈竹枝詞〉：「楊柳青青江水平，聞郎江上踏歌行。東邊日出西邊雨，道是無情卻有晴。」「晴」即是「情」。至於雙關語所塑造出來的境界有時是諧趣幽默的，例如《金史，后妃傳》中有此記載：

> 章宗元妃李氏勢位薰赫，與皇后侔。一日宴宮中，優人玳瑁者戲於上前。或問上國有何符瑞。優曰：「汝不聞鳳凰見乎？」曰：「知之而未聞其詳。」優曰：「其飛有四，所應亦異：若嚮上飛則風調雨順，嚮下飛則五穀豐登，嚮外飛則四國來朝；嚮裏飛則加官進祿。」上笑而罷。

所謂：「嚮裏飛」意指「向李妃」，而「上笑而罷」足見皇帝亦有所感悟，會心微笑，這一切基礎都建立在「風趣」二字。

雙關技巧自《詩經》時期即被普遍運用，許多文評家甚至認為它是一種「文字遊戲」或「通俗趣味」，其實，它代表人類天真活潑的語言形態，其真正功用在於達到諧而不謔，諷而不傷的巧喻善諷之功。

　　所以雙關的運用要旨為：1.要含蓄蘊藉 2.要風趣有味 3.要新鮮活潑 4.要具備創意。盛唐詩作中，如：

　　〈相思〉王維

　　紅豆生南國，春來發幾枝，願君多採擷，此物最相思。

　　「紅豆」就是指「相思豆」，以此雙關男女思戀之情，全詩因物起興，清新雅樸，而淡淡幽情，引人遐思。

　　〈長信怨〉王昌齡

　　奉帚平明金殿開，暫將團扇共徘徊。

　　玉顏不及寒鴉色，猶帶昭陽日影來。

　　此詩引班婕妤典故，「團扇」一詞，即雙關班氏「秋扇見捐」事蹟，而「昭陽日影」亦雙關君王恩寵，全詩對失寵嬪妃的心境描寫得絲絲入扣，那種渴求君王寵愛的心境，在一隻微不足道的寒鴉身上表露無遺，更映襯深宮棄婦的幽怨情懷，「金殿」、「玉顏」與「寒鴉」乃對比意象，這種對比也是造成全詩張力最大的地方。然伊人怨情只是無盡期的等待，期盼君王回心轉意，再續恩情，如此纖細動人的表現手法，可謂藝術高層極致，怪不得此詩被譽為唐人「閨怨詩」的代表作之一。

　　其他如「欲窮千里目，更上一層樓」（王之渙・〈登鸛鵲樓〉）詩句，「更上層樓」雙關於仕宦前途及個人進取的企圖心。而「羌笛何須怨楊柳，春風不度玉門關」（王之渙・〈出塞〉）之句，「春風」雙關於君王恩典，皆為膾炙人口的名詩名言。至於雙關技巧的運用，其最大妙趣乃是聯想力的擴張與詼諧幽默的高度智慧之發揮。

　　文學創作的過程中，為求形象鮮明，增強讀書印象，於是運用誇張舖飾，超過客觀事實的寫作手法叫做「夸飾」。「夸飾」的主觀因素在於作者要「語出驚人」；客觀因素是基於讀書的好奇心。

　　王充在《論衡藝增篇》即指出：「世俗所患，患言事土曾其實；著文垂辭，辭出溢其真。稱美過其善，進惡沒其罪。何則？俗人好奇；不奇，言不用也。故譽人不增其美，則聞者不快其意；毀人不益其惡，則聽者不愜於心。聞一增以為十，見百益以為千，使夫純樸之事，十剖百判；十剖百判；審然之語，千反萬畔。墨子哭練絲，楊子哭於歧道。蓋傷失本，悲離其實也。」

　　至於對「夸飾」討論得最詳細的則屬《文心雕龍》，茲錄其〈夸飾第三十七〉全文如下：

> 夫形而上者謂之道，形而下者謂之器。神道難摹，精言不能追其極；形器易寫，壯辭可得喻其真；才非短長，理自難易耳。故自天地以降，豫入聲貌，文辭所被，夸飾恆存。雖詩書雅言，風俗訓世，事必宜廣，文亦過焉。是以言峻則嵩高極天，論狹則河不容舠，說多則子孫千億，稱少則民靡孑遺。襄陵舉滔天之目，倒戈立漂杵之論，辭雖已甚，其義無害也。且夫鴞音之醜，豈有泮林而變好；荼味之苦，寧以周原而成飴；並意深褒讚，故義成矯飾。大聖所錄，以垂憲章。孟軻所云說詩者不以文害辭，不以辭害意也。
>
> 自宋玉景差，夸飾始盛，相如憑風，詭濫愈甚。故上林之館，奔星與宛虹入軒；從禽之盛，飛廉與鷦鷯俱獲。及揚雄甘泉，酌其餘波，語瓌奇，則假珍於玉樹，言峻極，則顛墜於鬼神。至東都之比目，西京之海若，驗理則理無可驗，窮飾則飾猶未

窮矣。又子雲校獵，鞭宓妃以饟屈原；張衡羽獵，困玄冥於朔野。變彼洛神，既非罔兩；惟此水師，亦非魑魅；而虛用濫形，不其疏乎！此欲夸其威而飾其事義睽剌也。至如氣貌山海，體勢宮殿，嵯峨揭業，熠燿焜煌之狀，光采煒煒而欲然，聲貌岌岌其將動矣。莫不因夸以成狀，沿飾而得奇也。於是後進之才，獎氣挾聲，軒翥而欲奮飛，騰躑而羞蹭步，辭入煒煒，春藻不能程其艷；言在萎絕，寒谷未足成其凋，談歡則字與笑並，論慼則聲共泣偕，信可以發蘊而飛滯，披瞽而駭聾矣。

然飾窮其要，則心聲鋒起，奈過其理，則名實兩乖。若能酌詩書之曠旨，翦揚馬之甚泰，使夸而有節，飾而不誣，亦可謂之懿也。

贊曰：夸飾在用，文豈循檢。言必鵬運，氣靡源漸。倒海探珠，傾崑取琰。曠而不溢，奢而無玷。[5]

從上段敘述，我們可以釐出幾個重點：

1、遠在詩經時代，即有「夸飾」技巧的運用。

2、「夸飾」的目的在於「壯辭」以「喻真」，也就是透過誇張描寫手法，讓讀者達到身歷其境的效果。

3、「夸飾」的理由是為了褒讚，其要旨則為「夸而有節，飾而不誣」，千萬不可以辭害意。

換句話說，「夸飾」與「吹牛」不同，「夸飾」是高度幽默的表徵，「吹牛」則是刻意隱瞞真相，二者動機立意不同，境界也不同。夸飾技巧的運用不受時空限制，我國古典文學作品中，《詩經》、《楚辭》皆運用到此一修辭法，先秦諸子典籍中，如《孟子》、《韓非子》等書，

5　南朝‧梁‧劉勰著《文心雕龍》，（文史哲出版社，1999年9月初版7刷），頁155。

也運用此法，其中尤以《莊子》一書，運用得最多，此一技巧運用得好，將使作品擴大時空廣度，而更增神秘與浪漫思維。又如《尚書‧堯典》有「蕩蕩懷山襄陵，浩浩滔天」之句，古詩十九首有「西北有高樓，上與浮雲齊」之句，李延年〈佳人歌〉：「北方有佳人，絕世而獨立。一顧傾人城，再顧傾人國。寧不知傾國與傾城，佳人難再得。」等句皆為「夸飾」經典。

盛唐詩作中，此一手法尤其被靈巧活用，如：李白詩句「白髮三千丈，離愁似箇長」，杜甫詩句「霜皮溜雨四十圍，黛色參天二千尺」這是長度的夸飾；至若「朝辭白帝彩雲間，千里江陵一日還」李白〈下江陵〉（或作〈早發白帝城〉詩）則是速度的夸飾。類此詩句，於「盛唐之音」中，採擷皆是，茲舉下列各詩為例，析論之：

〈賦得明星玉女壇送廉察尉華陰〉王翰
洪河之南曰秦鎮，發地削成五千仞。
三峰離地皆倚天，唯獨中峰特修峻。
上有明星玉女祠，祠壇高眇路逶迤。
三十六梯入河漢，樵人往往見蛾眉。
蛾眉嬋娟又宜笑，一見樵人下靈廟。
仙車欲駕五雲飛，香扇斜開九華照。
含情遲佇惜韶年，願侍君邊復中旋。
江妃玉佩留為念，嬴女銀簫空自憐。
仙俗途殊兩情遽，感君無盡辭君去。
遙見明星是妾家，風飄雪散不知處。
故人家在西長安，賣藥往來投此山。

綵雲蕩漾不可見，綠蘿蒙茸鳥綿蠻。

欲求玉女長生法，日夜燒香應自還。

上敘作品，「發地削成五千仞」、「三峰離地皆倚天」、「三十六梯入河漢」就是高度的夸飾技巧，運用這種技巧為喻，使得作品的格局擴大，讀者亦憑添無限聯想。

〈夕次盱眙縣〉李白

落帆逗淮鎮，停舫臨孤驛。浩浩風起波，冥冥日沉夕。

人歸山郭暗，雁下蘆洲白。獨夜憶秦關，聽鐘未眠客。

這首詩是李白離開長安後，夜泊盱眙縣，見秋夕（菓）蕭瑟，江景浩瀚，而遙興故鄉情思之作，詩中「浩浩風起波，冥冥日沈夕」不僅夸飾，還運用倒裝手法，使全詩讀來氣韻磅礴，沈穩幽深，空間感的效果極佳。

〈聽董大彈胡笳聲兼語弄寄房給事〉李頎

蔡女昔造胡笳聲，一彈一十有八拍。

胡人落淚向邊草，漢使斷腸對歸客。

古戍蒼蒼鋒火寒，大荒陰沉飛雪白。

先拂商絃後角羽，四郊秋葉驚摵摵。

董夫子，通神明，深山竊聽來妖精。

言遲更速皆應手，將往復旋如有情。

空山百鳥散還合，萬里浮雲陰且晴。

嘶酸雛鴈失群夜，斷絕胡兒戀母聲。

川為靜其波，鳥亦罷其鳴。

烏珠部落家鄉遠，邏逤沙塵哀怨生。

幽陰變調忽飄灑，長風吹林雨墮瓦。

瓶迫颯颯飛木末，野鹿呦呦走堂下。

長安城連東掖垣，鳳凰池對青瑣門。

才高脫略名與利，日夕望君抱琴至。

此詩描寫邊塞風雲，十分傳神而細膩，其中「先拂高絃後角羽，四郊秋葉驚摵摵」、「董夫子，通神明，深山竊聽來妖精」、「川谷靜其波亦罷其鳴」等句，皆以夸飾手法，描寫董大琴藝之高妙，並藉以襯托邊關苦塞之境，讀之宛然身歷其境。

〈臨洞庭上張丞相〉孟浩然

八月湖水平，涵虛混太清，氣蒸雲夢澤，波撼岳陽城。

欲濟無舟楫，端居恥聖明。坐觀垂釣者，徒有羨魚情！

這首詩為史上描寫洞庭景致，十分具有代表性的作品，其中「氣蒸雲夢澤，波撼岳陽城」二句，以夸飾手法，擴大空間距離，使全詩氣勢浩大而延展。

〈觀公孫大娘弟子舞劍器行 并序〉杜甫

昔有佳人公孫氏，一舞劍器動四方，觀音如山色沮喪，天地為之久低昂。霍如羿射九日落，矯如群帝驂龍翔，來如雷霆收震怒，罷如江海凝清光。絳唇珠袖兩寂寞，晚有弟子傳芬芳。臨穎美人在白帝，妙舞此曲神揚揚。與余問答既有以，感時撫事增惋傷！先帝傳女八千人，公孫劍器初第一。五十年間似反掌，風塵澒洞昏王室。梨園子弟散如煙，女樂餘姿映寒日。金粟堆南木已拱，瞿塘石城草蕭瑟。玳絃急管曲復終，樂極哀來月東出。老夫不知其所往，足繭荒山轉愁疾！

　　杜甫作品，向來擅用夸飾手法，以增強氣勢，延展時空距離，此詩正是典型代表，作者以后羿射日、群龍翱翔、雷霆震怒、江海凝光等譬喻，來形容公孫大娘舞劍之妙，不僅夸飾，兼收排比、類疊、譬喻多重修辭法之運用。

　　《古柏行》杜甫

　　孔明廟前有老柏，柯如青銅根如石。霜皮溜雨四十圍，黛色參天二千尺。雲來氣接巫峽長，月出寒通雪山白。君臣已與時際會，樹木猶為人愛惜。憶昨路遠錦亭東，先主武侯同閟宮。崔嵬枝幹郊原古，窈窕丹青戶牖空。落落盤據雖得地，冥冥孤高多烈風。扶持自是神明力，正直原因造化功。大廈如傾要梁棟，萬牛迴首邱山重！不露文章世已驚，未辭剪伐誰能送？苦心豈免容螻蟻，香葉終經宿鸞鳳。志士幽人莫怨嗟，古來材大難為用！

　　此詩慨嘆孔明廟前古柏參參，但是自從孔明死後，蜀中人士又有多少人來追悼孔明？詩中「黛色參天二千尺」即是夸飾手法，至若全詩作者以古柏之巨聳立象徵材大難用，雖嘆孔明，亦復自傷。

　　上列四首詩，於本文其他章節亦有評述，茲不贅敘。

（二）排比／類疊／對偶

　　用結構相似的句法，反覆地出現同一範圍，同一性質之意象，謂之「排比」，例如《孟子‧滕文公》：「富貴不能淫，貧賤不能移，威武不能屈：此之謂大丈夫」，就是典型的排比句法。

　　排比在古典文學作品中，使用得很早也很普遍。殷虛卜辭已有排句出現：

1、「己未卜爭貞：王亥希我？貞：王亥不我希？甫子不乎阱？
　勿隹子不乎？子器乎？勿隹子器乎？甫王往？勿隹王往？
　貞：王于糞自？勿于糞　？」

又如經史子集中也有很多排比句法出現：

2、「溫良者，仁之本也；敬慎者，仁之地也；寬裕者，仁之作
　也；孫接者，仁之能也；禮節者，仁之貌也；言談者，仁之
　文也；歌樂者，仁之和也；分散者，仁之施也」。（《禮記：
　儒行》）

至於李斯在〈諫逐客書〉中提到：「今陛下致昆山之玉，有隋和
之寶，垂明月之珠，服太阿之劍，乘纖離之馬，建翠鳳之旗，樹靈鼉
之鼓」，一連串排比句法，目的無非凸顯始皇宮中寶物之盛，以增強
文章氣勢，達到震撼人心的效果。

至於漢賦，更是以排比為基調的文體，如班固〈西都賦〉：

漢之西都，在於雍州，實曰長安。在據函谷二崤之阻，表以太
華終南之山；右界褒斜隴首之險，帶以洪河涇渭之川。眾流之
隈，汧涌其西；華實之毛，則九州之上腴焉；防禦之阻，則天
地之隩區焉。

類此文字，如賈誼〈過秦上〉：

秦孝公據崤函之固，擁雍州之地，君臣固守，以窺周室，有席
捲天下，包舉宇內，囊括四海之意，併吞八荒之心。

而李斯在〈諫逐客書〉中，亦有相類語句：

惠王用張儀之計，拔三川之地，西并巴蜀，北收上郡，南取漢中，包九夷，制鄢郢，東據成皋之險，割膏腴之壤，遂散六國之從，使之西面事秦，功施到今。

自漢魏以降，駢儷之文興，排比句更是此期不可或缺的重要修辭法，駢文當中，無一句不駢儷，無一句不排比。

而排比句法的運用，發展至盛唐，更是推陳出新，甚至經常結合「對偶」並用，例如前文所引：

〈送康洽入京進樂府詩〉李頎
識子十年何不遇，只愛歡遊兩京路。
朝吟左氏嬌女篇，夜誦相如美人賦。
長安春物舊相宜，小苑蒲菊花滿枝。
柳色偏濃九華殿，鶯聲醉殺五陵兒。
曳裾此夜從何所，中貴由來盡相許。
白袷春衫仙吏贈，烏皮隱几臺郎與。
新詩樂府唱堪愁，御妓應傳鳷鵲樓。
西上雖因長公主，終需一見曲陵侯。

其中「朝吟左氏嬌女篇，夜誦相如美人賦」、「柳色偏濃九華殿，鶯聲醉殺五陵兒」、「白袷春衫仙吏贈，烏皮隱几台郎與」等句，皆是「排比」兼「對偶」並用的例證。

至於「排比」與「對偶」的共通處與不同點，則是一般人容易混淆的地方。陳望道在《修辭學發凡》一書中提到：

排比和對偶，頗有類似處，但也有分別：(1)對偶必須字數相等，排比則不拘；(2)對偶必須兩兩相對，排比也不拘；(3)對偶力避字同意同，排比卻以字同意同為經常狀況。

例如：「有耳莫洗潁川水，有口莫食首陽蕨」

　　　→排比（李白·行路難）

　　　「趙瑟初停鳳凰柱，蜀琴欲奏鴛鴦絃」

　　　→對偶（李白·長相思）

在美學上，對偶和排比都是基於平衡與勻稱原理而產生的修辭技法，若二者兼用則有「排偶」句產生，排偶在漢賦、樂府詩和近體詩中，尤其運用得相當頻繁，如前文所引詩例：

〈聽董大彈胡笳聲兼語弄寄房給事〉李碩

蔡女昔造胡笳聲，一彈一十有八拍。

胡人落淚沾邊草，漢使斷腸對歸客。

古戍蒼蒼烽火寒，大荒陰沈飛雪白。

先拂商絃後角羽，四郊秋葉驚摵摵。

董夫子，通神明，深松竊聽來妖精。

言遲更速皆應手，將往復旋如有情。

空山百鳥散還合，萬里浮雲陰且晴。

嘶酸雛雁失群夜，斷絕胡兒戀母聲。

川為淨其枝，鳥亦罷其鳴。

烏珠部落家鄉遠，邏娑沙塵哀怨生。

幽音變調忽飄灑，長風吹來雨墮瓦。

迸泉颯颯飛木末，野鹿呦呦走堂下。

長安城連東掖垣，鳳凰池對青瑣門。

高才脫略名與利，日夕望君抱琴至。

　　詩中「空山百鳥散還合，萬里浮雲陰且晴」、「川為淨其波，鳥亦罷其鳴」、「幽音變調忽飄灑，長風吹林雨墮瓦」、「長安城連東掖垣，鳳凰池對青瑣門」皆是排偶句。

　　〈送韋參君〉高適

　　二十解書劍，西遊長安城，舉頭望君門，屈指取公卿。

　　國風沖融邁三五，朝廷歡樂彌寰宇，

　　白璧皆言賜近臣，布衣不得干明主。

　　歸來洛陽無負郭，東過梁宋非吾土，

　　兔苑為農歲不登，雁池垂釣心長苦。

　　世人向我同眾人，唯君於我最相親，

　　且喜百年有交態，未嘗一百辭家貧，

　　彈棋擊筑白日晚，縱酒高歌楊柳春。

　　歡娛未盡分散去，使我惆悵驚心神，

　　丈夫不作兒女別，臨岐涕淚沾衣巾。

　　此詩中「白璧皆言賜近臣，布衣不得干明主」、「歸來洛陽無負郭，東過梁守非吾土」、「兔菀為農藏不登，雁池垂釣心長苦」為排偶句，至於「且喜百年有交態，未嘗一日辭家貧」則純屬對偶。因為「排比」除句型相似以外，意義也相近，「對偶」則是 1.平仄相對 2.詞性相同 3.意義互通。顧名思義，對者，對比也；偶者，類同互襯也，因此純粹的對偶與排偶在程度上亦有差別，而對偶的運用在近體詩中，更是不可或缺的要素，尤其在律詩和排律的創作上，那是必備的條件，茲舉數例以明之：

　　1、野徑雲俱黑，江船火燭明（晦明對比）

　　2、一去紫台連朔漠，獨留青塚向黃昏（鉅細對比）

3、眾鳥高飛盡，孤雲獨去閒（動靜對比）

4、我已無家尋弟妹，君今何處訪庭闈（人我對比）

5、飄飄何所似，天地一沙鷗（大小對比）

6、萬里悲秋常作客，百年多病獨登台（時空迭用）

7、玉顏不及寒鴉色，猶帶朝陽日影來（情景對比）

8、江漢思歸客，乾坤一腐儒（大小對比）

由上述例證可知，對偶在近體詩的運用上，已超越了六朝以前。以「工巧」為主要訴求的創作原則，並且在境界上更加提昇與突破，其影響於後世，對於現代文學而言，仍然是一項值得尊重的修辭原則。

相近於排比與對偶的修辭技法就是「類疊」。類疊原則為：

同一個字詞語句，接二連三反復地使用，稱為「類疊」。在修辭學上「類疊」手法的運用，有其心理以及美學上的依據。在心理學上，有關於學習理論中，有一種叫作聯結論（Connectionism）的說法。主張此一學說者為美國心理學家桑代克（Thorndike, E. L.）。桑氏認為：刺激與反應間的聯結就是學習，而聯結又受練習的多寡與個體自身的準備狀態，以及反應的效果所支配。這種理論就是桑氏有名的學習三定律——練習律（law of exercise）、準備律（law of readiness）、與效果律（law effect）了。根據練習律：刺激反應間的感應結，因刺激次數的增多而加強。換句話說：感應結的強度與練習的次數成正比。把這種學說移用到修辭上，我們可以體會：同一個字詞語句，如果反覆出現，會比單次出現更能打動聽者或讀者的心靈。據勞伯・蕭勒士在《如何使用思想正確》一書中的說法：*反覆的斷言、堅定確信的口吻、與聲望，是使用暗示方法的演說家的三大法寶。*

茲引〈數大就是美〉一文為例：

> 「數大」便是美：碧綠的山坡前幾千個綿羊，挨成一片的雪絨，是美；一天的繁星，千萬隻閃亮的神眼，從無極的藍空中下窺大地，是美；泰山頂上的雲海，巨萬的雲峰在晨光裏靜定著，是美；絕海萬頃的波浪，戴著各式的白帽，在日光裏動盪著、起落著，是美；……數大便是美。數大了，似乎按照著一種自然律，自然的會有一種特殊的排列，一種特殊的節奏，一種特殊的式樣，激動我們審美的本能，激發我們審美的情緒。所以西湖的蘆荻，花塢的竹林，也無非是一種數大的美。

以上文字反覆強調各種美境無非是多數的相同物質聚合所致，這種美學觀其實源自於「羊大為美」的共同潛意識思想。再引黃慶萱《修辭學》書中的一段文字說明類疊之美：

> 根據桑塔耶那（George Santayana）在「美感」（The Sense Beauty）一書中的說法：構成無限的原始意象乃是空間，也就是劃一中的多數（multiplicity in uniformity）。這種意象，因為其刺激之幅度、體積、與全在（the breadth, volume, and omnipresence）而具有一種有力的效果。視網膜中的每一個點都受到了同樣刺激，而且在瞬間中同時感覺到了一切事物的位置信號。這種均勻的肌肉亢奮，這種由於沒有固定性（finity）而產生的平衡與彈性（balance and elasticity），給了我們這種模糊懸宕但是赫然有力的感情，使我們肅然而懾服。桑氏這番分析，對於「類疊」在美學上的基礎，有頗為清晰的說明。我們在此要補充的是：桑氏的立論，雖然僅由「構成無限的『原始』意象」，即「空間」而發；但是十分明顯地也適用於構成無限的「後起」意象，

即「時間」。只是「空間」方面的意象，偏重視覺；而「時間」方面的意象，偏重「聽覺」而已。[6]

至於類疊和排比有何不同？

類疊是一種意象有秩序、有規律地反覆發生，其秩序或為重疊，或為反覆，予人的視覺效果是整齊劃一的。排比則是數種意象有秩序、有規律地連接使用，其秩序或為交替，或為流動。類疊在美學上，基於「劃一中的多數」；而排比卻基於「多樣的統一」（Einheit in der Mannigfaltigkeit）與「共相的分化」（Differenzierungeines Gemeinsamen）[7]。二者有很大的相似性，但實際亦有差距。

類疊句法在古典文學中運用很早，例如：

《詩經》中有：「父兮生我，母兮鞠我，拊我，畜我，長我，育我，顧我，復我，出入腹我。」（小雅：蓼莪）的句子。

《易繫辭》：「闔戶謂之坤，闢戶謂之乾，一闔一闢謂之變，往來不窮謂之通，見乃謂之象，形乃謂之器，制而用之謂之法，利用出入，民咸用之謂之神。」

《孟子》：「勞之，來之，匡之，直之，輔之，翼之。」

《老子》曰：「故道生之，畜之，長之，育之，成之，熟之，養之，覆之。」

凡此皆是類疊句的運用。而此一修辭法在盛唐詩作中亦屢見不鮮，如李白〈將進酒〉：「君不見黃河之水天上來，奔流到海不復回！君不見高堂明鏡悲白髮，朝如青絲暮成雪」，即是一例。又杜甫〈觀公孫大娘弟子舞劍器行〉：「霍如羿射九日落，矯如群帝驂龍翔，來如

---

[6] 黃慶萱《修辭學》（三民書局，1975 年 1 月初版），頁 412。
[7] 黃慶萱《修辭學》（三民書局，1975 年 1 月初版），頁 469。

雷霆收震怒,罷如江海凝清光」亦是一例。類疊句的優點是形式整齊,缺點則是容易造成呆板印象,故盛唐詩作中,僅在樂府詩中可見到。

除上列所述五種修辭法在盛唐詩作中運用得較頻繁外,其他修辭技法也會出現在唐人作品中,茲舉實例以明晰:

(三) 其他修辭技法的運用

〈登樓〉杜甫

花近高樓傷客心,萬方多難此登臨。

錦江春色來天地,玉壘浮雲變古今。

北極朝廷終不改,西山寇盜莫相侵!

可憐後主還祠廟,日暮聊為梁父吟。

〈蜀道難〉李白

噫吁嚱危乎高哉!蜀道之難難於上青天!蠶叢及魚鳧,開國何茫然!爾來四萬八千歲,乃與秦塞通人煙。西當太白有鳥道,可以橫絕峨眉巔。地崩山摧壯士死,然後天梯石棧方鉤連。上有六龍迴日之高標,下有衝波逆折之迴川:黃鶴之飛尚不得過,猿猱欲度愁攀緣。青泥何盤盤,百步九折縈巖巒。捫參歷井仰脅息,以手撫膺坐長歎!問君西遊何時還?畏途巉巖不可攀,但見悲鳥號古木,雄飛從雌繞林間。又聞子規啼夜月、愁空山。蜀道之難難於上青天,使人聽此彫朱顏。連峰去天不盈尺,枯松倒挂倚絕壁,飛湍瀑流爭喧豗,砅崖轉石萬壑雷,其險也如此,嗟爾遠道之人胡為乎來哉?劍閣崢嶸而崔嵬,一夫當關,萬夫莫開,所守或匪親,化為狼與豺,朝逐猛虎,夕避

長蛇，磨牙吮血，殺人如麻。錦城雖云樂，不如早還家！蜀道
之難難於上青天，側身西望長咨嗟！

以上二詩除前文所引，運用「夸飾」技巧以外，「譬喻」、「象徵」、
「對偶」、「映襯」手法交疊互用，使全詩氣勢磅礴，讀之彷如身臨其
境，令人難擋其勢。

〈黃鶴樓〉崔顥

昔人已乘黃鶴去，此地空餘黃鶴樓。

黃鶴一去不復返，白雲千載空悠悠。

晴川歷歷漢陽樹，芳草萋萋鸚鵡洲。

日暮鄉關何處是，煙波江上使人愁。

此詩在第五章「時空美學」部份有較詳細的評析，若以修辭技法
而言，前四句以歌行體形式入手，運用的是「頂針」技巧，因為整首
詩的格律屬七言律詩，故頷、頸二聯對仗，勢屬必然，至於黃昏落日
的鄉愁象徵意象，使全詩餘韻盎然，境界全出，這種時空交疊，擴大
延展的寫作手法，已使唐詩由純粹模仿自然進入另一心靈美境，又是
創作技巧進步的另一例證。

〈丹青行贈曹將軍霸〉杜甫

將軍魏武之子孫，於今為庶為清門，

英雄割據雖已矣，文彩風流今尚存。

學書初學衛夫人，但恨無過王右軍。

丹青不知老將至，富貴於我如浮雲！

開元之中常引見，承恩數上南薰殿；

淩煙功臣少顏色，將軍下筆開生面。

良相頭上進賢冠，猛將腰間大羽箭；

> 褒公顎公毛髮動，英姿颯爽來酣戰。
> 先帝天馬玉花驄，畫工如山貌不同。
> 是日牽來亦墀下，迥立閶闔生長風。
> 詔謂將軍拂絹素，意匠慘淡經營中。
> 斯須九重真龍出，一洗萬古凡馬空。
> 玉花卻在御榻上，榻上庭前屹相向；
> 至尊含笑催賜金，圉人太僕皆惆悵。
> 弟子韓幹早入室，亦能畫馬窮殊相。
> 幹惟畫肉不畫骨，忍使驊騮氣凋喪。
>
> 將軍畫善蓋有神，偶逢佳士亦寫真。
> 即今飄泊干戈際，屢貌尋常行路人。
> 途窮反遭俗眼白，世上未有口公貧！
> 但看古來盛名下，終日坎壈纏其身！

此詩「用典」頗多，並多所比擬「譬喻」、「映襯」、「反諷」綜合運用，使得全詩在典麗壯闊的聲勢中，仍然充滿了富貴無常，人世冷暖的慨歎。沈鬱雄渾，向來為杜詩最大特徵，此詩亦在今昔對比的悲慨中，戛然聲止，留下無比思考空間讓讀者回味。

〈長信秋詞〉王昌齡
奉帚平明金殿開，且將團扇暫徘徊。
玉顏不及寒鴉色，猶帶昭陽日影來。

此詩亦於前文有所析論，而「象徵」的運用之巧恰，被王漁洋推許為唐人七絕的「壓卷」之作。至若「玉顏」與「寒鴉」對比，結語以「昭陽日影」映照寒鴉，凸顯深宮怨婦的幽情怨意，不只技巧好，更是美學評論的經典之作。

朱光潛先生在《談美》一書中指出：

> 這首詩裏的「昭陽日影」便是象徵皇帝的恩寵。「皇帝的恩寵」
> 是內意，是「理」，是一個空泛的抽象概念，所以王昌齡拿「昭
> 陽日影」這個具體的意象來代替牠，「昭陽日影」便是「象」，
> 便是「外意」。

換句話說，此詩已達到「象外之境」的心靈美學境界。

從上述例證及唐人創作的軌跡來看，修辭技巧的演進，在盛唐時期已相當多元而圓熟，這也是創作觀念不斷進化提昇的具體證明。形式是骨肉，內容則是靈魂，形式之美除了文字鍛鍊的功夫和修辭技巧的靈活運用以外，詩歌創作最大的特色就是它的音樂性，因此下一節將要探討唐詩的音韻之美。

第二節　比韻鏗鏘──「盛唐之音」的格律美

中國古典詩歌中，有嚴謹格律限制者，始自唐代，唐朝以前，不論詩經、楚辭、古詩或樂府，頂多要求押韻與句法的齊整，至於格律方面，則無定式。而自永明以至沈、宋，律體發展漸趨成熟，盛唐以後，則是近體詩創作的全盛時期，此期無論絕句、律詩或排律，能被傳誦吟詠者，皆是格律齊整，音韻和諧的佳作。

當然，音樂化的語言未必是詩，但詩歌絕對是「音樂化的語言」，所以詠誦詩歌時，必然金聲玉振，比韻鏗鏘，餘音繞樑。統而言之，唐代近體詩最大的特色是：

（一）形制工整，富邏輯性：

近體詩分為絕句、律詩、排律三種，其句法非五言即七言，不若古詩偶有參差句法互相摻雜，再者近體詩平仄規定謹嚴，根據統計，近體詩的格律變化，可以將它分析成兩組基本式，由這兩組基本式再變化出十六組「平、仄起式」交錯互換的組句，五言如此，七言亦然。至於律詩，則是絕句的擴大衍生，這種變化很科學，很有系統性及邏輯性，足見為時間漸漸累積，並匯聚眾人智慧所集結產生的結果，其完成絕非一朝一夕，一時一地或一人獨力而能成者，至於近體詩基本式為：

A.仄仄平平仄、平平仄仄平。

B.平平平仄仄、仄仄仄平平。

由以上二組基本句就可推衍出仄起式及平起式共十六組變化式。

至於五言變化為七言的律則為：凡原句上二字為「平聲」者，再往上加兩個「仄」聲字即可，如「仄仄平平仄」變成七言時為「平平仄仄平平仄」。表面上看來似乎拘束很大，實則詩體演化由五言而七言，由絕句變化至律詩，皆有其邏輯推衍的律則，初學者可循此律則學習，熟悉之後，反而是一種方便而不是束縛。

（二）音韻鏗鏘，富音樂性：

詩本來就是可以歌唱的文學，尤其是近體詩，不僅音樂特性突出，並且由於近體詩的平仄搭配美感，是處在詩體發展的成熟期所出現的產物，因此朗誦時，將令人有音韻鏗鏘的聲美境界。再者，唐詩發展的源流，本來就是由宮廷走入民間，故其格調典雅，旋律優美，非一般俚俗巷語，街譚戲謔之調所能比擬，這也就是為什麼唐詩經歷

時間考驗，仍然能夠被廣泛吟哦詠頌，而流傳久遠的原因之一，本章就近體詩的形式美感做探討。

1. 莊嚴整秩──律體特色。

唐代詩歌以五、七言最常見，四言、六言、八言、九言為數較少，而五言七言中，其字面配置型式，仍有許多種，大致五言以「上二下三」為多見，七言以「上四下三」為多見。劉大白在變化《中詩外形律詳說》一書中提到，五言詩的誦讀法可分為三節（如：白日─依─山盡，黃河─入─海流），七言詩誦讀時，則分為四節（如；秦時─明月─漢時─關，萬里─長征─人─未還），各為五比三與七比四，都比較接近黃金分割比（1.618：1），而且容易產生曼聲衍展的效果，較符合聲律之美的心理原則。至於四言詩在誦讀時分成二節，六言詩在誦讀時分成三節，八言詩在誦讀時則分成四節，分別為 4：2；6：3；8：4，正好都是 1／2 比，感覺較呆板，遠不如七言之餘味盎然，至於九言則誦讀時分五節，也接近 2：1，和六、八言一樣，效果較差。根據這種分析理論，則五、七言詩何以膾炙人口，廣為流傳，實有其聲律美學的依據。

胡震享在《唐音癸籤，卷四》提出：「三百篇四言定體，間出二三五六七言，西漢詩五言定體，間出二三四六七言，甚有至九言者，凡句減於三字則暗，增於九字則吃。」又說：「五字句以上二下三為脈，七字句以上四下三為脈，其恆也。有變五字句上三下二者，如元微之『庚公樓悵望，巴子國生涯』、孟郊『藏千尋布水，出十八高僧』之類，變七字句上三下四者，如韓退之『落以斧引以墨微』又『雖欲悔舌不可捫』之類，皆塞吃不足多學。只此五七字疊成句，萬變無窮，如人面只眼耳口鼻四爾，不知如何位置來無一相肖者。」上敘文字以

五官定格來比擬詩格體式，令人有既親切又自然的同理觀，而且一針見血，允為妥切。

而胡氏又將五言「上二下三」列為常格，「上三下二」為變格；七言「上四下三」為常格，「上三下四」為變格。常格讀來順溜圓潤，變格讀來每多蹇澀、前人將「上三下四」的格法，又叫「折腰句」，如韋居安在〈梅磵詩話〉中說：「七言律詩，有上三下四格，謂之折腰句，樂天守吳門，〈日答客問杭州詩〉云：『大屋簷多裝雁齒，小航船亦畫龍頭。』，歐陽公詩云：『靜愛竹時來野寺，獨尋春偶到溪橋。』盧贊元〈雨詩〉云：『想行客過溪橋滑，免老農憂麥隴乾。』劉後村〈衛生詩〉云：『采下菊宜為枕睡，碾來芎可入茶嘗。』，〈胡琴詩〉云：『出山雲各行其志，近水梅先得我心。』皆此格也。」韋氏所舉之例，雖屬「變格」，但吟來仍覺琅琅上口，這是作者以匠心克服了句型劣勢的關係，可謂功力所致。

至於七言句型的變化，除「上四下三」「上三下四」外，尚有「上二下五」、「上五下二」、「七字一貫」、「上六下一」等句型。如仇兆鰲曾舉杜詩為例，他認為：杜詩有兩字作截者，如「雪嶺獨看西日落，劍門猶阻北人來。」有三字作截者，如「漁人網集澄潭下，估客舟隨返照來。」有五字作截者，如「五更鼓角聲悲壯，三峽星河影動搖。」還有全句一滾不能截者，如「松浮欲盡不盡雲，江動將崩未崩石。」又陸務觀詩有六字作截者：「客從謝事歸時散，詩到無人愛處工。」（《杜詩詳註卷二十》）仇氏所舉例證，都很切實，不過梁春芳則認為七言的句型還有「上三下三」的格式，如「鳳凰樂奏鈞天曲，烏鵲橋通織女河」，以上二句各以動詞居句中以貫穿上下，產生音節上對稱均衡的美感，算是七言詩的特例。至於五言句型的變化，除「上二下三」「上三下二」外，梁春芳也認為還有「上二下二」「上四下一」等句

型，他說：「上二下」，如『寂寞掩柴扉，蒼茫對落暉。』「寂寞」、「柴扉」二詞用動詞「掩」字貫穿全句，「蒼茫」、「落暉」，則用介詞「對」字串句成文。由「上四下一」法，如「鶴巢松樹偏，人訪蓽門稀。」意思是說「鶴巢於松樹者偏，人訪於蓽門者稀」，「偏」、「稀」二字皆為襯尾起把之詞所以說是「上四下一」法《舊詩略論》。[8]

五言七言詩字面配置的型式及詩例既如上述，因此在綴句成詩時，創作者必須將各種句型參互使用方見靈巧，如岑參〈聞崔十二侍御灌口夜宿報恩寺〉：

> 聞君尋野寺，便宿支公房。溪月冷深殿，江雲擁回廊。
> 燃燈松林靜，煮茗柴門香。勝事不可接，相思幽興長。

此詩採「上二下三」及「上二下二」兩種句式參互使用，首句「聞君—尋—野上」為上二下二句式，次句「便宿—支公房」則為上二下三句法，三四句「溪月—冷—深殿，江雲—擁—回廊」又都是上二下二句型，五六句「燃燈—松林靜，煮茗—柴門香」則為上二下三法，第七句「勝事—不可接」與第八句「相思—幽興長」又變回上二下三句法，而且仔細分析全詩，二字與三字的結構，其實都是虛實互襯相依的組合，首聯「聞君」、「便宿」為虛，「野上」、「支公房」為實；頷聯「溪月」、「江雲」為虛，「深殿」、「回廊」為實；頸聯「燃燈」、「煮茗」為實、「松林靜」、「柴門香」為虛；尾聯「勝事」、「相思」皆是虛境，如此虛實相映，時空互襯交疊憑添詩意無限遐思，使全詩展現悠遠而靜謐的清奇雅境。

又如王維〈相思〉：

---

[8]　黃永武《中國詩學・鑑賞篇》，（台北：巨流圖書公司，1976 年 6 月／版 1 印，1982 年 5 月 1 版 6 印），頁 164～165。

　　　　紅豆生南國，春來發幾枝，願君多採擷，此物最相思。

　　全詩採上二下三句法，展現幽思綿長的氣韻。一般說來，五言中「上二下三」句法，讀來較為舒緩委婉，「上三下二」或「上二下二」句法，則誦讀時，較為簡潔俐落。七言詩中「上三下四」句法讀來悠長綿邈，「上四下三」句則較為激越昂揚。也這只是通則，也不可一概論之，畢竟，句法型式只是呈現作品形態的方法而已，至於體現品韻的主導元素，仍在於譴詞造字與意境內涵的高低差異。

　　例如同屬邊塞詩，同樣是「上四下三」句法，則王維的〈渭城曲〉與王昌齡的〈從軍行〉情韻迥別，〈渭城曲〉唱來一波三疊，盪氣迴腸；〈從軍行〉則氣勢雄渾，慷慨激昂，這是因為二者在用字用韻上渾然不同，故所產生的境界與風格，及所塑造之音韻情境也會產生差異之故。

　　而且根據統計，盛唐詩作中，五言以「上二下三」句法為數最多，七言則以「上四下三」句型為眾，這恐怕和多數人在吟誦時，所產生的「心理自然黃金比例」有關。至於近體詩最大的特色就是型式整秩，不論絕句、律詩或排律，都會呈現方塊排列與對稱、對等的形式和諧美感，如此莊嚴整秩的句法，雖然有人批判它宛如戴上手鐐腳銬，桎梏太多，但另一派評論者則認為，能戴上手鐐腳銬跳舞，尚能舞姿曼妙者，方為真功夫。其實當創作者斟酌於形式規矩時，毋寧將之視為是一種輔協，最後融形式於作品之中，並使之化於無形而不落斧鑿痕，則境界自出，格律自足，方不喪失作詩真諦。

2. 玉潤珠圓──唐詩的節奏美感

詩歌的節奏美感，主要表現在格律和音韻變化上，有關近體詩之格律組合，於前文已闡述，這種句型與平仄間的微妙搭配，彷若音樂旋律中的音節變化，我們就叫它「詩的音節」。

詩的音節之美，據沈德潛《說詩晬語》云：

> 詩以聲為用者也，其微妙在抑揚抗墜之間。讀者靜心按節、密詠恬吟，覺前人聲中難寫、響外別傳之妙，一齊俱出。

早在南朝時期就有「聲畫妍蚩，寄在吟詠，滋味流於下句，風力窮於和韻」（劉勰《文心雕龍》）的說法，所謂錘句鍛律，下字調韻，於抑揚抗墜之間最為講究，所講究者，正是音律美感，也是作詩時不可忽略的要素之一。至於「風力窮於和韻」，指的就是一種節奏美學。

而沈約論文時，便已有「前有浮聲，後須切響。一篇之內，音韻盡殊；兩句之中，輕重悉異」的說法，至唐人論詩，韻律益加細密，其中尤以平仄相間、四聲輪用，更為詩人所注意的關鍵。

唐人的律詩、絕句，無論五言七言，無論仄起平起，都有一個定式，這定式便是經過千百位詩人反覆吟詠所得到的最美聲調。非惟唐詩，即使是古詩亦自有其平仄上約定俗成的規律，如平韻到底的七古，若缺少了「三平落腳」的韻腳，便失去鏗鏘的音節。有時反將變成一種文字遊戲。

皮日休曾以全句平或全句仄作詩如〈奉酬魯望夏日四聲詩四首〉，第一首，全詩字字平聲、如「塘平芙蓉低，庭閒梧桐高。」第二首，一句皆平聲，一句皆上聲，如「舟閒攬輕蘋，槳動起靜鳥。」第三春，一句皆平聲，一句皆去聲，如「村深啼愁鵑，浪霽醒睡鷺。」第四首，一句皆平聲，一句皆入聲，如「松聲將飄堂，岳色欲壓席。」

雖然能摹寫夏景，但畢竟是一種遊戲筆墨，且全平全仄，聲調不美。讀來淡而無味。

又如姚合的〈蒲桃架詩〉：

> 萄藤洞庭頭，引葉漾盈搖。清秋青且翠，冬到凍到凋。

雖是字字聯絡，迴環讀之，皆成雙聲，但讀來生澀蹇售，充其量只是一種文字遊戲罷了，缺乏聲律之妙，也談不上節奏美感。

而所謂詩的音節。不外乎同音組成的「重疊」、異音相讀的「錯綜」、以及同韻相協的「呼應」三種。同音重疊包括雙聲、疊韻及平仄聯用等，異音錯綜包括平仄參伍及仄聲中上、去、入三聲輪用等，同韻呼應則包括選韻、轉韻、逗韻等。詩家於此，每白頭搔短，煞費苦心。如此搔頭苦吟的目的無他，只為追求形式美學中，音感節奏的完美。

明代的俞弁在《逸老堂詩話》中已發現詩歌作品具備四聲的妙處，他說：「凡七言八句，起承轉合，亦具四聲，歌則揚之抑之，靡不盡妙。」

如杜審言〈和晉稜陸丞早春遊望詩〉：

> 獨有宦遊人，偏驚物候新。雲霞出海曙，梅柳渡江春。
> 淑氣催黃鳥，晴光轉綠蘋。忽聞歌古調，歸思欲沾巾。

巴壺天先生認為此詩每句之中，四聲皆備，平、上、去、入，無疊出者，「此皆詩律精微處，雖審言亦不易首首如此」，董文煥《聲調四譜圖說》云：「『此法少陵亦常用之。』或皆得自乃從祖之秘傳歟？」李漁叔先生又分析說：「所謂每句之中，四聲皆備，如『獨有宦遊人』、『雲霞出海曙』、『忽聞歌古調』等三句，每句自備平上去

入四聲。其餘四句，凡用仄聲處，亦必上去交互用之，無疊出者。」
（《風簾客話》）[9]

董文煥在《聲調譜圖說》中所云：「無論五律七律，其最要之法
有二：一為每句中四聲皆備，一為第一、第三、第五、第七句之末一
字，不可連用兩去聲或兩上聲，必上、去、入相間。律詩備此二法，
讀之必聲調鏗鏘。」由此可見四聲參互，才能造成聲調的美感。

而詩歌中的用韻之妙與節奏之美，一如音樂旋律之抑揚頓挫，吟
誦時，配合格律的迴環轉折，於是在音節起落間，自然能迴盪出一種
情懷，一份美感。黃永武先生認為一個傑出的音樂家能藉著聲音表達
內心情境，而達到感動人心的目的，相對的，一個傑出的詩人自能靜
聽內心或外界各種情態的音節奏響，用敏銳的感覺，藉雙聲疊韻的特
性，用文字捕足各種抽象或具體的神韻情志，而達到感人肺腑之效。

至於詩歌創作中，韻腳的選取也是成敗關鍵之一。所謂選韻，乃
是作者在用韻時對韻腳的選取，下過一番揀選的工夫，以便讓讀者藉
此欣賞他們的獨運匠心。袁枚說：「欲作佳詩，先選好韻。凡其音涉
啞滯者、晦僻者，便宜棄捨。葩、即花也，不用僻，非不能用，乃不
屑用也。昌黎鬥險，撅唐韻而離砌之，不過一時遊戲。」（《隨園詩話》）
這裏袁氏提出了選韻注意響亮，要避免啞滯晦僻，自有他的道理，只
是評斷昌黎鬥險韻為文字遊戲，恐嫌批評得太過，歐陽修曾說：「退
之筆力，無施不可。……而余獨愛其工於用韻也。蓋其得韻寬，則波
瀾橫溢，泛入傍韻，乍還乍離，出入迴谷，殆不可抱以常格，如『此
日足可惜』之類是也。得韻窄，則不復旁出，而因難見巧，愈險愈奇。」
（《六一詩話》。）由此可知「工於用韻」其實也是一種美，且韻寬韻

9　黃永武《中國詩學·鑑賞篇》，（台北：巨流圖書公司，1976 年 6 月，版 1 印，
　1982 年 5 月 1 版 6 印），頁 170。

窄，自有不同的美感，正可提供讀者更多元的欣賞空間。吳可在《藏海詩記》中說：「和平常韻，要奇特押之，則不與眾人同，如險韻，為要穩順押之，方妙。」黃子雲《野鴻詩話》亦云：「易者尚新，險者尚穩」，這些都是說明了常韻險韻，各有其揀選條件，但常韻要押得巧，才不致流於俗套；險韻要用得準，才不免磔拗，姑且不論常險韻，皆要求韻腳工穩妥貼，才能展現優美的音韻節奏感。[10]

韻腳除了常、險韻之外，還要注意疏、密諧調，這就關乎疊用韻腳的問題，何處句句疊韻，何處隔句用韻，也應有考究，如前文所提岑參〈輪臺歌奉送封大夫詩〉，句句疊韻，但至結尾四句，則隔句用韻，以疏盪氣，並配合頌揚凱旋戰勝的情境，令人頓覺戰爭已過，神情舒弛。可見情節緊湊時宜句句押韻，氣氛舒坦時宜隔句用韻。

至於轉韻，是指長篇的七古或五古轉換韻腳而言，韻腳轉換的徐疾，將影響全詩抑揚頓挫的節奏。前人對轉韻的妙處，屢有闡述，如沈德潛《說詩晬語》說：「轉韻初無定式，或二語一轉，或四語一轉。或連轉幾韻，或一韻疊下幾語。大約前則舒徐，後則一滾而出，欲急其節拍以為亂也。」這段文字說明了幾韻轉折則產生文氣舒徐的作用，一韻疊下則產生節拍急促的效果，前者適用於長篇的前半段，後者較適用於長篇的結尾。

一般而言，七古的換韻，若二句一轉，過於急促，若通篇一韻，又少波瀾。葉燮曾經說：「七古直敘，則無生動波瀾，如平蕪一望。」又說：「七言句句叶韻不轉，此樂府體則可耳。後人作七古，亦間用此體，節促而意短，通篇竟似湊句，毫無意味，可勿傚也。二句一轉韻，亦覺局促。大約七古轉韻，多寡長短，須行所不得不行，轉所不

10　黃永武《中國詩學・鑑賞篇》，（台北：巨流圖書公司，1976 年 6 月，版 1 印，1982 年 5 月 1 版 6 印），頁 173。

得不轉，方是匠心經營處。」由上段敘述，我們可以了解到，詩人轉韻，也是處處用心，處處斟酌，而不是隨心所欲的換。

七古的換律，不可太疏，亦不能過密，應視詩中情節氣氛而定。大抵讓意轉折時換韻多，語意直達時則換韻少。《師友詩傳錄》載蕭亭語：「或八句一韻，或四句一韻，必多寡勻停，平仄遞用，方為得體。亦有平仍換平，仄仍換仄者，古人實不盡拘。」足見七古轉韻的方式，雖然沒有常則定式，其實有其約定俗成的法則存在。

施補華在《峴傭說詩》中曾舉杜甫〈醉歌行〉為例，他說：「七言古詩，必有一段氣足神王之處，方足聳目。如醉歌行春光澹施一段，寫送別光景，使前半敘述處皆靈，忽句句用韻，或夾句為韻，亦以音節動人。」施氏雖未指明轉韻使得詩的氣勢變得「氣足神王」，但「春光澹施一段」，葉氏點明了杜甫以平聲突接前句入聲韻，音調乍響，景物乍明，橫筆寫景，自覺神采百倍。

五言古詩則與七古不同，較古的五言詩大抵以一韻到底為多，但〈青青河畔草〉至於一章較為特殊，一路換韻聯折而下，節拍甚急。至晉以後四聲之道昌明，韻書日出，轉韻的詩漸多，到了唐代的五古長篇，大都轉韻，不過杜甫與韓愈的五古詩卻很少轉韻，這一點葉燮於《原詩》一書中曾經提出，他說：「唐時五古長篇，大都轉韻矣，惟杜甫五古，終集無轉韻者，畢竟以不轉韻為得，韓愈亦然，如杜甫〈北征〉等篇，若一轉韻，首尾便覺索然無味，且轉韻便似另為一首，而氣不屬矣。五言樂府，或數句一轉韻，或四句一轉韻，此又不可泥。」照此說法，五古是以不轉韻為佳，縱使轉韻，也不要使它韻意截斷才好。

綜合上述言論，轉韻有點類似唱歌時音節的變化與聲調起伏之轉折。理論上雖然有一定的法則存在，但在具體運用時，也端視創作者

本身對音韻的的敏銳度而巧拙有別。正如曹丕在《典論論文》中所言：「譬諸音樂，曲度雖均，節奏同檢，至於引氣不齊，巧拙有素，雖在父兄，不能以移子弟。」

　　近體詩除排律以外，絕句與律詩由於句數短少，故不轉韻。若論轉韻成功之佳作，如杜甫〈丹青引贈曹將軍霸〉，白居易〈琵琶行〉、〈長恨歌〉皆是也。

　　除轉韻外，另外還有一種「追韻」法，是指在換韻之前，在上一句就要押上所要換的韻腳，以作為第二句的「引子」，這種方法，古人早有運用，但多不如杜甫嚴謹。一般說來，古詩轉韻的首句，常以入韻為原則，以作為新轉入之韻腳之前導句，唐人詩作中，蕭滌非認為杜甫的丹青引最具典型，茲以此詩為例，欣賞其轉韻手法：

　　〈丹青引〉杜甫

　　將軍魏武之子孫，於今為庶為清門，
　　英雄割據雖已矣，文采風流今尚存。
　　學書初學衛夫人，但恨無過王右軍，
　　丹青不知老將至，富貴於我如浮雲！
　　開元之中常引見，承恩數上南薰殿，
　　凌煙功臣少顏色，將軍下筆開生面，
　　良相頭上進賢冠，猛將腰間大羽箭，
　　褒公鄂公毛髮動，英姿颯爽來酣戰。
　　先帝天馬玉花驄，畫工如山貌不同，
　　是日牽來赤墀下，迥立閶闔生長風。
　　詔謂將軍拂絹素，意匠慘淡經營中，
　　斯須九重真龍出，一洗萬古凡馬空。

玉花卻在御榻上，榻上庭前屹相向，
至尊含笑催賜金，圉人太僕皆惆悵，
弟子韓幹早入室，亦能畫馬窮殊相，
幹惟畫肉不畫骨，忍使驊騮氣凋喪。
將軍畫善蓋有神，偶逢佳士亦寫真，
即今飄泊干戈際，屢貌尋常行路人，
途窮反遭俗眼白，世上未有如公貧，
但看古來盛名下，終日坎壈纏其身！

　　本詩共轉韻五次，由平轉仄，仄轉平，間亦平轉為平者，即：孫、門、存（元韻）平→軍、雲（文韻）平→見（逐韻）仄→殿、箭、戰（霰韻）仄→驄（逐韻）平→同、風、中、空（東韻）平→上（逐韻）仄→向、悵、相、喪（漾韻）仄→神（逐韻）平→真、人、貧、身（真韻）平。

　　如此平仄互轉，在誦讀上會產生旋律起伏盪漾的音節美感，清‧葉燮專就「轉韻」的角度上欣賞本詩美感，他說：「杜甫七言長篇，變化神妙，極慘淡經營之奇。就贈曹將軍丹青引一篇論之：起手將軍魏武之子孫四句，如天半奇峰，拔地陡起，他人於此下便欲接丹青等語用轉韻矣。忽接學書二句，又接老至浮雲二句，卻不轉韻，誦之殊覺緩而無謂。然一起奇峰高插，使又連一峰，將如何撒手？」接著又說道：「故即跌下陂陀，沙礫石确，使人蹇裳委步，無可盤桓。故作畫蛇添足，拖沓迤邐，是遙望中峰地步，接開元引見二句，方轉入曹將軍正面。他人於此下，又便寫御馬玉花驄矣，接凌煙下筆二句，蓋將軍丹青是主，先以學書作賓；轉韻畫馬是主，又先以畫功臣作賓，章法經營，極奇而整。此下似宜急轉韻入畫馬，又不轉韻，接良相猛

士四句，賓中之賓，益覺無謂，不知其層次養局，故紆折其途，以漸升極高極峻處，令人目前忽劃然天開也。」這一段韻腳的轉折也配合全詩氣勢進行，最後：「至此方入畫馬正面，一韻八句，連峰互映，萬笏凌霄，是中峰絕頂處。轉韻接玉花御榻四句，峰勢稍平，蛇蟺遊衍出之，忽接弟子韓幹四句，他人於此必轉韻，更將韓幹作排場，仍不轉韻，以韓幹作找足語，蓋此處不當更以賓作排場，重複掩主，便失體段。然後（轉韻）永歎將軍善畫，包羅收拾，以感慨係之，篇終焉。章法如此，極森嚴、極整暇！」（《原詩》）[11]

葉燮的評析頗為允當，大體而言，一般詩人喜用「韻意雙轉」手法，此法雖可使韻意配合妥貼，唯段落處過於明顯，缺乏一氣呵成的氣勢。本詩韻意雙轉處甚少，大都意轉而韻不轉，韻轉則意不轉，泯其雙轉之迹，使全詩讀來氣勢如虹，詩意雖曲折，詩韻雖常轉，但仍可掌握到詩人在用平、用仄時的主軸，大概在標明詩旨時則用平聲韻，在迂徐曼衍時，則用仄聲韻，平仄更迭，每八句換一韻，勻稱縝密，結尾處復以平韻作收，更顯激越悠揚。

盛唐諸家中，岑參的作品音律最為整健，杜甫稱讚他每篇均堪諷誦，明‧胡應麟認為盛唐詩人除李、杜以外，只有岑參詩最合音節，例如以〈走馬川行奉送封大夫出師西征〉詩為例（詩文前已引述），全詩句句用韻，而且三句一轉，表現出勢險節短的邊塞情調，在韻腳的使用上平仄互換，參差錯落，藉此烘托出征時甘苦相摻之意，若進一步深探詩旨，第一行的兩句，以「邊、天」為韻腳，屬「真韻」，劉師培認為真類字具有「抽引上穿」及「聯引」意味。第二行以「吼、斗、走」為韻，屬「侯韻」，此類字具有「曲折有稜」的意味。第三

---

[11] 黃永武《中國詩學‧鑑賞篇》，（台北：巨流圖書公司，1976 年 6 月，版 1 印，1982 年 5 月 1 版 6 印），頁 175-176。

行以「肥、飛、師」為韻，屬「脂類」字，具有「由此施後」及「陳平」意思，因此時詩人描寫大將西征，伐鼓啟行，漢旗飄揚，誓掃胡塵，故引「脂韻」字，隱含戰事平陳之意味。

　　第四行以「脫、撥、割」為韻腳，屬「元類」字，也具有「聯引上進」的意義。第五行則以「燕、冰、凝」為韻腳，是「蒸韻」字，具有「進而益上」或「凌躐」意義。結尾則以「儷、接、捷」為韻，屬「談韻」入聲韻，含有「隱暗狹小」的意味，並且儷、接二字代表膽小後退，捷字代表迅捷靈巧。所以仔細推敲起來，韻腳又不單是表現音節美感而已，連含義都鑲嵌而入，這是唐人作詩縝密精到之處。

　　「盛唐之音」的音響節奏之美，不只是形式上的格律工整而已，甚至可以強調感情，烘托氣勢，摹情寫物，表現意義，並藉此諧調音律，引發興會，這是其他類型的詩歌難以望其項背的特質。更重要的是，藉音響節奏之美，達到讓社會大眾讀詩時，皆能朗朗上口的功效，唐詩之所以能夠苗高而和眾，音韻之美，功不可沒。

第五章　「盛唐之音」的境界美

　　真正的美女，應是靈肉皆美，方稱「絕代佳人」，真正的好詩也是形式、內容兼佳，才臻完美。前文述及形式之美，本章則論及境界之美。王國維在《人間詞話》中處提到「境界」的重要性，並認為古今之大家，無非境界高，故論技巧不如論風格；論風格又不如論境界也。

　　所謂「境界」是指越物質現象，直入心靈活動的一種美感經驗，它是我國美學思想中獨具的重要範疇。

　　蕭統在《令旨二諦義》中提到：「能知是智，所知是境，智來冥境，得玄即真」，這段話是詮釋美感經驗的取得，乃人們透過物象與感官知覺交融後所形成的一種心靈反照。美本來就是一種形象直覺的表現形式，「境界」則是創作者本身對於美的形象直覺所感受到的心靈層次，所謂「智來冥境，得玄即真」，都是說明這種心靈層次乃超越物質現象，而進入自我心靈內證的一種意識知覺，根據朱光潛先生的詮釋，它是抽象，而且孤立，絕緣的。

　　中國歷史上，「境界」一詞的出現，應是慢慢衍化而來的，按《詩經・周頌・思文》云：「無此疆爾界。」在這裏出現了一個「界」字。《戰國策・秦策》云：「楚使者景鯉在秦，從秦王與魏王遇於境。」文中有「境」字而無界字。姑不論《詩經》或《戰國策》，其境、界二字都是指疆土。到了後來，境、界二字合而為一，意思不變，劉向《新序・雜事》云：「守封疆、謹境界。」班昭《東征賦》云：「到長垣之境界，察農野之居民。」上述引文中所用「境界」這個詞，本是

指疆土的範圍,是一種空間界限。又《說文》:「竟,樂曲盡為竟。」段玉裁注云:「曲之所止也。引伸為凡事之所止,土地之所止皆曰竟。」,《說文‧田部》又說「界,竟也。」段玉裁注:「竟俗本作境。今正。樂曲盡為竟。引伸為凡邊界之稱。界之言介也。介者,盡也;盡者,介也。」意思是說「竟界」原本指疆域邊界(竟即境的本字),在這裡卻是指音樂演奏停止的時間,是一種時間的界限。只是「境」,或「境界」,無論就時間的界義而言,或就空間的界限來說,都和後來作為美學範疇的「境界」(即意境)意義不同。[1]

而「境界」一詞後來為何會成為美學範疇,並且在文學或藝術領域裏,得到如此普遍的使用?這應和佛經的翻譯有極重大的關係。因譯經之人,借用了「境界」一詞。如《雜譬如經》:「神是威靈,振動境界。」《無量壽經》:「斯義宏深,非我境界。」《華嚴梵行品》:「了知境界,如幻如夢。」這裏所說的「境界」,是指抽象的思想意識和心靈內證的結果。《景德傳燈綠》云:「(神)秀曰:『汝若是魔,必住不思議境界。』師曰:『是佛一空,何境界之有?』又說:『一切境界,本自空寂。』」而《法苑珠林‧攝念篇》中所謂六種根境界,還包括了「意境界」。在此出現了「意境」二字,由此可知「境界」或「意境」一詞移用到文學創作。其美學思想受佛教觀念影響頗深,指的都是心靈意識的層次,它是抽象的、概念化的。

魏晉時期,第一個受言意之辨影響而暢論文學創作的,首推陸機。他在《文賦》小序中說:「恒患意不稱物,文不逮意,蓋非知之難,能之難也。」這段話可謂開宗明義的說明了《文賦》內容主要是研究意與物、言與意之間的關係。所謂「文不逮意」是指純粹用語言

---

[1]　曾祖蔭《中國古代美學範疇》,(台北:丹青圖書,1987 年 4 月初版),頁 280~281。

或文字，亦無法稱當的表現抽象心靈之哲思。陸機在那個時代就能超越一般人常關注的形式與技巧，而從思想主軸出發，深刻地揭示哲學思維對創作的影響及彼此間的重要繫聯，從此「言意論」便由哲學領域進入文藝審美的境域。

至於「意境說」正式被提出，應在唐代，從現存史料看來，「意境」一詞最早見用於王昌齡《詩格》，他在書中對於意境論，提出三種境界：一曰物境，二曰情境，三曰意境；物境指描寫物象的直覺美感，情境則透過物象之美，深入心靈的情感反照，意境則又更深一層的表現超越感官意識的心靈境界。《詩格》又更深一層的論述，超越感官，意識的心靈境界之。而《詩格》對「境」的分類，也影響到後世的美學評論觀。

昌齡生在盛唐，此期審美的觀點已相當進步，盛唐諸家多能跳脫外在形式，而著重於內在心靈境界的表現。故歷來美學評論者也相當重視這一個環節。如皎然的《詩式》，他對意境論也提出探討，他是活動於中唐時代的詩僧，其論詩，多次提到「境」和「象」等概念，這些概念摻雜了佛學思想中「空」、「無」的觀念，那是一種抽離外象世界，並超越心靈層次的一種美學觀。至於皎然所說的境和象，雖受佛學的影響頗深，但又不完全是佛學的原意。他在論述佛學時說：「境非心外，兩不相存，兩不相廢。」這裏所說的「境」，完全是佛家的玄秘空幻。但在講到寫詩的「境」時，情況便有些不同，從詩歌所表現的對象來說，「境」大體是指自然景物和人生境遇。例如：「是時寒光澈，萬境澄以靜。」、「蒼林有靈境，杳映遙可羨。」、「偶來中峰宿，閒坐見真境。」、「月彩散瑤，示君禪中境。」等句，概括了自然景物和人生際遇之「境」。它常與詩歌創作的審美主體有密切聯繫，它既是詩歌創作的本源，又因主體情境之不同而染上不同色彩。如：「古

磬清霜下，寒山曉月中，詩情緣境發，法性寄筌空。」、「境新耳目換，物遠風煙異，倚石忘世情，援雲得真意。」、「為依爐峰住，境勝增道情。」等句，都是說明了自然之境撥動了人們的審美情感，也喚起了用之不盡詩緒思維。又如：「釋印及秋夜，身閒境亦清。風襟自瀟灑，月意何高明。」「持此心為境，應堪月夜看。」等句，則說明主體情境在對物象審美中所產生的交互作用，所謂「身閒境亦清」，正是心為主，景為客，因心轉境，主客對應的最佳佐證！

　　而關於詩境的創造。皎然在《詩式》中則提出「取境」說。所謂「取境」，就是粹取、提煉詩境。取境有兩種方式，一是從生活中出發，相應自然之境的美感。另一種則是深入心靈，精煉超凡入聖的詩境。他認為「詩不假修飾，任其醜樸，但風韻正，天真全，即名上等」，皎然所推崇的境界是超越形式直入心靈的自然化境，所以他認為「不要苦思，苦思則喪自然之真」，這是指作品境界的表現方面而言。至於取境態度則是「不入虎穴，焉得虎子」，所謂「取境之時，須至難至險，始見奇句。成篇之後，觀其氣（一作風）貌，有似等閒，不思而得，此高手也。有時意靜神王，佳句縱橫，若不可遏，宛如神助，不然，蓋由先積精思，因神王而得手？」[2]這兩種取境方式，都要求意境渾圓，自然流麗。由於物象本身都有本然的具體內容和審美特點，再加上詩人心境不同，因此，詩人的取境技巧，便關係到一首詩的整體風格發展。皎然認為：「夫詩人之說思初發，取境偏高，則一首舉體便高；取境偏逸，則一舉直體便逸。」（〈辯體〉）。這是說，取境高低與詩人作品風格有密切關係，意境的特色往往是區別作品風格與品類高下的關鍵。而這種說法，又對後來司空圖論詩有很大的影響。

2　許清雲《皎然詩式輯校新編》（台北：文史哲出版社；1984 年 3 月初版），頁 22。

　　至於如何取境？皎然強調，首先要站得高，看得遠。其次，要善於運用比興方法。所謂：「取象曰比，取義曰興，義即象下之意，凡禽魚草木人物名數，萬象之中義類同者，盡仄比興，《關雎》即其義也。如陶公以孤雲獨無依，曖曖空中滅，何時見餘暉。」以上文字說明了陶潛並不是簡單地以孤雲作比喻，而是融境入情，構成了完整的人與物相統一的藝術意境。因而顯示出「象外之奇」、「文外之旨」和「言外之情」的境界。

　　與皎然同時的權德輿，更明確提出了「意與境會」的概念。其〈左武衛冑許君集序〉說：「凡所賦詩，皆意與境會，疏導情性，含寫飛動，得之於靜，故所趣皆遠。」權德輿所說的「意與境會」含有意境渾融的意思，它已初步概括出意境理論的基本特徵。

　　權德輿也和皎然一樣，他的意境說受禪宗學說影響甚深。在〈靈澈上人廬山迴歸沃洲序〉中，他有意把禪宗的心境說和意境論聯結起來。靈澈是皎然的門徒，也是位詩僧，權德輿說：「吳興長老晝公（按：即皎然）掇六義之清英，首冠方外，入其室者，有沃洲澈上人。上人心冥空無而迹寄文字，故語甚夷易，如不出常境。而諸生思慮，終不可至。」[3]這段文字說明了皎然的詩表面上看起來詞語平易，寫的也都是平常的山風水月，卻境生於象外，非凡人所能及。至於形容靈澈詩的境界則說：「其變也，如松風相韻，冰玉相叩，層峰千仞，下有金碧，犖鄙夫之目，初不敢眠。三復則淡然天和，晦於其中，故睹其容，覽其詞者，知其心不待境靜而靜。」「禪宗要旨，不外淨智圓四字。」所謂「淨」即空絕妄念，不染塵念，「智者智慧開悟」、「圓者融理，覺者探究本性，見性成佛」。此派修行法門始自達摩祖師，到六祖慧

3　曾祖蔭《中國古代美學範疇》，（台北：丹青圖書，1987 年 4 月初版），頁 286。

能禪宗大盛，壓倒其它宗派，其超然忘我，回歸本性的「空」、「無」之境，受到後來文人的重視，並且從修行境界運用到美學境界。

　　而權德輿所說的「意與境會」，除了「得之於靜」以外，還特別強調「所趣皆遠」。所謂趣遠的意境，與司空圖所說的：「象外之象、景外之景」大體相似。

　　他在〈左武衛冑曹許君集序〉中，對六朝詩拘於景物頗不認同，他說：「重以齊梁之間，君臣相化，牽於景物，理不勝詞。」，而在〈秦徵君校書與劉洲唱和詩序〉提到，詩歌創作要善於開展想像，不要拘牽於物象本身，而要有「象外之境」的美感。這種追求境生於象外的美學理念，在唐代極為盛行。如殷璠《河嶽英靈集》評王維所說的「皆出常境」，與權德輿所說的「最佳句於物表」，其基本精神是一致的。

　　司空圖論意境，既概括了前人所說，又有自己的創見。在他之前，權德輿提出「意與境會」的概念，司空圖則提出「思與境偕」的主張。其《與王駕評詩書》說：「五言所得，長於思與境偕，乃詩家之所尚者。」他們兩人的說法就文字而言，似無甚區別，然而所強調的角度則有不同。權德輿的「意與境會」，側重在抽象的「意」，把「得之於靜，故所趣皆遠」看得十分重要。司空圖的「思與境偕」，則重在描寫實境。清人許印芳解釋：「思與境偕，乃詩家所尚，此語足餤後學模楷。詩家是目，各有實境。詩人構思，必按切實境，始能掃除陳言，獨抒妙義。」這是符合司空圖原意的。《二十四詩品》「實境」一品，實際上是對「思與境偕」這一主張的具體發揮。其云：「取語甚直，計思匪深。忽逢幽人，如見道心。清澗之曲，碧松之陰。一客荷樵，一客聽琴。情性所至，妙不自尋。遇之自天，冷然希音。」[4]楊廷芝解

4　清‧何文煥輯《歷代詩話》，（北京：中華書局，1981 年 4 月 1 版，2001 年 11 月 5 刷），頁 37。

釋:「首言:語之取其甚直者,皆出於實,計其意境不為深遠,當前即是。三句實有之情,四句實有之理。清澗之曲,境之深;碧松之陰,境之幽;荷樵時,行則行,境之動;聽琴時,止而止,境之靜。清澗二句,就境寫境;客二句,就人寫境。情性所至,無非是實。妙不自尋,蓋言妙境獨造,非己所自尋者也。白天,得之於天也。希音者,上天之載,寂然無聲,實固盡出於虛耳。」楊廷芝的解釋,雖主要是在詮釋字句,但也在一定程度上說明了司空圖關於「思與境偕」的概念。也就是要求詩人必須從實境出發,做到景實、情實、理實的地步。並且融情入景,不著痕跡,情境雙融,才能自然而然顯現境界。而從實境出發,又不可拘泥於實,將呈現困相,就是所謂冷然希音,就是雖實而出虛,方有餘音裊裊之致。

綜合以上論述,可知盛唐時期,對於境界說的審美觀點之形成,實有其歷史淵源及文學批評發展的文化背景做後盾,其發展過程由模仿自然進入心靈世界,又由具象表述轉入抽象思維,最後又抽離現實,出離到一種非一般現象或意識所能表達或詮釋的時空。這當中牽涉到時間、空間與意識(心靈)三層問題。談到時間則脫離不了今昔之別與快慢之差;談到空間則令人聯想到古今上下,密度與張力,故本章就時空力度和心靈美學做探討。

第一節 唐詩的時空力度

如果說詩是視覺的音樂、聽覺的風景、時間的圖畫,那麼在詩的國度中,它的時空是永恆的,因為詩是時空交縱的藝術,一首好詩不受限於時間、空間之隔閡,它具有一種穿透性與渲染性,詩人的真情不會因為時空背景的改變而變質;詩境的美感也不會因為潮流趨勢的

改變而變調、變味。在詩的國度裏，時空是靜止而可塑的，可以隨著詩人的魔幻彩筆，狹長短窄任意伸縮變動。

盛唐詩作中，屬於這種時空設計的作品極多，這一點也是唐詩超越前人作品的特色之一。

黃永武先生認為：

> 研究詩的時空設計，在中國詩歌裏特別重要，因為詩的素材，不外乎時、空、情、理，中國詩裏的理，是一種「別趣」；中國詩裏的情，往往高度複雜而縱橫鉤貫於時空之中，藉由自然時空的推移而忽隱忽現。人與自然時空是那樣奇妙地融合無間，情感與哲理，不喜歡脫離時空景象，去作純粹的摹情說理，每每透過時空實象的交互映射予以形象化。因此可以說：時空設計，是中國詩裏最重要的環節。
>
> 而若欲探討詩的時空美學，可以從速度與空間兩個方向去探索。速度有快、慢，空間有大、小，因為快慢而有了急、蹙、緩、長之別；因為大小而有高、遠、深、廣之差。[5]

盛唐詩人中，掌握時空美學最成功的大家莫過於李、杜，如果說李白是速度的哈利波特，那麼杜甫就是空間的魔法師，在此二人筆下，時間有時是靜止的，有時又能無限延展；速度上時而迅捷，時而遲緩；空間上有時無垠遼闊，有時又窄若芥子，於是就在這高低深淺，遲速緩急之間，形成了很大的美學張力，也留給後世美學研究極佳的素材。

5　黃永武《中國詩學研究‧設計篇》，（台北：巨流圖書公司，1997 年 6 月 1 版 1 印，1982 年 5 月 1 版 6 印），頁 43。

一、速度的張力美

所謂速度，必有快、慢之差，有遲速之別，快則迅捷、威猛、急切，如白居易〈琵琶行〉中「銀瓶乍破水漿迸，鐵騎突出刀槍鳴」之句，激烈昂揚，充滿動感之美；慢則緩和、幽柔、婉曲，如「間關鶯語花底滑，幽咽泉流水下灘」之句，一波三折，委婉至極，而絲絲入扣處，一樣令人心動。

速度快、慢的美感，表現在形式上，是修辭與創作形式的運用，表現在精神上則是氣勢與內容意境的顯現，形式與內容契合，就會形成一種美感張力，那是一種心靈共振的力量，一份默契、一種共識。

迅捷的美感充滿動感豪情，故作品當偏向壯美層面，緩慢的美感，表現婉曲韻緻，多屬「秀美」範疇。

（一）迅捷暢快之美

速度的迅捷，宛如乘坐凌霄飛車一般，會讓人產生一種激盪、興奮，甚至是昂揚驚悚的情緒。盛唐詩人頗能掌握這種創作概念，其運用「近體詩」（尤其是絕句）在格律上所展現的精簡鍊達特質，快捷張力配合意象設計，成功地掌握了速度美感所散發的魔力。如杜甫〈聞官軍收河南河北〉一詩中，「即從巴峽穿巫峽，便下襄陽向洛陽」之句，就是速度美感的典型佳句。此詩前文已有分析，在此不再論述，但就「速度」特性，巴峽與巫峽之間，相距百里，但詩人用一個「穿」字，使得空間距離縮短了，速度感也增強了，這種速度的描寫，原指詩人坐在船上，江上行舟，一路船輕水急，故能有如此憑虛御風的快感，但最重要的是藉速度的表現，傳達詩人內心因戰事告終，得以返鄉與家人團聚的欣喜若狂情懷。而且當船過三峽，一路由襄陽抵進洛

陽的同時，詩人心中油然躍升一股喜悅、希望與期待的感情，這份情感隨著舟船逼進目的地，而逐漸升騰，它的溫度由微溫而酷熱而至沸騰，為了表現這種心境，運用快節奏的字眼，如「穿」、「即從」、「便下」等，呼應前文的「喜欲狂」，而因為欣喜若狂，所以白日縱酒放歌即是渲洩情緒的自然反應。且伴隨著自己的好心情，眼前又是春光明媚，可以陪同自己返鄉，這一切意象的擬造，無非說明一個事實──戰爭結束，人們期待已久的太平歲月終於降臨，短短的八句，敘寫事實，描繪心境，並反謹時政，這期間有驚訝，有讚嘆，有欣喜、有期待，一切複雜的情緒盡在不言中，這就是詩歌所表現的動人張力。

　　〈早發白帝城〉（詩題或作〈下江陵〉）李白
　　　朝辭白帝彩雲間，千里江凌一日還，
　　　兩岸猿聲啼不住，輕舟已過萬重山。

　　這首詩也是表現速度美感，極為典型的代表之一，首句言朝辭白帝城，一片彩雲燦爛，次句言千里之遠的江凌，竟能一日往還，這是修辭學中的夸飾手法，也是表現速度最明顯的地方，按盛宏之〈荊州記〉：「朝發白帝，暮宿江陵，凡一千二百餘里，雖飛雲迅鳥，不能過也」，又水經注：「三峽七百里中，兩岸連山，略無闕處，常有高猿長嘯，屬引淒異：」，這是說由白帝到江陵水路距離將近一千公里，相當於台北到高雄跑三趟，以二千年前的交通設備，順水行舟竟能一日往返，如果不是水流太過湍急，便是詩人夸飾之語，當然，我們現在閱讀此詩時，可以了解，這是李白為了表現長江水勢一瀉千里的迅捷急速所展露的手法，就在船輕水急處，只聽得猿聲亂啼不止，「輕」舟卻早已飛越萬重山嶺，以此呼應前文全詩節奏緊湊，速度變化極大，予人一種輕盈、暢快而愉悅的美感。

〈贈衛八處士〉杜甫

人生不相見，動如參與商；今夕復何夕，共此燈燭光。
少壯能幾時，鬢髮各已蒼。訪舊半為鬼，驚呼熱中腸。
焉知二十載，重上君子堂。昔別君未婚，兒女忽成行！
怡然敬父執，問我：「來何方」？問答乃未已，驅兒羅酒漿。
夜雨剪春韭，新炊間黃粱。主稱：「會面難」，一舉累十觴，
十觴亦不醉，感子故意長！明日隔山岳，世事兩茫茫！

　　這是一首老友久別重逢，表達真摯情感與人生慨嘆之詩，杜甫作此
詩時，是在安史之亂以後，忽於返鄉途中，遇到久別二十年的老朋友——
—衛八處士，故友重逢，當然十分高興，處士也很自然的邀請杜甫至家
中小敘，全詩便由此鋪展出一連串敘事與回憶，並抒發人生慨嘆。

　　起首兩句以參、商二星為喻，說明自己和衛八處士相見不易的處
境。後四句則翻跌至機緣巧合，人生闊別二十年，竟能在離亂之中重
逢，既然久別未遇，二十年後突然見面，而昔日的少年郎也已各自白
頭，鬢髮滿霜，怎不令人感慨係之？於是就在「少壯能幾時，鬢髮各
已蒼」的感慨嘆聲中，讓讀者也能感受到時光飛逝，人生無常的時間
壓力與速度張力，尤以第七句的「訪舊半為鬼」，更是令人唏噓不已，
才多久不見，不知不覺的，歲月早已催得人憔悴，並且平生故舊竟半
數以上作古，這種人世的無常，由詩人細膩而深刻的筆觸寫來，真是
入木三分。

　　其後回首前塵，「昔別君未婚，兒女忽成行」，這「忽」字表達了
二十年乍然電逝的迅急感，這一切都來得太突然，由此又呼應前文的
「焉知」一詞，人生本來就是一場戲，它如夢似幻，有些劇本雖然早
就寫好，無奈我們只是演員，根本無法預知命運之神未來想主導什麼

樣的戲碼，結果就是這一層未知，常引發讀者無限共鳴，蓋凡人乃光陰之逆旅，百代之過客，這種人類集體潛意識的無常感，也是文學常用的素材，詩人很巧妙的由一場巧遇之中帶入，並藉由文字所表現的速度張力之美，使得全詩讀來情味盎然。

緊接著敘寫一些家常瑣事，但是在平凡的造語中，卻充滿無限溫馨，全詩有驚喜、有錯愕、有慨嘆、有溫情，而讀者的情感便隨著詩文的舖展，跌的宕起伏，其中「十觴亦不醉」之句氣魄豪壯，「感子故意長」則情意真摯，及至收尾「明日隔山岳，世事兩茫茫」句，又把答案丟給無限的未知空間去處理，於是詩的氣勢延展了，空間的距離拉大了，讀者的想像範圍也擴充了，由此總收全局，將詩的境界推拓至廣闊無垠的未知之中，不只慨嘆人生，亦有反諷時政之效，如果天下太平的話，何必茫然至此？全詩組織嚴密，機杼細緻，在邏輯思考上脈絡分明，而美學情境的處理上，更能以普遍的生活經驗引發深層哲思，難怪會成為千載傳誦的佳篇。

〈將進酒〉李白

君不見黃河之水天上來，奔流到海不復回！

君不見高堂明鏡悲白髮，朝如青絲暮成雪。

人生得意須盡歡，莫使金樽空對月！

天生我材必有用，千金散盡還復來。

烹羊宰牛且為樂，會須一飲三百杯。

岑夫子，丹邱生，將進酒，杯莫停！

與君歌一曲，請君為我傾耳聽！

鐘鼓饌玉不足貴，但願長醉不願醒！

古來聖賢皆寂寞，唯有飲者留其名。

陳王昔時宴平樂，斗酒十千恣歡謔。

主人何為言少錢，徑須沽取對君酌！

五花馬，千金裘，呼兒將出換美酒，與爾同銷萬古愁！

這首詩為史上膾炙人口的名作，起首以「黃河之水天上來」挑起全詩氣勢，而河水奔流入海，象徵時光流逝，一去不回，並藉此對應人生苦短，生命無常的之慨嘆，就在這種感慨中，李白擅用他掌握速度的魔力，以「朝如青絲暮成雪」的倏忽感，表現時光飛逝，青春不再的悲嘆，而那種歡樂年華轉眼即逝的無奈與驚悚，就在短短十數字中，被詮釋得淋漓盡緻。「人生得意須盡歡，莫使金樽空對月」語氣豪壯，意興遄飛。「千金散去還復來」之句，瀟脫豪邁，而「還」字也是充分表現速度美感的關鍵字。至於「一飲三百杯」，「斗酒十千」，「同銷萬古愁」等詞句，則是文學創作中慣用的夸飾修辭法，整首詩就在這誇大的語彙與迅捷的快感中，表現出詩仙的動感豪情，令人低迴不已。

〈和五度玉門關上吹笛〉高適

胡人羌笛戍樓間，樓上蕭條明月閑。

借問梅花何處落？風吹一夜滿關山。[6]

絕句在節奏上本來就具有精簡俐落的特性，此詩以「胡人羌笛」、「樓」、「月」等意象，展現邊塞荒寒之境，表面上並未正寫戰爭，反以側筆帶出「梅花何處」的空靈飄渺境界，結尾以「風吹一夜滿關山」，反襯全局，速度之快，令人有措手不及的錯愕感，也正因如此，全詩氣勢全出，「聞笛」之妙自不可言喻，這又是另一種美學情境。

---

[6] 本詩有版本作〈塞上聽吹笛〉:「雪淨胡天牧馬還，月明羌笛戍樓間，借問梅花何處落？風吹一夜滿關山」。

（二）漸蹙／漸長／迴環往復的速度變化美感

速度與時間有很大的關聯，一首好詩，不論敘事與抒情，句中所表現的時間性，很少是平行等長的，為求情感的頻率應合，詩人往往採用一種變率，有時一句代表千萬年，有時一句代表數秒鐘，這種時間變率，在詩的時空直線進行中，或由冗長而漸短而急促，到結尾時倏然截斷，讓讀者產生意猶未盡，餘韻悠然的興味，此稱之為「時間漸蹙之美」。茲以賀知章的〈回鄉偶書〉為例分析之：

〈回鄉偶書〉賀知章

少小離家老大回，鄉音無改鬢毛摧。

兒童相見不相識，笑問客從何處來！

「少小離家老大回」寫出半世紀以上的人生歲月；「鄉音無改鬢毛摧」寫出景物依舊，人事已非的慨嘆；「兒童相見不相識」以老少對比，戲劇化相見的瞬間變化情境，表現時間的迫促感；「笑問客從何處來」是寫相見片刻中問話的剎那心境。全詩在時間的長度上是愈來愈急促，由一生的漫長，漸行漸短，終於迫促到彈指之間，這種設計，當然很神妙。同時，時間既已短促到彈指之間，已不能再短，所以下面也就不應該再有答話，如果下面再有問答，詩人就此曳然停止，留下來的無限興味，就讓讀者自己去細品了。

〈九月九日憶山東兄弟〉王維

獨在異鄉為異客，每逢佳節倍思親，

遙知兄弟登高處，遍插茱萸少一人！

本詩第一句寫長期在異鄉作客，飄泊漫長、孤寂且無依的時間拉距與幽思心境。第二句寫佳節即近，更覺鄉情可貴，而倍加思親。第

三句以重陽登高的美好情景來襯托孤寂之感，擴大文字張力。至於詩中每一句中所包含的時間進行過程，長短各有不同，從久客異鄉之長期性，到遍插茱萸的短促性，詩意由全面性的感慨，而趨向單一性，由虛泛性的感傷，指向特定性的慨嘆。而且隨著時間的漸行漸蹙，感慨也隨之凝聚加深。這種漸次深沈的慨嘆，自然造成內心更加緊促的情緒反應，於是詩的情味也變得愈加濃厚。

除了「漸蹙」以外，「漸長」也是一種時間設計與速度美感，前者愈來愈短，率動變化，節奏分明；後者愈來愈長，感慨曲折，情韻悠然。

〈逢入京使〉岑參
故園東望路漫漫，雙袖龍鍾淚不乾。
馬上相逢無紙筆，憑君傳語報平安！

全詩以二人對話的俄頃，勾勒出奔波不盡的歲月滄桑，其時間設計是一句悠長於一句，感慨也就一句深長於一句，詩人先由漫長的路程與人生歲月為引，次寫屢屢思鄉的等待時日，再寫蒼促相逢的片刻，最後急不擇言，竟只以「平安」二字總括一切思鄉情愁，全詩的組成形式是一句迫促於一句，結尾給人一種轉瞬即逝的迅捷感覺，一切答案，留給讀者去推敲尋繹了。

〈黃鶴樓送孟浩然之廣凌〉李白
故人西辭黃鶴樓，煙花三月下楊州，
孤帆遠影碧山盡，唯見長江天際流。

第一句寫故友在黃鶴樓辭別的光景，第二句寫友人出發的目的地與季候，第三句寫詩人對故友出發，一後直到孤帆消失的那種不捨與眷戀之情，第四句寫長江的悠悠無窮以此襯托情思。全詩在時間上是

由辭別的一瞬，展延為啟行的俄頃，再則展延為目送孤帆，漸行漸遠漸小，直至消失，再展延為長江自流，引接入古往今來無窮無盡的悠遠長久境界。由於時間的漸長，空間也次第開展，由黃鶴樓的定點擴展出去，近波與遠山，直到天際之外的長江，由特定視線範圍延伸到空間以外的世界！這種漸去漸遠的時空設計，用送人遠去的題意是很諧合恰當的，而當時空沒入無垠蒼茫的化境時，情感會隨之產生迴盪不盡的餘韻，這就是詩歌的潛在魅力，也就是「言外之意」的美境，正是詩歌最妙處。

　　除了時間的「漸蹙」與「漸長」之外，迴環往復，一唱三嘆也是速度變化之美的另一表徵，這種迂徐的美感，將令人產生委婉曲折之韻緻與情思。且看：

　　〈春江花月夜〉張若虛

　　　春江潮水連海平，海上明月共潮生。
　　　灩灩隨波千萬里，何處春江無月明。
　　　江流宛轉繞芳甸，月照花林皆似霰。
　　　空裡流霜不覺飛，江上白沙看不見。
　　　江天一色無纖塵，皎皎空中孤月輪。
　　　江畔何人初見月，江月何年初照人？
　　　人生代代無窮已，江月年年望相似。
　　　不知江月待何人，但見長江送流水。
　　　白雲一片去悠悠，青楓浦上不勝愁。
　　　誰家今夜扁舟子？何處相思明月樓？
　　　可憐樓上月徘徊，應照離人妝鏡台。
　　　玉戶簾中捲不去，擣衣砧上拂還來。

此時相望不相聞，願逐月華流照君。

鴻雁長飛光不度，魚龍潛躍水成文。

昨夜柔潭夢落花，可憐春半不還家。

江水流春去欲盡，江潭落月復西斜。

斜月沉沉藏海霧，碣石瀟湘無限路。

不知乘月幾人歸，落月搖情滿江樹。

　　〈春江花月夜〉乃樂府〈清商曲‧吳聲歌〉舊題，相傳為陳後主所創製，其曲節奏婉轉，音韻圓潤動聽，極富音樂之美。

　　張若虛以環轉交錯的手法，全詩緊扣春、江、花、月、夜五字舖寫，首尾遙相呼應，各自生趣，但以「江」、「月」二字為重心，反覆詠唱，構成一幅幽婉飄逸的「春江月夜圖」。起首以江水與明月對應，潮水和海上明月共生，托引出無限悠思之情，並借由江上夜景，點出離人相思愁緒。其後灩瀲波光，月照花林，桂華流瓦，白沙不見，天邊一輪皎潔明月，孤零零的映照江前，由此又點出「江月年年」，相思何處的別愁離緒。

　　其後鴻雁長飛，落月西斜，整夜的徘徊流連，相思難寄，最後又把滿腔情思寄託給漫漫瀟湘長路，只願伊人可期，聊慰相思之苦。全詩出現：四次「春」字；十二次「江」字；二次「花」字；和十五次「月」字；以及二次「夜」字。

　　在如此迴環轉折的語法中，時空中似乎靜止，又似乎緩緩波動流轉，就在這迴旋若虛的滲變中，讀者的心思被牽引了，進入詩境早已安排好的意象世界，詩人的相思之情，也成了讀者心靈共振的焦點，而一切詠嘆，更隨著時空的膠著凝固，聚合成極為綿密緊柔的氛圍。

詩中主要修辭之運用，以頂真、排比、對偶環環相扣，復沓詠嘆，錯落有致，構成巧妙超詣的藝術境界，帶給讀者很大的心靈饗宴。

二、空間的拉距美

　　空間美學運用在繪畫與建築上面，是指透過色彩、線條與空間配置，而能夠產生震攝人心的視覺美感，例如繪畫，好的作品，常在尺寸之間表現遼闊、延展的空間氣勢，這種美學概念運用在文學上，則是時空的交疊、凝縮、融合或延展所產生的境界之美。

　　凡是美感效果的呈現，「對比」與「和諧」是兩個重要的關鍵，差距愈大，對比愈強烈，而由強烈的對比衝突，所產生的心理震撼力也就愈強，美學效果也愈佳。但是在衝突的過程中，也要有「和諧」來緩化調和，此二者相輔相成，運用巧恰則相得益彰。例如色彩運用中「萬綠叢中一點紅」，這廣大無垠的綠，映襯一點鮮紅，視覺效果上，綠成了背景，紅跳脫為主體，雖然紅的面積不大，但密度相對提昇，再則紅與綠之間，紅色的彩度和高度本就高於綠色，一大堆低彩度、低亮度的「綠」，反襯一點高彩明亮的「紅」，那麼紅色的耀眼程度自然巧妙躍出，這是繪畫技巧的運用概念，相對的運用到文學上，也有異曲同工之妙。

　　如杜甫有詩云「江漢思歸客，乾坤一腐儒」這「乾坤」和「腐儒」之間，正是空間對比的最佳拍檔，乾坤之大對應腐儒之小，空間的距離擴大了，而「腐」字更隱含生命垂垂老矣之慨嘆，由此又令人聯想到時光消逝，迅如流水，一去難再回的人生悲歡，正因生死無常，而詩人久客他鄉，面對江漢遼闊的水域，想起家中親人，不免勾動年暮

欲返的回歸意識，這種藉外在景象，引發內在情思，為詩詞中慣用的比興手法，因設計得當，故能產生震撼人心的空間視覺美感。

（一）時空的擴大與延展

〈渡荊門送別〉李白

渡遠荊門外，來從楚國遊。山隨平野盡，江入大荒流。

月下飛天鏡，雲生結海樓。仍憐故鄉水，萬里送行舟。

此詩為李白離開故鄉四川，沿長江東流而下，來到湖北境內時所見的山水景象之作，據王國瓔《中國山水詩研究》分析：

> 首聯「渡遠荊門外，來從楚國遊」，意指詩人老遠的來到荊門山，以便在楚地遊覽。中間兩聯即是詩人行舟江上所見荊門外的自然景觀：「山隨平野盡，江入大荒流」，展露的是從四川迤邐東來的山巒到此消失於平野，滾滾東流的長江在此注入大荒。這兩句突出的是山水的壯闊氣勢。「月下飛天鏡，雲生結海樓」，呈現的是月落西方，如明鏡飛上天際，江上曙雲簇湧，如綺麗的海市蜃樓。這兩句點染的是自然現象的神奇景觀。尾聯「仍憐故鄉水，萬里送行舟」，乃是詩人情緒的抒發、同時也應和詩題的另一半：「送別」。但這次的送別，並非人與人之間的送別，其表達的亦非人與人之間的離情，而是從李白故鄉四川萬里迢迢流過來的長江水，在向李白送別。通過江水依依不捨來送別的擬人化技巧，李白表達的是自己依依不捨起向故鄉「告別」，從此他將懷著一分猶如江水之東流般綿綿無盡的離鄉背井之情，去追求他的宦遊生涯。這首詩雖然沒有像謝朓作品中那樣對宦遊涯的強烈悲嘆，但其既寫山水之美，又

感離鄉背井之情的風貌與內涵則與宦遊生涯共詠的山水詩典
型相屬。[7]

這是指詩的內容含意，若從美學情境去剖析，則此詩在時間與空
間的處理上，正是運用對比手法，而產生空間拉距之美。首聯說明自
己遠渡荊門，離鄉背景，千里迢迢來到楚國，「遠」字已點明距離差
異，次聯以「山」與「平野」互比相襯，「江」與「大荒」相對比映，
形成大小之間的對比，空間感隨之擴大。而「江入大荒」又間有一種
延展性，順著長江之水向東流逝，象徵詩人離家的距離與時間。而後
頸聯「月下飛天鏡，雲生結海樓」，詩人的思維與視野延展至無垠的
天地之外，讀者的意興亦隨之遄飛，最後以「仍憐故鄉水，萬里送行
舟」做結，「萬里」二字，正是時空延展的最佳註腳。

〈望月懷遠〉張九齡
海上生明月，天涯共此時。情人怨遙夜，竟夕起相思。
滅燭憐光滿，披衣覺露滋。不堪盈手贈，還寢夢佳期。

張九齡的這首〈望月遠懷〉，因完成於初唐，所以在格律上，不
是十分成熟，頷聯對仗不甚工整，仍留有古詩習氣，但就全詩氣格風
韻言，卻十分高妙悠遠，尤以首聯「海上生明月，天涯共此時」句，
氣象宏闊，情思悠渺，使人感有一種如夢似幻，飄洒閑逸的感覺。「明
月」與「天涯」的意象運用，使空間距離擴大，「生」字與「共」字
更將時空交疊融洽。頷聯「怨」字，呼應「天涯」一詞，正因時空阻
隔遙遠，方得有怨。而「滅燭憐光滿」之句，脫胎自陸機「滅華燭兮
弄曉月」；「不堪盈手贈」也比擬陸機〈明月何皎皎〉詩中「照之有餘

7   王國瓔《中國山水詩研究》，（台北：聯經，1986 年出版，1988 年 2 刷），頁 207。

輝，攬之不盈手」之句，全詩由情生景，情景交融，且一直環繞著「明月」舖述，層次井然，韻緻佳妙。

〈旅夜書懷〉杜甫

細草微風岸，危檣獨夜舟。星垂平野闊，月湧大江流。

名豈文章著，官應老病休！飄飄何所似，天地一沙鷗。

杜甫是經營空間的專家，在他諸多作品中，時空的擴大延展性似乎成了杜詩的正字標記。此詩為杜甫因華州司功參軍被解職後，離開成都，乘船去重慶時所作，當時為永泰元年，因客旅在外長途奔波，有感而作。

首聯以「細草」、「微風」、「孤舟」等意象凝造出孤寂、蕭瑟、淒冷的情境，由此點出飄泊羈旅之慨。頷聯「星」與「平野」、「月」與「大江」形成空間上的對比，此時讀者由第一聯的飄泊不定，孤寂寥落之慨，延展至空曠虛緲的平野，而隨著視野的闊大，感情也隨之推拓。頸聯收轉到自身慨嘆中，更增添無限幽思之情，尾聯以沙鷗自況，除了呼應前文之外，「天地」與「沙鷗」大小對比互襯，空間的延展不只在地面，甚至延伸到天上。至於時間方面，由現在的飄泊延伸至舊時的漂泊與未來的人生之不可期，就在這廣擴無垠的時空中，詩人藉此襯托出人生之渺茫，短短八句，力度無窮，悲嘆亦無窮。

（二）時空的凝縮與交疊

「凝縮」是指將距離遙遠的事物拉近，使其長度縮短或空間縮密之意。凝縮的運用也會使速度變快，文字密度亦相對提昇。至於「交疊」係指交互錯綜，覆沓重疊，詩創作中，交疊手法的運用，常出現

在今昔之比、古今之慨，或過去、現在、未來時空串連互比之句法中，而令人產生悠渺的遐思與聯想，例如李商隱〈夜雨寄北〉

> 君問歸期未有期，巴山夜雨漲秋池，
>
> 何當共剪西窗燭，卻話巴山夜雨時。

全詩就在覆沓交疊的時空中，現在與未來交互重疊，就是典型例句，又如「古月曾經照今塵，今月曾經照古人」之句亦屬此類作品。

〈杜少府之任蜀州〉王勃

> 城闕輔三秦，風煙望五津。與君離別意，同是宦遊人。
>
> 海內存知己，天涯若比鄰。無為在歧路，兒女共沾巾！

此時為王勃作品極具代表性的一首，初唐時期近體詩的格律發展尚未完全成熟，但此詩已具律體雛型。第三聯的「海內存知己，天涯若比鄰」乃流傳千古之名句，它的特色在於將時間與空間的距離壓縮了，詩人運用對比手法，將「天涯」與「比鄰」相對，於是廣大的空間被拉近到咫尺之間，只因人生處處有「知己」，這種心靈的互通，友誼的溫馨，使得原本飄泊動盪的宦遊心情也平緩下來，而由此又交疊至雄偉的長安城與三秦之地，從歷史的懷想延展至送別離思，情感的思維空間推拓得很大，詩的氣勢也隨之雄渾奔放了。尾聯以倒裝句法，極言不必傷別，否則將視同小兒女般令人見笑，此「兒女」又與「海內」、「天涯」對比相襯，使詩作收大開大合之效，文字密度甚高。

〈月夜〉杜甫

> 今夜鄜州月，閨中只獨看！遙憐小兒女，未解憶長安。
>
> 香霧雲鬟溼，清輝玉臂寒。何時倚虛幌，雙照淚痕乾。

　　此詩作於天寶十五年（西元 756 年），杜甫 45 歲，當時安祿山已攻陷長安，詩聖仍居留京城，目睹胡人肆虐，京師殘破，百姓困苦，此時，詩聖寫下一連串憂國傷時之作，如〈哀王孫〉、〈悲陳陶〉、〈悲青坂〉等名詩[8]。至於〈月夜〉一詩則是詩聖在長安時，惦記著鄜州妻兒子女所作詩，此詩情韻幽婉，意境絕美，一反詩聖沈鬱頓挫的一貫作風。

　　就時空的處理上，杜甫將無比的情思，透過時空交疊手法，把自己對妻子的掛念與妻子對自己的牽慮重疊，正是兩地看月，一樣相思，至於長安與鄜州兩地相隔千里，詩人運用透視與懸想的手法，遙想妻子也在月夜中思念自己，而且她在庭中望月，讓夜露弄濕了自己的雙鬢與髮髻，當月光投射在她潔白如脂的雙臂時，最美麗且動人的特寫鏡頭於焉出現，詩人從頭到尾不曾描繪妻子的美貌，卻在這個特寫鏡頭中，讓我們看到一個溫婉柔美的賢淑女子，在一片戰火燎原中，靜靜的等待丈夫歸來的淒美身影。最後詩人收束到未來的懷想「何時倚虛幌，雙照淚痕乾」。待戰事平靖，詩人將從長安返鄉，屆時將與妻子共看明月，互慰想思，再敘離情。

　　此詩於時間上，現在與未來重覆交疊，在空間的連結上，長安與鄜州之間的實際距離讓我們知道這對亂世佳偶的阻絕牽掛，而且從具象的距離實景，映襯抽象的心靈空間，彼此交互輝映，誠為美學經典。類似這種表現手法的作品，如中唐‧白居易〈自河南經亂關內阻饑〉：「共看明月應垂淚，一夜鄉心五處同」，及劉長卿〈秋日登吳公台上寺遠眺寺即陳將吳明徹戰場〉：「惆悵南朝事，長江獨至今」之句，過去和現在重覆交疊，時空的拉距力度隨之擴大。

---

[8]　《杜甫年譜》，（西南書局編印，1978 年 9 月初版），頁 78。

（三）時空的融合與錯綜

在一首詩裏，可將真實世界中，原本連續整秩的時空予以分割，也可以將真實世界中，分割破碎的時空予以疊映。過去、現在、未來三種不同的時間，可以重組出新的秩序，這種技巧謂之「時空融合」，例如陳陶〈隴西行〉末二句：「可憐無定河邊骨，猶是春閨夢裏人」之句，在真實的世界中，無定河邊的枯骨與閨人之夢境，應是兩個不同空間的實物，而且白骨與閨中良人既已分隔在不同的兩個世界，豈能再現，但詩人利用巧妙的聯想和時空融合手法，將兩個分隔的時空重組，讓無定河邊的白骨，再度回到閨人夢中，於是「無定河」與「夢」在虛實交疊之中相互串連，不僅使全詩產生妙意，也使讀者傷感悸動。

至於「錯綜」是指將原本整秩有序的時空調換順序，使其錯落有致，這種手法類似修辭學中的「錯綜」技巧。在時空設計中，「過去──現在──未來」按順序排列這是一般正常的序列，若序列，為「過去──現在──過去──現在」或「現在──未來──現在──未來」交錯互疊則謂之「錯綜」，時空的錯綜將令人產生情感的動盪與意識的連結。

> 〈宣州謝朓樓餞別校書叔雲〉李白
> 棄我去者昨日之日不可留，亂我心者今日之日多煩憂！
> 長風萬里送秋雁，對此可以酣高樓。蓬萊文章建安骨，
> 中間小謝又清發，俱懷逸興壯思飛，欲上青天攬明月。
> 抽刀斷水水更流，舉杯消愁愁更愁，人生在世不稱意，
> 明朝散髮弄扁舟。

這首詩也是典型的時空融合與錯綜之代表作，全詩以歌行入手，首句以昨日已去，時光流逝，將昨日、今日凝縮在一瞬之間，讓人覺得酣暢迅速，第三句的「長風萬里送秋雁」，更呼應前文，其後轉入

「蓬萊文章建安骨」，時空突然交疊在一起，魏晉與盛唐，一時多少豪傑遙想「建安風骨」與「盛唐之音」，又令人產生多少遐思，故而轉入「俱懷逸興壯思飛，欲上青天攬明月」，此時空間也被詩仙縮小了，似乎遙遠的蒼天，在他手中只是一方帷幕，即使明月高懸，李白縱身一躍，即可將其摘取，擁入懷中。

而正當讀者沈醉在詩人的豪情與詩意的縱拓之中，突然間李白筆鋒一轉，又讓我們落入無限的人生慨嘆之中，人生在世有多少恩怨情愁，愁緒似水，「剪不斷理還亂」，縱然慧劍快斬，也難斷綿綿情思，而這種思緒就像流水般，雖斷還流，欲堵更漲，欲消更愁。最後詩人以「扁舟散髮」收束全詩，意境悠渺、灑脫而落拓。整首詩就在縱橫跌宕的氣勢中，令人讚賞不已，無怪乎賀知章要稱讚李白為「天上謫仙」，這種豪情才氣，真的不是凡夫俗子所能具備。

〈黃鶴樓〉崔顥

昔人已乘黃鶴去，此地空餘黃鶴樓。
黃鶴一去不復返，白雲千載空悠悠。
晴川歷歷漢陽樹，芳草萋萋鸚鵡洲。
日暮鄉關何處是？煙波江上使人愁！[9]

〈登金陵鳳凰臺〉李白

鳳凰臺上鳳凰遊，鳳去臺空江自流。
吳宮花草埋幽徑，晉代衣冠成古邱。

三山半落青天外，二水中分白鷺洲。
總為浮雲能蔽日，長安不見使人愁！

---

[9] 據傅璇琮《唐人選唐詩新編》，「黃鶴去」或作「白雲去」。

　　以上二詩為史上膾炙人口的互比之作，崔顥〈黃鶴樓〉詩，據嚴
羽《滄浪詩話》評為古今「七律之冠」。其實若以技巧和境界論，李
詩實勝於崔詩一籌，只因李白有意套用崔顥格律，以消黃鶴樓上同為
登樓覽勝，卻因「崔顥題詩在上頭」，致使詩仙落得面對好山勝水也
題道不得之恨，故為尊重原創者，所以仍推〈黃鶴樓〉為冠。

　　以崔詩為例，首聯引用典故，將黃鶴樓的由來與今昔之況做一個
說明與比對，頷聯點出人生無常，歲月易忽之慨，頸聯回到現實，臨
樓遠眺長江美景，而生懷鄉之思，因此在時空的串連上，此詩為「過
去—現在—過去—現在」交錯排列。而全詩以景入情，以情說理，情
景交融，錯綜起伏，在類似歌行的格律中，用下平（十一）尤韻，使
得音韻悠遠，很能引發思古幽情。

　　至若李白的〈登金陵鳳凰台〉，在時空設計上，也是採用「過去
—現在—過去—現在」的錯綜手法，全詩格律工整，用典妥切，而今
昔之慨中，引歷史典故而借古諷今，最後接續到家國之思，氣魄宏大，
情摯真切，至於修辭上技巧，頂真、雙關、對偶、借代穿插運用，文
字密度很高。其與〈黃鶴樓〉詩可謂唐人七律雙璧。

　　〈月下獨酌〉李白

　　花間一壺酒，獨酌無相親。舉杯邀明月，對影成三人。

　　月既不解飲，影徒隨我身。暫伴月將影，行樂須及春。

　　我歌月徘徊，我舞影零亂。醒時同交歡，醉後各分散。

　　永結無情遊，相期邈雲漢！

　　此詩以「月」、「影」、「我」三者之間在「醒」、「醉」的時空串連
中，交疊互換。詩人一忽兒講花間獨飲，一忽兒又舉杯邀月，此刻詩
人的思維在現實與虛擬時空中跳躍，邀月對飲不成，只落得「影隨我

身」之慨，而後「月」與「我」;「我」與「影」又錯綜互換，在一切真假虛實間，詩人忽醒忽醉，忽聚忽離，醒時交歡，醉後將分散，最後希望託與飄邈雲漢作結，情韻無限空靈。

三、意象擬造之美

「意象」是作者的意識與外界物象相交會後，經過觀察、審思與美感經驗的釀造，成為有意義之景象。此一用詞，源於先秦哲學領域，據《易·繫辭》上:「聖人立象以盡意，設卦以盡情偽，系辭焉以盡其言，變而通之以盡利，鼓之舞之以盡神」，這裏所指的象是「卦象」，泛指一切可見之徵兆;意則是指卦象所表明的某種哲理或思想情感。「意象」合用，即指藝術創作的一種審美概念，它是指審美創造者心中所營構的一種意境，藉由客觀物象（或景象）投射出作者內心的情感世界。

一首優美的詩，絕不是一種概念性的理論意識，而往往是一幅鮮明動人、似乎令人可以觸及的真人真物。所以雄辯說服式的句子不容易成為好詩，詩是注重傳神的表現與生氣的躍動，所描寫的文字愈具體愈真切，形象便愈凸出;所描繪的意象愈具活動力，在讀者潛在經驗世界中喚起的共鳴也便愈強烈。

在意象設計中，作者透過具有象徵意義的物象組合，而呈現一種特有的氛圍，此謂之「意象擬造」換言之，即審美的主體情意與客體表徵互相融合，就是意象。更精確的說，意為情思，乃創作者表現的精神情感境界;象是物象，為創造者在醞釀意境時，所需運用的工具與方法，精神層次屬內在修為，技巧運用為外在功夫，因此一首好詩

（或其他成功之藝術表現），所展現的動人情志，其間借助意象擬造者甚多。

　　唐・王昌齡《詩格》中提到：「久用思精，未契意象，力疲智竭，放安神思，心偶照鏡，率然而生」這說明的就是意象運用的妙奇，它無須刻意，但求自然而然；司空圖《二十四詩品・縝密》有「意象欲出，造化已奇」的說法，以上說明的卻是意象創造過程中的勞神苦思，然一旦心馳神往，照見妙處，自然產生天成佳境，意象之美，不意而出。意象的運用不只在作詩能襯托意象，作曲更是如此，大體而言，「意象」營造對藝術創作的影響十分重要。明・胡應麟《詩藪》認為：「〈大風〉千秋氣概之祖，〈秋風〉百代情致之宗，雖詞語寂寥，而意象靡盡。」清・薛雪《一瓢詩話》認為：「陳聲伯舉『西風洒旗市，細雨菊花天，為深秋景色，宛然在目』，便是『意象具足』。」二人皆提到「意象」一詞，足見唐以後「意象」被文學家普遍重視的程度。

　　其實意象的擬造很難只憑一、兩件單獨物象而創景，中國文字本身即是單一圖象，詩人透過對大自然景物的描摹，將情感投射在這些具體物象中，塑造出能與讀者共鳴的心靈天地，即是意象塑造之美，有時詩的世界未必是真實世界，如王昌齡的「一片冰心在玉壺」之句，這「一片冰心」到底要去那裏找？又是怎樣的一種心境？但若從美學角度去探討，正是這種具象實景和抽象思維交互融合所構成的美感情境，方為藝術上乘。藝術的表現極致都是「抽象化」，因抽象概念不易被理解，故意象的凝造，其實只是借重具體物象表達創造者心中意欲傾吐之抽象情志，一旦讀者內心產生共振，這樣的設計就是成功的創作表現，共振度愈大，震撼力愈強，愈是好作品。

在盛唐詩人作品中,「日」、「月」、「浮雲」、「龍」、「鳳」、「松」、「竹」、「菊」、「蘭」、「雁」、「白沙」、「舟」等語詞常是具有象徵意義的語彙:

(一) 日——「朝日」象徵光明、希望,一切事務之始,此一意象可推溯至〈卿雲歌〉:「卿雲爛兮,糾漫漫兮,日月光華,旦復旦兮」。朝日意象具有生生不息之意。

「落日」象徵回歸、遲暮、生命將息。如李白詩句「浮雲遊子意,落日故人情」;劉禹錫詩句「夕陽無限好,只是近黃昏」,乃典型代表。

(二) 月——它是李白的最愛,也是盛唐詩作中不可或缺的意象表徵,它象徵高潔、明淨,有時也用來代指國君或一種理想,如李白「舉杯邀明月,對影成三人」,又如張九齡:「海上生明月,天涯共此時」,皆是膾炙人口的名句。

(三) 星——常代表一種遙遠的夢想或時空之阻隔,如杜甫詩句:「人生不相見,動如參與商」,當它運用在詩句中時,常會使意象產生遼闊、蒼茫的氛圍,如「星垂平野闊,月湧大江流」之句。

(四) 梅、蘭、竹、菊——常用來象徵君子志節或賢淑婉懿的女德。

「梅」,兼具「林間隱士」與「空谷佳人」的雙重韻致,它最能反映詩人們內心潛在的憧憬,故歷來吟詠最多,它同時兼備了絕世的風華與強者之寂寞雙重特性,同時也象徵文人風骨。

「蘭」,在屈原離騷中提到「紉秋蘭以為佩」象徵孤芳自賞的隱士風範,傳說孔子曾作「猗蘭操」以明志,慨嘆「王者之香」與眾草為伍,而有生不逢時之慨。姑不論其事真偽,後世以蘭象徵君子幽貞,它常以在野者身份,隱君空谷,離群索居,具有「人不知而不慍」的慎獨精神。

「竹」，象徵堅毅、虛心、高潔，它是其他植物中，最具「彈性」的一種，如明太祖〈詠雪竹詩〉：「雪壓竹枝低，雖低不著泥，明朝紅日出，依舊與雲齊」，正因竹子的有節、心虛、堅毅，在文人筆下，竹遂被意象化了。

「菊」，在中國詩人眼中，菊象徵高士，它具有隱逸特質，同時兼具受難烈士的精神，東晉陶潛的「採菊東籬下，悠然見南山」之句，成為後世隱逸詩人之宗，而菊花也就成為君子的代稱。

(五) 龍、鳳、麟、龜——根據《禮記・禮運》篇記載，龍、鳳、麟、龜四者號稱「四靈」，牠們象徵春、夏、秋、冬的時序輪轉，也象徵東、南、西、北四方位，如果從色彩來看，四靈又取象於青、紅、白、黑四色，由此引申至現實人生，龍象徵事業，鳳代表愛情，麟象徵德性，龜代表長壽。此四者皆為凡人所愛，運用到文學作品中，便能產生無限聯想。

(六) 桃與杏——「桃」在古典文學作品中，比較象徵「情慾」，杏則象徵「不忠誠或出軌的愛情」。《詩經》：「桃之夭夭，灼灼其華」，原本指美麗的桃花宛若艷麗的新娘，及至曹植雜詩：「南國有佳人，容華若桃李」、劉孝綽：「此日偶家女，競嬌桃李顏」，漸漸的以桃花代指女色，並淪為肉慾之象徵。但桃花往紅塵慾念想，是色慾的象徵，往煙霞高處想，卻又隱含「仙境」之意，如陶潛〈桃花源記〉記象徵理想世界，而道士所住的桃花觀、手持的桃木劍、西王母的仙桃園等典故，在此桃花扮演的皆是仙界表徵那是一種純潔脫俗的禁慾世界之圖象。至於「杏」，自從「紅杏枝頭春意鬧」、「一枝紅杏出牆來」的詩句出現，杏花似乎與緋聞脫離不了干係，且「杏」、「性」諧音，這當中又隱含著人們對於禮教之外，脫軌的愛情或脫序的男女歡愛之綺想。

(七) 垂柳與芳草

「柳」，在文學作品中，向來具有「離別」、「留思」、「多情」的象徵意義，詩經中有「昔我往矣，楊柳依依，今我來思，雨雪霏霏」之句，古人折柳送別，蓋楊柳依依代表不捨的情思，柳條細長，隨風款擺，恰似離人千愁萬緒，想以熱情擁住行者，卻又無能為力。再者「留」、「柳」諧音，故以柳象徵「別離」其來有自。而柳字在篆文中並不從卯，而是從古文酉字得聲，酉時為下午五點至七點，正是夕陽西沈，落入暗冥時刻，古人死後「衣衾柳之材」，故靈車又稱「柳車」，由此又令人聯想到「死別」之事，生離死別都和「柳」脫離不了干係，柳之意象十分明確。如劉禹錫〈楊柳枝詞〉：「長安陌上無窮樹，唯有垂楊管別離」，李商隱〈離亭賦得折楊柳詩〉：「含煙惹霧每依依，萬緒千條拂落暉，為報行人休盡折，半留相送半迎歸」皆是例證。

至於「芳草」，向來代表「愁思」、「離緒」，如「芳草萋萋鸚鵡洲」之句（崔顥〈黃鶴樓〉），芳草除寫景外，亦象徵離愁，另外草亦可象徵卑微小民，《論語》：「子曰：君子之德風，小人之德草，草上之風必偃」，白居易詩：「離離原上草，一歲一枯榮，野火燒不盡，春風吹又生，遠芳侵古道，晴翠接荒城，又送王孫去，萋萋滿別情！」其間原上草一則代表小老百姓，一則象徵別情，一語雙關。

(八) 魚雁沙鷗

「魚」、「雁」，古來代表「逍遙」、「飄泊」或是「家書」之代稱，所謂：「驛寄梅花，魚傳尺素」。而莊子與惠施於於濠梁之辯，早成為哲學公案，其間「魚」已成為「自在」的表徵；至於鴻雁，因為牠是候鳥，隨時序轉變，南北往返遷移，這種週而復始的飄

泊與回歸特性，早就成為文學中常用的意象語詞，盛唐邊塞詩作中，大量引用「孤雁」表現邊塞氛圍，其例不勝枚舉，若蘇軾名句：「人生到處知何似，恰似飛鴻踏雪泥」最是膾炙人口。

「沙鷗」，也是象徵飄泊的常用意象，另外牠也用來表示「自由」、「逍遙」，或是一種「理想」，如杜甫「飄飄何所似，天地一沙鷗」之句。除此而外，古典詩詞中，大多數的鳥類也都具有類似象徵，如白鷺、燕、鵑、鶩等，都能造成類似意象，如「漠漠水田飛白鷺」、「西塞山前白鷺飛」、「落霞與孤鶩齊飛」等句皆是例證。

(九) 昆蟲意象

中國詩人筆下，最愛描寫的昆蟲如蝶、螢、蟬、寒蛩、促織等，皆有其象徵意義，其中尤以蝴蝶和蟬最為明顯，蝴蝶是浪漫派的代表，享樂主義的代言人；蟬則是高蹈派的象徵，受難主義的實踐者。蝴蝶一生都在花叢中渡過，飽享春花美色，而且巧舞高飛，絢爛已極；蟬則棲宿梧桐一生，餐風飲露，清高自鳴，二者唯一的交集就是當秋風一吹，寒花瑟瑟，生命即進入終點。所以自古以來蝴蝶常用以象徵「愛情」、「浪漫」、「自由」；蟬則象徵「高士」、「孤寂」、「隱逸」。其它如「流螢」象徵短暫的快樂、「寒蛩」具有生命輓歌之悲鳴等，可知昆蟲意象也是詩人筆下搭配情境畫龍點睛時，常用的利器。

(十) 山水雲石

大自然所蘊含的一切萬事萬物，如日月星辰、山川木石、花草蟲魚、風雨雲霧、犀象虎豹、四季八方等，都不是單一意義，善於組合運用，就成為具特定目的之意象。

其中，水尤具有獨特而顯著的象徵意義，在中國詩人筆下的水世界是多元而博觀的，早在詩經時代開始，「水」就被運用得很普

遍，因為它是一切生命賴以生維的要件之一（陽光、空氣、水為生命三元素），所以先民對它有一份崇拜與渴求的想望，再者水的特性是柔順多變且用以潔淨之具，故用水象徵「潔淨」、「智慧」，甚至是「禮儀」或「清明」的代稱。所謂「仁者樂山，智者樂水」——用山象徵仁厚，水象徵智慧。

「原泉滾滾，不舍晝夜」——生命勵進的原動力。

「江漢之域，無思犯禮」——代表女子的貞潔。

「滄浪之水清兮，可以濯我纓，滄浪之水濁兮，可以濯我足」——用舍進退的人生態度。

漸漸的，隨著時代演進，水進入詩人浪漫而唯美的思維中，成為一種「渺茫」、「阻隔」或是無限「情思」之意念。《詩經·蒹葭》：「蒹葭蒼蒼，白露為霜，所謂伊人，在水一方」，詩中所呈現的蒼茫悠遠意境，與那情深款款，欲追尋又求之不得的幽婉韻致相應和，令人感動遙深。其後，隨著時代演進，水的象徵意義變化愈廣，唐朝詩人多以水比喻感情，十分貼切，李白有詩云：「桃花潭水深千尺，未及汪倫送我情」，用水來象徵深厚友誼，元稹名句：「曾經滄海難為水，除卻巫山不是雲」，遂成為歷來愛情堅貞不二的座右銘。而同樣是水，但表現方法不一樣的大自然景象之一「雨」，也常是情感的象徵，如李商隱詩句：「君問歸期未有期，巴山夜雨漲秋池」，以「巴山夜雨」象徵無限情思，如此濃情厚意，豈不令人動容。

又由於水性善變，一去不返，所以用在哲學思維上，也常代表一種「無常」，如果水域遼闊，則又象徵「阻絕」，正因水有如此多元而豐富的意含，自《詩經》以降，文學作品中幾乎不能沒有它。

其他如牡丹、芍藥、紫薇等象徵宮廷富貴之氣；春，代表希望；秋，象徵蕭索等，許多物象在文人筆下皆能釋出弦外之音。唯單一物象頂多只能叫「象徵」或「借代」，必須同質性的物象聯用，才能構成「意象」。

茲以下列詩作為例評析之：

〈古意〉李頎

男兒事長征，少小幽燕客。賭勝馬蹄下，由來輕七尺！

殺人莫敢前，鬚如蝟毛磔。黃雲隴底白雲飛，未得報恩不得歸。

遼東少婦年十五，慣彈琵琶解歌舞。

今為羌笛出塞聲，使我三軍淚如雨！

《聽董大彈胡笳兼寄語弄房給事》李頎

蔡女昔造胡笳聲，一彈一十有八拍。胡人落淚沾邊草，漢使斷腸對歸客。古戍蒼蒼烽火寒，大荒陰沉飛雪白。先拂商絃後角羽，四郊秋葉驚摵摵，董夫子通神明，深松竊聽來妖精。言遲更速皆應手，將往復旋如有情；空山百鳥散還點，萬里浮雲陰且晴；嘶酸雛雁失群夜，斷絕胡兒戀母聲；川為淨其波，鳥亦罷其鳴。烏珠部落家鄉遠，邏娑沙塵哀怨生。

幽音變調忽飄灑，長風吹林雨墮瓦；瓶泉颯颯飛木末，野鹿呦呦走堂下。長安城連東掖垣，鳳凰池對青瑣門；高才脫略名與利，日夕望君抱琴至！

以上二詩，皆屬邊塞作品，詩中概多「大荒」、「黃雲」、「秋葉」、「飛雪」等蒼涼荒寒之意象，而兩首詩皆以胡樂，引動塞外悲慨之音，如「今為羌笛出塞聲，使我三軍淚如雨」，「先拂商絃後角羽，四郊秋葉驚摵摵」，「幽音變調忽飄灑，長風吹林雨墮瓦」等即是，除了景象、

聲音以外，詩人又用「雛雁失群」、「野鹿呦鳴」等意象，更加擴大邊塞荒寒，且凸顯戰爭悲苦，百姓流離失所之窘境。最後以「日夕望君抱琴至」回應前文，全詩作結，象徵希望明君關切，戰事結束。全詩哀怨蕭索，意韻苦寒，意象的塑造很鮮明。

〈古從軍行〉李頎

白日登山望烽火，黃昏飲馬傍交河。行人刁斗風砂暗，
公主琵琶幽怨多。野營萬里無城郭，雨雪紛紛連大漠。
胡雁哀鳴夜夜飛，胡兒眼淚雙雙落。聞道玉門猶被遮，
應將性命逐輕車。年年戰骨埋荒外，空見蒲萄入漢家！

這首詩也是意象十分深刻凸顯的一首七言古詩，起首「白日登山望烽火，黃昏飲馬傍交河」已點明所在之處，其後「雨雪」、「大漠」、「胡雁」、「玉門」悉是邊塞風貌，一連串幽隔阻絕的塞外淒苦景致之後，以「年年戰骨埋荒外，空見蒲萄入漢家」，反諷為政者貪謀和利，枉顧國計民生的不人道，詩人並未提出控訴，但全詩從頭到尾，實實在在呈現客觀景象與塞外征戰的悲苦事實，就是一場血淋淋的控訴，當為政者坐擁嬪妃，飲酒歡宴的同時，可曾想到那是多少無辜百姓犧牲性命，用血淚換來的成果？

〈暮秋揚子江寄孟浩然〉劉眘虛

木葉紛紛下，東南日煙霜。林山相晚暮，天海空青蒼。
暝色空復久，秋聲亦何長。孤舟兼微月，獨夜仍越鄉。
寒笛對京口，故人在襄陽。詠思勞今夕，漢江遙相望。

〈月夜憶舍弟〉杜甫

戌鼓斷人行，邊秋一雁聲。露從今夜白，月是故鄉明。

有弟皆分散，無家問死生。寄書長不達，況乃未休兵！

〈江鄉故人偶集客舍〉戴叔倫

天秋月又滿，城闕夜千重。還作江南會，翻疑夢裏逢。

風技驚暗鵲，露草覆寒蟲。羈旅長堪醉，相留畏曉鐘。

以上三首詩皆寫離人思鄉之作，三首詩同時出現「月」的意象，而且時序皆在秋夜，第一首〈暮秋揚子江寄孟浩然〉詩，全詩概以秋日景象敘寫，落葉、煙霜、孤舟、暮色，一連串蕭瑟寂寥的意象連用，映襯作者離思，其後以「寒笛對京口，故人在襄陽」，反托思念故人的深刻情誼，而這份思念難以傳遞，只能面對漢江，遙望故人居所，遙寄無限詠思。這種寫法恰又與孟浩然〈宿桐廬江寄廣陵舊遊〉詩中「還將兩行淚，遙寄海西頭」有異曲同工之妙。

杜甫的〈月夜憶舍弟〉一詩為史上詠誦不絕的好詩之一。詩中「雁」、「露」、「月」等意象，已點明邊境荒寒，秋日蕭颯之意，而頷聯「露從今夜白，月是故鄉明」之句，時空交錯互疊，有很大的張力，這也是其他二詩所沒有的特色，頸聯兄弟分散，音訊難尋，充滿無限悲慨，尾聯又以太平時節與戰時互比，更增全詩聯想力。

戴叔倫的〈江鄉故人偶集客舍〉詩，在意象運用上，也是用「秋月」、「寒蟲」、「暗鵲」等語詞，凝造孤寒氣韻，首聯「天秋月又滿，城闕夜千重」句，氣氛凝重蕭索，頷聯「還作江南會，翻疑夢裏逢」，呼應前文，更添久別重聚，離思難解情致，惜後二聯依然環繞景象做平面敘寫，氣勢斗降，致使詩格稍頓，與杜詩相較，自然略遜一籌。

意象凝造一如戲劇手法中的造景，有時必須特寫，有時要有長鏡頭，有時又須畫面互相交疊，若能成熟圓巧的運用它，則情境之美，美不勝收。

第二節　唐詩的心理美學

前文已闡述，「境界」一詞為我國特有的文學批評（或藝術評論）術語，在西洋美學體系中，幾乎找不到同等的用語來替代。它通常指文藝作品所展現的心靈情境，此種情境歸納起來，可分數為兩種現象；一為「情景交融」，一為「象外之境」，前者指情與景（意與境）之間互相滲透、轉化，彼此交融所產生的美感境界；後者指透過實景描述，反托出超越實象，甚至是超越感官與意識的一種美感境界。例如：「我見青山多嫵媚，料青山見我亦如是」（辛棄疾）之語為「情景交融」，作者將自己的情感移轉於青山，將自己內的感受映射於青山之上，而想像青山能呼應自己的感情，體會自己的心境，故內心情境融於景中，致所見之景皆有情；所見之皆有景，謂之「情景交融」。至於「採菊東籬下，悠然見南山」（陶淵明詩）則為「象外之境」，此言中，詩人無意識的與東山遇合，其所見之山已超越真實景物，因為詩人透過真山實水，呼應心靈世界，故悠然者非南山，而是作者本身，這種境界若依照朱光潛先生的說法，那是一種孤立、絕緣的美感，這種美感境界有時是作者本身內在情境的映射，它是直覺的、超然的、獨立的，甚至超越經驗值，因此，常常要透過哲學或宗教的方法去印證。

在文學作品中，語言本身的美具有相對獨立的意義，這是古代藝術家所公認的。然而，我國傳統的美學思想，往往認為言、象、意三

者的關係，用言以明象，用象以盡意。講得更明白些：言是文字符碼，象是意象表徵手法，意為情境美感，這三者的關係語言是工具，意象是技巧，美感情境則為目的。而且目的愈超然，則境界愈高。這種美學思想的建立，早在春秋時期就出現。莊子說過：「言者所以在意，得意而忘言。」玄學大師王弼也說：「言者所以明象，得象而忘而；象者所以存意，得意而忘象。」雖然他們都是從哲學角度出發，但運用在藝術審美的觀點上來看，正可破除文字與形式技巧之窠臼，而提存著藝術化境。如皎然說：「但見性情，不睹文字，蓋詩道之極也。」司空圖說：「不著一字，盡得風流。」這都是受得意忘言觀念的影響。清・賀貽孫說：「盛唐人詩有血痕無墨痕，今之學盛唐者，有墨痕無血痕。」所謂「墨痕」，即指語言文字，「血痕」即指性情。盛唐詩所以高明，在於只見性情，不睹文字，後世學盛唐而不及者，徒見語言文字，而無真情實感，故不動人。

劉熙載也說：「杜詩只有、無二字足以評之。有者，但見性情氣骨也；無者，不見語言文字也。」這也說明：在優秀詩人的筆下，由於言行和意志的高度融合，讀者不知不覺被詩人所擬造的情境所融合內化，其間但覺感動而無斧鑿痕，這就是一切藝術的終極境界──「心靈美學」。

探討心靈美學，不外乎從「有」、「無」和「虛」、「實」境界入手，方能得其神髓。「有」、「無」指境界，「虛」、「實」是表現技巧。凡詩中之實境為詩人借自然景物或歷史事蹟或社會時世，而觸發內心慨嘆，藉茲表達情志者；詩中之虛境則為作者的心靈境界，實境可藉由自然景物反映投射，虛境則必須作者本身內省觀照，並透過適切的文字表達才能讓讀者產生共鳴。

　　故詩境中的實景反而是「客」是「賓」，真正的主宰是作者想深切表露的抽象心靈世界。由於創作者各有不同的表現技巧，在情景交融的敘寫過程中，有些是情與景融而為一者，有些則是以景托情，且別具言外之意，茲分述如下：

一、主客對應與情景交融

　　情景交融的作品為歷來詩人創作的主流，早在詩經時期，就有大量情景交融的作品流傳於後，如「蒹葭蒼蒼，白露為霜，所謂伊人，在水一方」之句，就是詩人藉蒹葭蒼茫之景，映襯內心思慕伊人的情境；又如「關關雎鳩，在河之洲，窈窕淑女，君子好逑」之句，即是以關雎求偶的景象，象徵諸侯王追求后妃的情況。這期間，詩人的情志為主體，自然景物為客體，主體與客體之間，形成良好的對應互襯關係，它們彼此襯托，相應融合，這種手法，為中國古典詩歌美中十分重要的一環。

　　自詩經以降、古詩、樂府中，諸多感人的篇章，主客對應與情景交融的佳作俯拾皆是，如〈飲馬長城窟行〉、〈庭中有奇樹〉、〈青青河邊草〉、〈陌上桑〉等傳頌千古的佳作，都是有情有景，賓主分明，而且情景間卻又融合得當，對應適宜者。衍至盛唐，創作技巧愈工，情景交融的手法也愈高妙，詳細論之，主客對應者，即指情景分開敘寫，那是指詩境當中，有的光以情到，有的先以景到，情景之間，在敘述時有先後順序或是一情一景，兩層疊敘的情況，茲舉實例以論：

（一）先景後情

〈使君席夜送嚴河南赴長水〉岑參
嬌歌急管雜青絲，銀燭金杯映翠眉。
使君地主能相戲，河尹天明坐莫辭。
春城月出人皆醉，野戍花深馬去遲。
寄聲報爾山翁道，今日河南勝昔時。

　　全詩八句，起首二句寫使君夜宴的富麗景象，三、四句寫人情，疏客流動；五、六句兩句再敘夜景迷離，令人不勝流連之狀，七、八兩句又寫人情，饒富情味。整首詩就在這情景來敘中，管絃交疊，歡送達旦，情景之安排交錯有致，陳繼儒評其「起得富麗，接得談宕」。

〈宿桐廬江寄廣陵舊遊〉孟浩然
山暝聽猿愁，滄江急夜流，風鳴兩岸葉，月照一孤舟。
建德非吾土，維揚憶舊遊，還將兩行淚，遙寄海西頭。

　　此詩前四句寫景，從四句寫情，情景之間互相襯托對應，賓主分明。凡借景言情之作，歷來詩人多所為之，清，劉熙載《藝概》：「昔我往矣，楊柳依依，今我來思，雨雪霏霏。雅人深致，正在借景言情」，而明代謝榛認為：「詩中比興固多，情景各有難易。若江湖游官羈旅，會晤舟中，其飛揚轗軻，老少悲歡，感時話舊，靡不慨然言情，近于議論，把握住則不失唐體……」。浩然此作，正是羈旅懷鄉憶友之作，詩中情景搭配互襯的手法高妙優雅，時空的延展效果亦佳，正是哀而不傷，樂而不淫的好詩。

（二）先情後景

明、仇兆鰲曾就杜詩五律析論其情景表現之美，他說：

> 有景到之語，如「落雁浮寒水，饑烏集戍樓」、「星垂平野闊，
> 月湧大江流」是也。有一句說景，一句說情者，如「悠悠照邊
> 塞、悄悄憶享華」是也。有一句說情，一句說景者，如「白首
> 多年病，秋天昨夜涼」是也。有一景一情，兩層疊敘者，如「野
> 寺江天豁、山扉花竹幽。詩應有神助，吾得及春遊。徑石相縈
> 帶，川雲自去留。禪枝宿眾鳥，漂轉暮歸愁」是也。[10]

以上文字說明了老杜作詩時，遣語造句功力之深。其實詩境中，
情景雖可分序，其實純寫景未必無情，純寫情又未必無景，所以情景
的安排，孰先孰後，端看作者巧思，先後次序不是問題，要能詩旨明
晰，詩境高妙，即是佳作。前文已論述「先景後情」者，今析論「先
情後景」之作：

〈雜詩〉王維

君自故鄉來，應知故鄉事，來日綺窗前，寒梅著花未？

這首詩以理性設問的立場，對於遠從故鄉來訪的客人，做出邏輯
推理的假設，既然從故鄉過來，則故鄉事物應瞭若指掌，至於詩人想
問的，竟是出人意表的問題——梅花開了沒？

表面上看來，一堆無厘頭的問答，讓人摸不著頭緒，其實這正是
王詩高妙處，此詩妙在境界高，其意境飄然出塵。前兩句推理式的問
話，點出詩人懷鄉之情，後兩句輕點寒梅，而且寒梅又在綺窗外，就

---

[10] 黃永武《中國詩學・鑑賞篇》，（台北：巨流圖書公司，1976 年 6 月 1 版 1 印，
1982 年 5 月 1 版 6 印），頁 77。

視覺美感而言，宛若一幅清悠淡雅的水墨雲，那麼樣的飄逸出塵；就情境言，故鄉早春，寒梅綻放，而羈旅在外的異鄉遊子，見此情此景，豈能不興起故園之思？

詩人含斂的將自己懷鄉的情思，用十分逸淡典雅的景致，將這份濃郁的鄉情襯托得更加細緻綿長。而且不僅情景分明，前二句寫情中蘊含理性的思維，後二句寫景中，表現感性的優雅，情景分設，剛柔並濟，耐人尋味。

（三）情景交融

凡好詩皆是融情入景，融景入情二者，交融兼並，互為比襯者。清、方東樹《昭昧詹言》論及情景交融之作，他舉杜甫〈秋興八首〉為例，提到：

> 第一首起句秋，次句地，亦兼秋。
> 三四景、五六情，情景交融，興會標舉。

這裏所謂的「情景交融」是指作品中所抒發的情意與所描繪的景物有如水乳交融般，渾然一體，難以分設。

方氏又謂：「情交相生，情景相融，所謂興會才情，忽然涌出花來者也」。他不斷的提出「興會」一詞，那是指詩人創作時，一種靈泉湧地，心物合一的最佳狀態，興者，比興也；會者，交融。也就是說詩人見景觸情，又因情入景，彼此融合，不分軒輊的一種創作境界。

清、施補華《峴傭詩說》：「景中有情，如柳塘春水漫，花塢夕陽遲。情中有景，如勳業頻看境，行藏獨倚樓。情景兼到，如水流心不競，雲在意俱遲。」其實施氏所提例句中，估不論「情中有景」或「景中有情」皆是情景交融的例證，而所舉江亭詩中「水流心不競，雲在

意俱遲」之句，最令人激賞，浦起龍說它是「透出胸襟，便極開適」；盧元昌評「身在亭中，心遊亭外」，不過這樣的的語語仍然缺乏其入要害，直指人心的精確論斷，因為情景交融之句，有時會出現像禪境一樣令人妙悟的境界。

仇兆鰲說明情景交融的境界為：

> 有景中含情者：如感時花濺淚，恨別鳥驚心。岸花飛送客，檣燕語留人是也。有情中寓景者：如影著啼猿樹，魂飄結蜃樓。正愁聞塞笛，獨立見江船是也。有情景相融不能仇別者：如水流心不競，雲在意俱遲。片雲天共遠，永夜月同孤是也。[11]

仇氏所舉例句中「片雲」二句，語出杜甫〈江漢〉詩，茲以此詩為例析論之：

〈江漢〉杜甫

江漢思歸客，乾坤一腐儒。片雲天共遠，永夜月同孤。
落日心猶壯，秋風病欲蘇。古來存老馬，不必取長途。

此詩在本章時空延展一節中亦提列分析過，其中「乾坤一腐儒」是空間擴大對比十分成功的例證。這首詩以老馬為喻，寫烈士暮年，壯心不已的英雄氣度。其中「片雲天共遠，永夜月同孤」之句，其情景交融的美境在於雲遠天遠，誠然是自然情境以外，更因為詩人在心境上自覺任重道遠，便覺天地蒼茫，行仁致遠了；至於「同孤」者，由於天涯飄泊，歸心思鄉，不知不覺感到月夜迷朦，天地同孤，「孤」

---

[11] 黃永武《中國詩學・鑑賞篇》，（台北：巨流圖書公司，1976 年 6 月 1 版 1 印，1982 年 5 月 1 版 6 印），頁 87。

字完全受前文「思歸」影響，彼此呼應，情境交感，故為情景交融之佳作。又如：

〈獨坐敬亭山〉李白

眾鳥高飛盡，孤雲獨去閒，相看兩不厭，祇有敬亭山。

這首詩是典型的情景交融例證，首二句寫景，並以「孤雲獨去閒」之句，表達作者內心孤寂閒適的心境，雲在天上飄乃自然現象，不可能會有孤單或熱鬧的情緒反應，雲之所以會孤，乃是詩人移情作用，將自己的心境投射於自然景物所產生的效果。至於「閒」字襯托孤寂心境，也呼應第三句「相看兩不厭」的情境，概詩人既已厭倦人事紛擾，唯有回歸山林，才能滌濾胸中俗務。當詩人與敬亭山對望時，物我相融，兩看不厭，這種境界，在美學中謂之「移情」。

王國維在《人間詞話》中說到：「有有我之境，有無我之境，淚眼問花花不語，亂紅飛過秋千去。可堪孤館閉春寒，杜鵑聲裏斜陽暮。有我之境也」又說：「有我之境，以我觀物，故物皆著我之色彩」。李白〈獨坐敬亭山〉一詩，詩人將山擬人化了，將心境移情轉化了，故詩心與山水之心互相印合，情境自然交融不分。類此境界，如南宋、辛棄疾詞語云：「我見青山多嫵媚，料青山見我應如是」就是這種境界的脫胎轉化。

〈鳥鳴澗〉王維

人閒桂花落，夜靜春山空，月出驚山鳥，時鳴春澗中。

這首詩呈現的是大自然在剎那間，動靜互替的現象。其中人、花、月、夜皆以最自然的面貌呈現在讀者眼前，詩人不帶任何指涉，不加修飾的將山中月夜寧靜而空曠的景象，自然而和諧的表達出來。

　　因為人是悠閑的、散逸的，以至連桂花開落的春日時序，都未能激起詩人心中半點漣漪，宇宙自然的定則就是那麼自在的展露出來，而春山月夜，一切寂寥，山中夜景寧靜連月亮出來都會驚動林間的小鳥，詩人靜聽自己的心音，生命就那麼束然而自在的與大自然互動，宇宙時空不斷更迭輪替，聽著山澗淙淙水聲，與體內汩汩的生命流泉應和，這一切就在一個「靜」中，定出一種法則。而這種境界也只有詩人獨自享有，在這首詩中，人已成為自然的一部份，一切交融得那麼順當合理，自然而高妙。

　　綜合上述，情景交融之境為物我合一的境界，然而在心靈美學中，我國古典文學受禪宗影響甚深，所以盛唐時期，超越意識，而達到「空」、「無」之境的詩作亦多，這就是「無我之境」。

二、言外之意與象外之境

　　王國維《人間詞話》中，對於無我之境的詮釋：「『采菊東籬下，悠然見南山』、『寒波澹澹起，白鳥悠悠下』無我之境也。又說：無我之境，以物觀物，故不知何者為我，何者為物。」[12]

　　這種物我兩忘的境界，正是王弼所謂「超以象外，得其圜中」的表現。早在《莊子‧外物》即言「筌者所以在魚，得魚而忘筌；蹄者所以在兔，得兔而忘蹄；言者所以在意，得意而忘言」這種得魚忘筌，得意忘言的思想境界若運用於美學中，那是一種超然忘我的美妙境域。

---

[12] 王國維《人間詞話》，（台北：漢京文化事業有限公司，1980 年 9 月出版），頁 1。

　　東晉‧王弼根據「得意忘言」之說，而提出「得意忘象」之論，在《周易略例‧明象》中，他提到：「夫象者，出意者也。言者，明象者也。盡言莫若象，盡象莫若言，言出于象，故可尋言以觀象；象出于意，故可尋象以觀意。意以盡象，象以言著，故言者所以明象，得象而忘言，象者所以存意，得意而忘象，忘象者，乃得意者也，忘言者，乃得象者也。」以上文字，王弼將言、意、象三者之間的關係，做命題分析與聯繫，如果套用現代的術語：言是表現技巧（語言文字），那是工具；象是展現手法（修辭、意象設計），它是方法；意是思想主軸，乃最終目的。

　　詩歌作品境界之高低，端賴意象表現的高妙與否。朱光潛先生曾說：「意象是生生不息的，換一種情感，就是換一種意象；換一種意象，就是換一種境界。」這種美學鑑賞的觀念，盛唐時期王昌齡闡述甚多，此於前文已論及，茲不再重述。

　　若以「言外之意」與「象外之境」的美學情境析論盛唐詩作者，則王維最具代表，常建亦得精髓，茲以此二人詩作為例分析之：

　　〈終南山〉王維

　　　太乙近天都，連山到海隅。白雲迴望谷，青靄入看無。

　　　分野中峰變，陰晴眾壑殊。欲投人處宿，隔水問樵夫。

　　此詩詞意清新逸宕，境界空靈。詩人先以誇飾語話，敘寫終南山的高大壯闊，高聳入雲，逼近天都，其壯大遼闊，相連到海。其次以雲山悠悠，青峰綿延，來擴大空間距離增強視覺效果。就這一脈大山大壑的領域中，分界線上天候變化無常，這樣的無常也呼應著詩人未能安定的心境，但既已入山，總要尋個落腳打尖的地方，就在這尋覓

之間，詩人突然以「欲投人處宿，隔水問樵夫」之句截斷詩意，這心切弦外之音就在「隔水」二字，被烘托得高妙逸宕，空靈不已。

雖然詩韻戛然而止，然而餘韻繞樑，這樵夫為何突然出現，而在這茫茫出塵山嶺間，居者何人？真是耐人尋味，一切的想像山間也就留給讀者去接續品味了。

〈題破山寺後禪院〉常建

清晨入古寺，初日照高林。曲徑通幽處，禪房花木深。

山光悅鳥性，潭影空人心。萬籟此俱寂，惟聞鐘磬音。

此詩屬「超詣」之美，前文已提列。現在就以它的表現境界析論之：首聯寫景，頷聯呼應前景而「曲徑通幽處」這曲字與幽字暗玄機，埋下後句「禪房花木深」的高意優筆。因係禪院所在，故顯得林木蕭森，「深」字映照「禪」字，花木只是因景起興的借喻之語而已，真正含有深意的是禪機，卻因花木植栽在禪院四周，竟也不同凡俗了。

至於頸聯的「山光悅鳥性，潭影空人心」更是移情轉化之語，因禪院所在，連山光水影，或林間小鳥都能通達人性，了悟禪機，其中「空」字用得極為超詣精妙。修禪的目的無非了悟本心本性，而佛性本自清空，如此山水與人心之間，人心與禪悟之間，彼此互相對應交融，昇華轉化。詩人已超越了主觀意識層面，而進入另一層忘空無我的心靈境界。最後萬籟俱寂，鐘磬繚繞，一切妙境與禪機只留待開悟者自行咀嚼。

其實盛唐詩作中，凡具有超詣、空靈美感特質的作品，也常具備意在言外的超然境界。自從陶淵明的「採菊東籬下，悠然見南山」之語出，後世表現此類美感者不乏其人。尤以盛唐時期，禪宗已十分昌

盛，前文已闡述，唐代美學家中，如皎然即為一詩僧，故其評詩，特重神韻。

而「詩佛」王維，更是內化禪機理趣於其作品之中，故其詩格高妙，不同凡俗。如〈漢江臨眺〉詩中「江流天地外，山色有無中」；〈歸嵩山作〉中「流水如有意，暮禽相與還，荒城臨古渡，落日滿秋山」；〈終南別業〉中「行到水窮處，坐看雲起時」等語，皆是言外之意，象外之境的絕妙佳語。

而且似類作品既出，盛唐以後倍受重視，如劉長卿〈尋南溪常道士〉詩：

> 〈尋南溪常道士〉劉長卿
> 一路經行處，莓苔見屐痕。白雲依靜渚，芳草閉閒門。
> 遇雨看松色，隨山到水源。溪花與禪意，相對亦忘言。

一看就知道是脫胎自淵明飲酒之詩「相對亦忘言」句，其中「遇雨看松色，隨山到水源」屬情景交融之境，而「溪花與禪意，相對亦忘言」又由情景交融提昇到忘空無我之境。

唐朝以後，宋詩更是興理妙悟，惟「精、氣、神」具足，仍以盛唐為高。嚴羽在《滄浪詩話》中，甚至以禪宗大乘的「正法眼悟」之義來譬喻盛唐之音。他說：

> 論詩如論禪、漢、魏晉與盛唐之詩，則第一義也；大曆以還之詩則小乘禪也，已落第二義矣；晚唐之詩則聲聞辟支果也。[13]

---

13 宋·嚴羽撰，清·胡鑑注，任世熙校《校正滄浪詩話注》，（台北：廣文書局，1972 年 1 月初版，1990 年 10 月再版），〈詩辨〉頁 11。

嚴氏之旨全以「妙悟」二字論詩境，妙悟一旨正是言外之意的精神所在。這種創作觀念的進步，正是純化詩歌藝術境界的一大推手。

第六章　「盛唐之音」的影響與評價

第一節　「盛唐之音」對時代風氣及後世文學發展的影響

　　有唐一代，以盛唐對當代及後世的影響力最為巨大。所謂影響是指披靡習俗，造成風潮，甚至形成定式，足供後人仿效者。盛唐時期，不論文治、武功、經濟、文化、與其他時代相較，很明顯的可以讓人感受到它那光燄四射，無可掩蓋的大時代風範與魅力。

　　就以「盛唐之音」而言，從歷史的軌跡中去尋繹，我們可以綜合歸納出來的理由是：

　　有容──因為「有容乃大」，盛唐文化容古納今，甚至包容外來文化，故能塑造其博大精深，多元繁複的特質。

　　崇高──這種崇高的價值觀，除了表現在社會普遍的大國意識與自我尊嚴以外，也表現在盛唐詩人群的創作意識之中，而形成一種文化共象。

　　當然，科舉勃興與社會安定，誠然帶給盛唐詩人很大的鼓舞與前進功力，但詩人本身獨具的人格特質與文化使命感，更是帶動整體文化風氣向上提振的一大激助力量。

　　大陸學者傅紹良先生在《盛唐文化精神與詩人人格》一書中提到：

　　　盛唐文化在中國文化發展中處於雙重地位，它既是中國文化發展歷程中的一個分子，又是盛唐時代每個生存者所共享的文化母體。作為文化分子，盛唐文化顯示出了極強的個性，也充滿著蓬勃朝氣和活力；作為一個時代文化的母體，它以其強大的

　　　　凝聚力，使諸多文化分子都能在特定的文化氛圍中得到自由而
　　　　健康的生長，特別是它那蓬勃、朝氣與活力，更使盛唐文化分
　　　　子在「覓母」過程中，受益匪淺，它為這些文化分子的「覓母」
　　　　提供了獨特的「複製」機制，使得那種「複製」也在朝氣與活
　　　　力的文化精神中，放射出奇異的光彩。那種「複製」機制所產
　　　　生的效應已經不再是重複，也不再是與母體的背離，而是將母
　　　　體的諸多優良因素，組合成一個個全新的完美的有機體。那些
　　　　有機體又以其各自的特色為盛唐文化增添了無窮的魅力。[1]

　　他認為整體文化與個體文化的演化關係就文化學家而言，稱之為
「文化特有的複製現象」。而且在地球上還存有一種新型的複製基
因，以模仿方式進行自我複製，這種基因稱之為「覓母」（Meme），
覓母不同於一般意義上的基因，它是「人們的思想和行為對文化母題
的複製能力及在這種能力所體現出的文化共性」。

　　複製又非簡單的重覆出現，而是「對於文化母題諸方面因素的有
機整合」，這種整合是在模仿的程式中，同時展現自我個性特色。換
言之，就是指「在共同化背景的生活下，也會因性情的差異和生活經
歷的不同，而形成各具特色的文化個性。」

　　後上述文字中，我們不難了解到，盛唐文化的形成，有其大體與
小我之間的互動關係，這種互動形成一種共象，造成一種風潮，這就
是「影響力」。

　　研究唐代文化的學者莫不認為盛唐的文化融合一直都採取主動
態勢，它融合了邊疆少數民族如突厥、鮮卑、契丹等文化，也融合了

---

[1]　傅紹良《盛唐文化精神與詩人人格》，（台北：文津出版社，1999 年 6 月 1 刷），
　　頁 69。

印度、阿拉伯等外來文化，這種融合不管是透過戰爭、商業、政治或文藝，到最後都被知識份子內化了。

這種內的關鍵在於人格構成的特質與心靈層次之提昇，它是自然演進成功的，文化學者甚至認為那是「集體表象」與「集體無意識」的表徵。這種集體無意識的發展形成一種推力，遂塑造出盛唐的文化優勢與時代共同的審美法則：

(一) 以崇高、昂揚、博大為主流。

(二) 文化風骨和自主創作意識成形。

(三) 雅正風尚主導時代文化。

(四) 富貴華美的基調成為當代美學正統。

當然，自盛唐以後，這種美觀也曾隨著時代轉變而有所更迭，但無可諱言的，盛唐流風所致，披靡後世，歷千年而不衰。茲整理歸納成下列數項要點以論：

一、確立詩歌創作形式與詩學評論的成熟模式，足供後人學習

有關於盛唐詩歌創作在形式上的發展完成，於本文第四章「盛唐詩作的形式美」已闡述，而任何一種技藝的流行，它的演變模式不外乎：

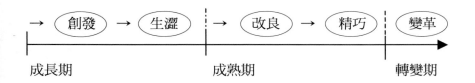

在成長期的過程中，一定是風格樸拙，且形式不定；成熟期的階段必然形式精巧，語言煉達，但數量不一定最多；變革期以後，開始產生多元變相，甚至漸趨沒落，最後出現新的文體，這種演化模化也可套用佛家語中的「成、住、壞、空」來印證。

基於上述原理，筆者嘗試從全唐詩的總量做分析，結果發現整部全唐詩 48900 首作品中，數量最多的其實是中唐（約 19000 首），盛唐在其次（約 12000）首，但是所有中唐詩歌的創作模式或審美觀，文化精神等具體表現及抽象思維理念，無不承襲自盛唐，雖然隨著時代的轉變，創作形式難免有變革，但精神的傳承卻是一致的。

二、取得雅正與通俗之間的平衡點

通俗與雅正這個問題，常是歷來文評家注意的焦點，因為曲高和寡，取其雅正，則不容易普及流傳，不能普傳，就會淪為少數貴族或特定人士的專技，而失去廣化人心的功能。若取其俗，則又容易流於鄙陋，雖然俚俗易懂，恐喪失文采風華，淪為頹廢低俗的靡靡之音。

所以要取得雅、俗之間的平衡點，著實困難。但是我們從盛唐的詩歌發展中，不難發現這個時期的作品不僅量多質精，而且宮廷與民間互相傳唱、流傳甚廣，這是在其他時代不容易見到的現象。能帶動這種風氣的原因，不外乎政府重視與當時的詩人對個人創作觀、社會企圖心以及時代使命感所產生的推力所致，換句話說，就是小我個體與大我群體間造成共識，互相推進所形成的時尚趨勢。這一點可以從《全唐詩》所錄盛唐作品約 12000 首，不到 80 年的時間，可以有如此的創作規模，可謂量多而質精，以今人眼光觀之，足令人瞠目咋舌，驚嘆不已！

三、提出系統化、科學化的詩歌創作理論

盛唐以前，詩歌之創作缺較有系統的方法與理論，至於在審美與評論上，除《詩品》與《文心雕龍》以外，便無具體有形的專論出現。

盛唐以後，如王昌齡《詩格》、殷璠《河嶽英靈集》等，皆能針對前人優缺點，提出具體評述，至於像李白、杜甫、王維、孟浩然、常建諸家，則在作品中，具體有形的表現他們的創作風格和理念，當後人閱讀完他們的作品時，自然能夠「學之有據，言之有物」，這是盛唐詩人所建立的系統化模式對後世之貢獻。

而近體詩格律的嚴謹乃歷代詩歌之冠，但是這種嚴謹形式所帶來的優點是跡可尋，既科學又明確。綜觀盛唐詩歌可謂骨肉、氣血、靈性兼具，後學者確難望其項背。

第二節 「文必秦漢、詩必盛唐」的審美價值觀探討

由於歷來對盛唐文化評價甚高，尤其是詩歌，簡直成為唐代文學的正字標記，所以，到了明朝王世貞、李攀龍等七子出，便倡言復古，他們標舉「文必秦漢、詩必盛唐」的旗幟，希望藉由復古運動，力挽狂瀾，以期轉變明朝那軟弱無力的文化頹勢，而再創文化高峰。只是這一次的復古運動為何不能像唐宋古文八大家那樣引領風騷造成影響？原因是倡議此一運動的「健將」們，如李獻吉、何仲默、徐昌穀等人作品，文章氣格薄弱，雖「力興周漢之文」，而「主盛唐之詩」，然而「渾博之體未備也、變化之機未熟也，超妙之理未臻也」。[2]結果

---

[2] 郭紹虞《中國文學批評史》(百花文藝出版社)，1993年3月1版，2001年4月3刷)，下卷，頁202。

空有理想而無實證，枉費「復古」美意，而讓「性靈派」有了駁斥的機會。

事實上，七子用意甚善，只可惜生不逢時，本身實力不足，又缺乏強而有力的客觀助力，才使這一次文化復興運動中途夭折，甚為可惜。

換言之，復古之舉模仿的若是「盛唐精神」，學習的若是「風骨氣象」，則可圈可點，值得推崇；但模仿的若只拘泥於形式，模辭擬法，食古不化，如此不只影響古人，也侷限自己，怪不得時人對此議題批判甚烈，屠隆認為那是「挾天子以令諸侯」的作法，李維楨《大泌山房集》中也提到：「體格法古人而不必立異于今人，句意超今人而不必襲跡于古人」。至於公安派更提出「獨抒性靈，不拘格套」的為文論點，以作為復古之對抗，清‧賀貽孫也說過：「盛唐人之詩有血痕無墨痕；今之學盛唐者，有墨痕無血痕」。[3]所謂「墨痕」指語言文字，或廣義而言就是形式技巧，「血痕」指性情，亦即情感、境界，後之學唐人者，常大過執著於形式，結果忽略了風骨氣格，故不動人，甚至會有「畫虎不成反類犬」的憾恨。

其實不只明朝，每一個時代幾乎都會發生復古與創新之間的模仿與變相，盛唐以前如此，其後亦然，于今更是如此，這似乎也符合黑格爾美學論調的「正→反→合」邏輯辨證原理。也就是前文所提模仿與對立原理交互作用的原則。而這項原則也是時代推進與文藝創作無可抹滅的定則。所以今人在看待這個問題時，應以客觀、平和的心境去面對，畢竟「以古非今」或「以今非古」，都是偏頗的想法，取古人之精神，立現代之風範，才是正確的作為。

3　曾祖蔭《中國古代美學範疇》，（台北：丹青圖書，1987年4月初版），頁247。

第三節　結論

綜合全文論點，對於盛唐之音的美學議題，可歸納出下列幾項結論：

一、崇高、博大、昂揚的審美基調，影響當代，並足供後人憑式

如前文所言，盛唐詩人對於美感經驗的體現，普遍表露出一種「崇高感」，這種崇高意識，又表現在他們的政治生涯，生活態度、藝術創作以及人生哲學當中，當這種意識體現在作品中，遂形成時代特有的審美範式，至於崇高意識則有以下特質：

1、從邊塞、閨怨和社會詩派作品中，可以看出盛唐詩人普遍具有遠大的人生理想，悲天憫人的博愛胸懷，以及強烈的國家民族意識和時代使命感→政治上的崇高。

2、盛唐諸家作品，普遍展現出一種豪邁、曠達、自由瀟灑的生活態度→社會行為的崇高。

3、盛唐詩人無論從軍、應舉、仕官或隱逸，皆不失其崇高精神→人格的崇高。

4、由崇高精神推衍至博大、昂揚、壯盛、宏碩的創作氣格與藝術境界→崇高意識的轉化。

5、由於唐朝文化能包容吸取多樣外來文化的優點，思想上又受到禪宗及道家超詣、自然觀念的影響，在山水田園詩的表現上，已超越形式技巧，而進入一種哲學的，心靈的崇高化境→心靈境界的崇高。

　　盛唐的美學基調盛行於當代近百年之久，並影響後世逾千年，「盛唐之音」變成了一種文化優勢的象徵，也變成一種典範與標竿，足供後人憑式。

二、精緻、雅正的文化風尚領航時代精神

　　雅正文化要想成為時代風潮並非易事，因為「曲高和寡」乃是文化發展的通則，但是這項通則卻被盛唐詩人打破了，歸納其原因如下：

1、政治領導者極力支持——從唐太宗以迄玄宗，唐朝帝王對雅正文化之推崇與對待文人之禮遇，為歷朝所罕見，上行下效，風行草偃的結果，乃成此局。

2、文人大量參與政治，文化活動勃興，詩人集團活動力強旺，彼此形成共識，鼓勵風潮——「盛唐之音」肇始於魏晉，蘊釀於初唐，時代遞嬗，加上文人自主意識覺醒，盛唐之初，「開天詩壇」的繁榮勃興，打破宮體緒與士庶之分，是形成「盛唐之音」的一大推手，至於張說與張九齡在詩壇與政壇地位的顯赫，更是帶領文化份子積極活動，引領風騷、鼓動風潮，功不可沒的關鍵人物。如此上下齊心，達成共識，「盛唐之音」才能成為時代藝術表徵。

3、科舉取士，培植大批詩人，同時推動正向文化，更確立近體詩創作形式。

4、國家強盛，盛世宏開，百姓安樂，經濟富足，有助於精緻化之推廣。

三、確立詩歌創作形式與美學評論標準，提供後人具體且系統化的學習準則

　　近體詩為中國古典詩歌創作中，格律最嚴謹，限制最嚴格的一種創作體式，它的缺點是過度拘謹，創作者很難暢所欲言，優點卻是邏輯系統縝密，提供後人一套完整明晰的學習模式，所以容易流傳，再者優劣立見，評析標準明確，故自殷璠《河嶽英靈集》，標舉「興象」，唐詩境界始高，而王昌齡《詩格》倡「境界」，其後唐代有關美學評論專書甚多，如皎然《詩式》，司空圖《二十四詩品》皆主「神韻」並極具影響力。除創作形式外，盛唐詩人最大的戶就在「境界」，時空美學的抬展，為「盛唐之音」超越前人，啟發後學的一大進境，今人學唐詩，此為精髓精要。

四、承先啟後，鑑往知來

　　歷史的長河在時空法輪中不斷向前奔湧，永不回頭，前人的作為是後人的借鏡。《文心雕龍・時序》提到：「文變染乎世情，興廢擊乎時序。」古人早就知道時代的興亡盛衰，本來就是自然定則，誰也改變不了，一如佛家所謂「成、住、壞、空」，謂之一劫，這是一種自然律。問題是，做為一個小小的時代分子的我們，到底要把自己定位在那裏？

　　曹丕在〈典論・論文〉中提到：「文章經國之大業，不朽之盛事」。盛唐詩人常具有崇高的自我期許，同時又兼具時代民族意識。因此他們在定位自己的時候，常展現出一種生命的宏觀與創作巨格。

　　最後，筆者想從「小我」與「大我」之間的群己關係來做為本文終結，盛唐詩人群所表現出來的風範，大都是「大我」的重要性超越

「小我」之上。所謂小我指個人，大我指社會、國家，甚至宏觀至宇宙天地。當小我的利益與大我衝突時，他們會「犧牲小我、完全大我」，他們彼此達成共識，共同推出一個文化大時代，大我一旦興盛，小我相對的也水漲船高。

但盛唐之後，所謂自主意識愈發盛行，「小我」的重要性漸漸的凌駕「大我」之上，許多創作題材也漸漸摒棄江山社稷或宇宙天地，而轉入個人感情世界（尤其是愛情）的鑽探，這種轉變，當然影響生命格局與創作宏觀。

現階段台灣社會有幾項客觀因素與盛唐頗為類似：

1、理性而文明的新時代風貌取代了悲情世紀，身為台灣現代文人，除了緬懷過去以外，也應前瞻未來。

2、多元文化融合現象普遍植基於日常生活中，創作素材增多，思維模式增廣，有利於創作，更有助於創新。

3、過渡時期，客觀環境的衝擊力量增強，同時制衡力量也增大，而且時代觀念益趨理性，開放的宏觀有助於文人乘風起勢，再興風潮。

假如第三波復古運動也能在現階段的台灣社會推行，那麼姑不論何種表現形式，我們只希望傳承的是盛唐之音的美學思潮，或許能帶起一股「台灣之音」也未可知。

參考書目

一、詩話、詩評、工具書

1. 丁仲祜編《歷代詩話》，台北：藝文印書館，1983 年 6 月 4 版。
2. 王實甫《杜甫年譜》，台北：西南書局，1978 年 9 月初版。
3. 王國維《人間詞話》，台北：漢京文化事業有限公司，1980 年 9 月出版。
4. 王鍾陵主編《藝術美學大百科》，四串辭書出版社，1992 年 9 月 1 版 1 刷
5. 何文煥輯《歷代詩話》，北京：中華書局，1981 年 4 月 1 版，2001 年 11 月 5 刷。
6. 李子玲《聞一多詩學論稿》，台北：文史哲出版社，1996 年 8 月初版。
7. 呂自揚《歷代詩詞名句析賞探源》，（高雄：河畔出版社，1980 年 6 月初版，1990 年 2 月新 3 版）。
8. 林淑貞《詩話論風格》（台北：文津出版社）
9. 許清雲《皎然詩式輯校新編》，台北：文史哲出版社，1984 年 3 月初版。
10. 梅運生《鍾嶸和詩品》，台北：三民書局，1990 年 2 月初版，1993 年 9 月初版 2 刷。
11. 陳伯海《嚴羽和滄浪詩話》，台北：萬卷樓圖書有限公司，1993 年 4 月初版。
12. 陳增杰《唐人律詩箋注集評》，浙江古籍出版社，2003 年 4 月 1 版 1 刷

13. 張健《滄浪詩話研究》，台北：五南圖書公司，1966 年 7 月初版，1992 年 8 月初版 4 刷

14. 彭會資主編《中國古典美學辭典》，廣西教育出版社，1991 年 4 月 1 版 1 刷。

15. 傅庚生《杜詩散繹》，香港：建文書局，1971 年 9 月

16. 黃景進《王漁洋詩論之研究》，台北：文史哲出版社，1980 年 6 月初版

17. 楊倫《杜詩鏡銓》，台北：華正書局，1981 年 5 月初版。

18. 南朝・梁・劉勰《文心雕龍》，文史哲出版社，1999 年 9 月初版 7 刷局，1972 年 1 月初版，1990 年 10 月再版

19. 劉中和《杜詩研究》，台北：益智書局，1968 年 9 月初版，1976 年 9 月三版。

20. 劉熙載《藝概》，台北：金楓出版社，1986 年 12 月初版。

21. 南朝・梁・鍾嶸撰，清・汪中選注《詩品注》，台北：正中書局，1969 年 7 月台初版，1997 年 2 月 11 日

22. 鍾嶸《詩品》，台北：金楓出版社，1986 年 10 月。

23. 宋・嚴羽撰，清・胡鑑注,伍世熙校《校正滄浪詩話注》，台北：廣文書。

二、詩選集、文學或美學史

1. 《全唐詩》，北京：中華書局，1996 年 6 刷

2. 孟瑤《中國文學史》，台北：大中國圖書公司，1974 年 8 月初版，1976 年 8 月 2 版

3. 吳功正《唐代美學史》，陝西師範大學出版社，1999 年 7 月 1 版 1 刷

4. 宗廷虎、李金苓著《中國修辭學通史·隨唐五代宋金元卷》，吉林教育出版社，1998 年 9 月 1 版，2001 年 2 月 2 刷。

5. 胡問濤，羅琴校柱《王昌齡編年校注》，成都：巴蜀書社，2000 年 1 版 1 刷

6. 郭茂倩《樂府詩集》，台北：里仁書局，1980 年 12 月

7. 郭紹虞《中國文學批評史》，天津：百花文藝出版社，1999 年 3 月 1 版，2001 年 4 月 3 刷。

8. 陳鉄民、侯忠義《岑參集校注》，台北：漢京文化事業有限公司，1985 年 9 月初版

9. 柳存仁等著《中國大文學史》，上海書店出版社，2001 年 4 月 1 版 1 刷

10. 傅璇琮《唐人選唐詩新編》，台北：文史哲出版社，1999 年 2 月初版

11. 《唐詩三百首詳析》，台北：台灣中華書局編印，1983 年 1 月 19 版

12. 趙昌平《唐詩選》，香港：中華書局，1991 年 10 月初版，2000 年 7 月再版

13. 葉朗《中國美學史》，台北：文律出版社，1996 年 1 月 1 刷，1999 年 7 月 2 刷

14. 葉慶炳《中國文學史》，台北：台灣學生書局，1965 年 4 月初版，1982 年 8 月學 1 版

15. 陸侃如、馮沅君《中國詩史》，未載明出版資料

16. 劉大杰《中國文學發達史》，台北：台灣中華書局，1980 年 10 月 台 11 版

17. 盧善慶《中國近代美學思想史》，華東師範大學出版社，1991 年 5 月 1 版 1 刷

三、學術論著

1. 王國瓔《中國山水詩研究》，台北：聯經出版事業公司，1986 年 10 月初版，1988 年 4 月 2 刷

2. 王興華《中國美學論稿》，天津：南開大學出版社，1993 年 3 月 1 版 1 刷

3. 方祖燊《談詩錄》，台北：東大圖書，1989 年 6 月初版

4. 古風《意境探微》，石花洲文藝出版社，2001 年 12 月 1 版 1 刷。

5. 朱光潛《美學再出發》，台北：丹青圖書有限公司，未載明出版年月

6. 朱光潛《談美》，開明書局，1958 年 8 月台 1 版，1979 年 10 月 13 版

7. 成復旺《中國古代的人學與美學》，北京：中國人民大學出版社，1992 年 89 月 1 版 1 刷

8. 李澤厚《華夏美學》，台北：三民書局，1996 年 9 月初版，1999 年 10 月 2 刷

9. 李澤厚《美學百題》，台北：丹青圖書有限公司出版

10. 李澤厚《美麗歷程》，台北：三民書局，1996 年 9 月初版 1 刷，2000 年 11 月初版二刷

11. 李浩《唐詩的美學詮釋》，台北：文津出版社，2000 年 5 月 1 刷

12. 肖馳《中國詩歌美學》，北京大學出版社，1986 年 11 月 1 版 1 刷

13. 邱燮友《品詩吟詩》，台北：東大圖書，1989 年 6 月初版，1991 年 8 月二版

14. 袁行霈《中國詩歌藝術研究》，台北：五南圖書，1989 年 5 月 1 刷，
    88 年 5 月初版 3 刷

15. 孫昌武《詩與禪》，台北：東大圖書，1994 年 8 月

16. 許總《唐詩體派論》，台北：文津出版社，1994 年 10 月初版

17. 姚一葦《藝術的奧秘》，台北：開明書局，1968 年 2 月初版，1979
    年 11 月 8 版

18. 陶文鵬《唐末詩美學與藝術論》，南開大學出版社，2003 年 5 月 1
    版，2003 年 8 月 2 刷

19. 黃永武《中國詩學，思想篇・設計篇・鑑賞篇》，台北：巨流圖書
    公司，民 65 年 10 月 1 版 1 印，1979 年 4 月 1 版 4 印

20. 黃慶萱《修辭學》，台北：三民書局，1975 年 1 月初版，68 年 12
    月三版

20. 童慶炳《中國古代心理詩學與美學》，台北：萬卷樓圖書有限公司，
    1994 年 8 月初版

22. 傅璇琮《唐代科舉與文學》，台北：文史哲出版社，1994 年 8 月初版

23. 傅紹良《盛唐文化精神與詩人人格》，台北：文津，1999 年 6 月 1 刷

24. 傅璇琮《唐詩論學叢稿》，台北：文史哲出版社，1995 年 9 月初版

25. 曾祖蔭《中國古代美學範疇》，台北：丹青圖書，1987 年 4 月初版

26. 譚潤生《北朝民歌》，台北：東大圖書公司，1997 年 2 月

27. 霍然《唐代美學思潮》，高雄：麗文文化，1993 年初版

28. 日今道友信編，李心峰等譯《美學的方法》，北京：文化藝術出版
    社，1990 年 6 月 1 版 1 刷

29. 《詩論》，台北：正中書局，1962 年 9 月，台初版，1979 年 4 月，
    台 8 版

四、期刊論文

1. 王文進，〈南朝塞詩的類型〉，《中外文學》，第 20 卷，第七期

2. 江冰，〈盛唐之音：一個時代的終結——略論唐代文人的精神狀態〉，《贛南師範學院學報》，1995 年

3. 岑子和，〈邊塞詩義界之相關問題的一個思索〉，未載明刊登資料

4. 杜曉勤，〈從永明體到沈宋體——五言律體形成過程之考察〉，《唐研究》第二卷，1996 年

5. 侯迺慧，〈唐代邊塞詩黃昏回歸主題的情感結〉，文史哲學報，第 50 期，1999 年 6 月，頁 39-58，台灣大學文學院

6. 傅璇琮，〈盛唐詩風和殷璠詩論〉，《唐詩論學叢稿》，文史哲出版社，1995 年 9 月

7. 劉建國，〈王維、李頎、高適、岑參的七言歌行與盛唐的時代精神〉，中國韻文學刊，1997 年第 2 期。

8. 《文學與美學研討會論文集》，淡江大學中文系主辦，1990 年 6 月

國家圖書館出版品預行編目

詩情與戰火：論「盛唐之音」的美學議題 /
王美玥著 -- 一版. -- 臺北市：秀威資訊科
技, 2007 [民 96]
　　面；　　公分. -- (語言文學類；AG0070)
參考書目：面
ISBN 978-986-6909-88-7 (平裝)

1. 中國詩 - 歷史 唐(618-907)
2. 中國詩 - 評論

820.9104　　　　　　　　　　　96011288

語言文學類　AG0070

詩情與戰火
——論「盛唐之音」的美學議題

作　　者 / 王美玥
發 行 人 / 宋政坤
執行編輯 / 黃姣潔
圖文排版 / 黃莉珊
封面設計 / 李孟瑾
數位轉譯 / 徐真玉　沈裕閔
圖書銷售 / 林怡君
法律顧問 / 毛國樑　律師
出版印製 / 秀威資訊科技股份有限公司
　　　　　台北市內湖區瑞光路 583 巷 25 號 1 樓
　　　　　電話：02-2657-9211　　　傳真：02-2657-9106
　　　　　E-mail：service@showwe.com.tw
經 銷 商 / 紅螞蟻圖書有限公司
　　　　　台北市內湖區舊宗路二段 121 巷 28、32 號 4 樓
　　　　　電話：02-2795-3656　　　傳真：02-2795-4100
　　　　　http://www.e-redant.com
2007 年 7 月 BOD 一版
定價：320 元

讀 者 回 函 卡

感謝您購買本書，為提升服務品質，煩請填寫以下問卷，收到您的寶貴意見後，我們會仔細收藏記錄並回贈紀念品，謝謝！

1. 您購買的書名：＿＿＿＿＿＿＿＿＿＿＿＿＿＿＿＿＿＿

2. 您從何得知本書的消息？

　　□網路書店　　□部落格　　□資料庫搜尋　　□書訊　　□電子報　　□書店

　　□平面媒體　　□ 朋友推薦　　□網站推薦 □其他＿＿＿＿＿＿

3. 您對本書的評價：(請填代號　1.非常滿意 2.滿意 3.尚可 4.再改進)

　　封面設計＿＿＿　版面編排＿＿＿　內容＿＿＿　文/譯筆＿＿＿　價格＿＿＿

4. 讀完書後您覺得：

　　□很有收穫　　□有收穫　　□收穫不多　　□沒收穫

5. 您會推薦本書給朋友嗎？

　　□會　□不會，為什麼？＿＿＿＿＿＿＿＿＿＿＿＿＿＿＿＿＿＿＿

6. 其他寶貴的意見：＿＿＿＿＿＿＿＿＿＿＿＿＿＿＿＿＿＿＿

＿＿＿＿＿＿＿＿＿＿＿＿＿＿＿＿＿＿＿＿＿＿＿＿＿＿＿＿＿＿

＿＿＿＿＿＿＿＿＿＿＿＿＿＿＿＿＿＿＿＿＿＿＿＿＿＿＿＿＿＿

＿＿＿＿＿＿＿＿＿＿＿＿＿＿＿＿＿＿＿＿＿＿＿＿＿＿＿＿＿＿

讀者基本資料

姓名：＿＿＿＿＿＿＿＿＿＿　年齡：＿＿＿＿　性別：□女 □男

聯絡電話：＿＿＿＿＿＿＿＿　E-mail：＿＿＿＿＿＿＿＿＿＿

地址：＿＿＿＿＿＿＿＿＿＿＿＿＿＿＿＿＿＿＿＿＿＿＿＿＿＿

學歷：□高中(含)以下　　□高中　　□專科學校　　□大學

　　　□研究所(含)以上 □其他＿＿＿＿＿＿＿＿

職業：□製造業 □金融業 □資訊業 □軍警 □傳播業 □自由業

　　　□服務業 □公務員 □教職　　□學生 □其他＿＿＿＿＿

To：114

台北市內湖區瑞光路 583 巷 25 號 1 樓

秀威資訊科技股份有限公司　　　收

寄件人姓名：

寄件人地址：□□□

- -
(請沿線對摺寄回,謝謝!)

秀威與 BOD

BOD（Books On Demand）是數位出版的大趨勢，秀威資訊率先運用 POD 數位印刷設備來生產書籍，並提供作者全程數位出版服務，致使書籍產銷零庫存，知識傳承不絕版，目前已開闢以下書系：

一、BOD 學術著作—專業論述的閱讀延伸
二、BOD 個人著作—分享生命的心路歷程
三、BOD 旅遊著作—個人深度旅遊文學創作
四、BOD 大陸學者—大陸專業學者學術出版
五、POD 獨家經銷—數位產製的代發行書籍

BOD 秀威網路書店：www.showwe.com.tw
政府出版品網路書店：www.govbooks.com.tw

永不絕版的故事‧自己寫‧永不休止的音符‧自己唱